比喩

英米文学の視点から

文学と評論社 編

英宝社

まえがき

村田　辰夫

「比喩」は文学の「臍」である。母胎に宿った児が成長するのは、ここから得られる栄養によってである。「比喩」もまた、開花の元の「雄蘂・雌蘂」である。ここでの「生む力」と「受ける力」が作品上の「花」を呼ぶのである。比喩を蔵しない文学作品はない。もちろん、その「花」が様々であるように、「比喩」のあり方も多様にわたる。あからさまに、これ見よがしの「直喩」もあれば、密かに籠もった「隠喩」もある、花が多様であるように。

わたしたち「文学と評論」の会に集ったものたちは、英文学史上で言えば、最古に属する十四世紀のチョーサーから、二十一世紀のジョイス・キャロル・オーツに至る広範囲の作家を対象に、それぞれが関心を抱いた作家（詩人、劇作家、小説家）と取り組んできた。当然、その中には、その「時代」特有の「比喩」の傾向もあれば、それぞれのジャンルの特質に相応しい「比喩表現」もある。本書は、各人の研鑽する作家の作品に見られる「比喩」に注目し、『比喩――英米文学の視点から』と銘うって刊行したものである。もちろん、そこには修辞学上で言われる「比喩」一般の理論が、多かれ少なかれ含まれるであろうが、むしろ、それよりも、個々の作家がペン先のインクの滴りを使って描き出す「比喩の姿」を観察したものである。そこには、その作家の作品が生まれ出たその「臍の緒」が見られる。また、それこそ比喩的な言い方をすれば、絢爛たる花の雄蘂、雌蘂の受精の瞬間がとらえられている。

本書に収録するとき、われわれは、誠意、このテーマに対面したが、問題の興味深さに魅惑されながらも、問題点の奥深さに辟易する思いも感じた。絢爛たる花園の真っ只中で、花を見ながら立往生しているともいえる。筆の至らぬ点は、ご寛容のうえ、ご教示いただければ幸甚である。いや、それにもまして、本書でとりあげた「比喩」と文学作品との問題が、なんらかの形で、改めて、文学研究の課題として注目される切っ掛けとなれば、この上もない幸せとおもう。諸賢のお導きを乞うものである。

比喩目次

比喩

——英米文学の視点から——

Ⅰ　十八世紀以前

中世の比喩　皮と実
――チョーサー『カンタベリー物語』より「免償符説教家の前口上とお話」――

石野　はるみ

はじめに　皮と実の比喩

中世では「表皮」（strawe）と「実」（corn）という比喩がしばしば用いられた。穀物を例にとれば、表皮は見えるもので、捨て去るべきカヴァーにすぎず、露わにされていない実こそが実質で大切なものであるという考え方を表現している。このような外見と内実の関係は、中世において、特に可視の人間の感覚や現実世界と、不可視とされる超越的世界を表現することに用いられた。カトリック教会の多大な影響下、見えるものは現世の具体的現実、すなわち物体、肉体であり、見えないものは精神にかかわるもの、すなわち心、魂であると考えられた。見えるものより外からは見えないものである実（内実）がより重要であった。聖と卑俗、魂と肉体、霊的なものと物質的なものを対置する比喩は、中世を理解するためには最も重要なレトリックの一つである。

表皮である見かけより内実を重要視する考えがある一方で、皮は実と同様のものを表していると見做された。例えば聖餐式のワイン（表象）はキリストの血（本質）であると信じられていた。言語表現に関しても、古代哲学を引き継いだ神学者、アウグスティヌスは言語について、言語表現（表皮）と表現された中身（内実）は切り離すことはできないと考えた。しかし中世中期以降には、アリストテレスの『形而上学』を取り入れた神学論争が起こり、物のリアリティとしての表皮をより重視する傾向もみられた。以降、この問題は再考されるようになり、言語はその事物の真相を示しているのか、否か、という後世に続く論争が始まった。

　このような表皮と内実の比喩表現を、ジェフリー・チョーサー『カンタベリー物語』のなかの「免償符説教家の前口上とお話」の描写を通して考えたい[(1)]。前口上の独白では、主人公である説教家は、羊の皮をかぶった狼として描かれている。表向きは説教家として雄弁であるが、実は詐欺師である内実が見え隠れしている。この偽善者の性格造型は、『薔薇物語』[(2)]の「見せかけ氏」を原型としている。まず「見せかけ氏」がどのように参照され、説教家の描写に取り入れられているかを取り上げたい。またこの話は「前口上」と「お話」から成り立っており、「前口上」が皮で、続く「お話」が皮に包まれた内実とする見方も可能である。すなわち、「お話」の法話は説教本体として受け止められる。三人の若者の話とその顛末は、聞く者に生と死に関する示唆を与えるばかりでなく、語り手自身の意識の底にある、秘められたものが浮上していると思われる。この小論では説教を通して、皮と実についての比喩がどのように用いられているか、皮と実の関係はどのようかを明らかにし、言語である皮と、そのように表現される内実の関係について探りたい。

　チョーサーの「免償符説教家の前口上とお話」は、魂の救済を訴え、それを保障するための免償符を売買する中世末期の堕落した宗教界の動きを背景としている。主人公は教会の末端の僧で、各地を巡回しながら、免償符を売り、罪の償いと、罪の一定の免除を図る仕事に従事している。しかし実際は、見返りの金銭報酬を得ることが目当てである。中世後期には事実上、非道徳的説教師による説教は、それが人を引き込むことができ、聞く者に神のメッセージを伝える可能性がある限り、否定されていない（Minis 36-74）。

　フィクションとして描かれた、免償符説教家の説教は、信頼性に欠け、自身との言行不一致であることがわかるが、聞く人を動かすような真実も含んでいるように思われる。説教の言葉である皮は、そのまま内実を表すものか、それとも皮と実は別物であるのか、皮と実には何らかの関係があるのか、などを問うことができるだろう。チョーサーは、この作品において表皮は内実を偽ると同時に、表皮はやはり内実に関与していると考えたのではないか。

この説教家が一杯ひっかけた上で話を始めるという設定のもと、弁舌に興じるあまり本音まで漏らし、詐欺師であることがわかる点をとり上げる。彼の見せかけ、外見と、外見とは全く異なる本意のあるところが明らかになるだろう。また説教のなかで、具体的な現実に根差す人間の感覚と、聖なるもの、精神性、不可視の概念がどのように対置になっているかを皮と実の観点から考えたい。

一　免償符説教家と「見せかけ氏」

主人公の免償符説教家は『薔薇物語』の寓意的人物「見せかけ氏」(Faus Semblant) を参照しつつ造型されている。この偽善者を表す寓意的人物から、免償符説教家がどのように生み出されたのだろうか。[3] 寓意的人物「見せかけ氏」は抽象的概念であり、チョーサーはその原型を、現実の人物が説教を語る言葉や行為としてドラマチックに描いている。「見せかけ氏」という先例と照らし合わせ、免償符説教家の能弁と偽善はどのように描かれているのか。表皮と内実、表層と意味の観点を踏まえて明らかにしたい。「見せかけ氏」の描写は、偽善的な権力者の内面を風刺していて、皮肉に満ち知的な読者の笑いを誘う。チョーサーも同様に説教家の自己暴露的な言葉によって、宗教家の内面を風刺しているように思われる。聞く耳を持つ者には笑いを誘うものであろう。

『薔薇物語』において、Lover（恋人）に薔薇（愛人）を手にいれさせようとするLove（擬人法）が、「見せかけ氏」を仲間によび入れようとする。恋への邪魔者を殺害する仕事を彼に任せようと判断したからだ。「見せかけ氏」は生来の不実な裏切り者、嘘つきであると呼ばれている（『薔薇物語』10910-11）。

また「見せかけ氏」は自分の居場所はどこにでもあると言い、自分が誰であるかを説明して、自分は誰にでもなるのだと言う。自分がどのような外見、装いをとるとしても、どんな職業であっても結局、念頭には騙すことしかないと言う。

一方、免償符説教家は、説教師を名乗るが、「見せかけ氏」同様、だますことやおべっか、偽善、憎しみ、復讐心から説教を説くと告白する。「見せかけ氏」は殺人をも辞さないが、免償符説教家は、恐ろしい言葉で人を刺し（413）敵対するものに聖なる毒を吐くと言う。

「見せかけ氏」の最大の関心事は、清貧の生活を侮蔑して、貧しい人々から財を巻き上げ、富を獲得する（『薔薇物語』11565）ことである。一方の説教家は、弁舌によって、金持ちのみならず、貧民や寡婦から金銀、財をむしり取ると自ら言う。外見は柔和な鳩のようであるが、彼の意図するところは、人々に罪の改悛をさせることではなく、人々の弱みを突いて、金銭（pens）をもらうことである（403-4）。「見せかけ氏」は本物の宗教家と似非宗教家を比較して、見せかけだけの似非宗教家について警告する。同様に、免償符説教家は、自分の手の内を見せて、警告を与えるかのように語るのである。

彼の説教テーマは唯一、強欲への戒めである。免償符を売る際に、このテーマによって人々から金銭を巻き上げようとしている。自身が強欲であることを告白しながら、強欲を諭すテーマで説教を行うということは矛盾しているが、それが彼の説教のテーマである。彼は言う。

わたしの説教のテーマは、つねに

人の欲望は全ての悪の根源

ということなのです。(4)

わたし自身欲深い者ではありながらそのテーマで説教をするのです。

わたしにその罪があるにしてもですね、

説教を聞いている罪ある人々を

ほんとうに改悛するように導いてやることができるのです。

といってもわたしが改悛させようと目指しているわけではありませんがね。(425-32)

「見せかけ氏」は社会的偽装のもとに、信頼を裏切り、自己利益や快楽を求める人間であると自認している。一方、免償符説教家は、罪の償いを仲介するという本来の役割から、強欲こそ悪と説いているが、彼の弁舌は、金ほしさの強欲から発せられているようである。さらに説教の言葉は、それを説く彼自身の内心とは別物であることさえも自己顕示的に告白されている。

「見せかけ氏」によると、偽善者は、聖書のパリサイ人や律法学者のような、一見立派な人間に見えるが、彼らは言葉のみで行いを伴わない者、人の肩に重荷をのせるが、自分では指先をも動かさない人間である(『薔薇物語』11599-618)。そしてそのような羊の皮をまとった狼を見分けるようにと警告し、同時に彼自身の言葉と実際の行いは別物だと言う。彼には外見はつつましい禁欲嬢(Atenance)が寄り添っている。しかしながらこの二人は見せかけの禁欲生活を送りつつ、淫行は限りない。この外見と内実の違いについて、「見せかけ氏」は、「実」(le grain)を捨て、「皮」(la paille)をとるとさえ宣言している(『薔薇物語』11185-6)。結局、彼にとっては外見こそすべてである。

「見せかけ氏」と同様、説教家の外見は見せかけで、彼の説く言葉も内実のない表皮のみ、または内実の疑わしい表皮に覆われたもののように思われる。しかし免償符説教家は、宿の主人から話を請われたとき、自分は邪悪な人間であるが、ふざけ話ではなく、ためになる話（moral tale）をすることができると自信満々である。彼の説教の後につづく「お話」は、聞く人を有徳へと導くことがあるかもしれない。

二　事物の本質（内実）と付随するもの（表皮）

物事の表皮であるのは、実際に目に見える現実、見る、聞く、などの人の五感の具体性や文字通りの意味を指し示す言語表現などである。免償符説教家は、目に見える具体的な罪である大食、大酒、淫行、不敬な誓い、賭け事を戒めている。しかし、実はそのような悪徳、悪習こそが彼の生活につきまとっているらしい。

免償符説教家は、美食を非難して、料理人が調理によってどんな材料が使われたのか分からないほど変化させたもの（turnen *substaunce into accident* 539）と言う。この材料、物（substance）は、物の本来の性質、「本性」という意味である。物に付随しているのが「属性」（accident）である。美食の表面は、調理によって材料、「本性」がわからないほど変化し、見えるのは「属性」のみということであろう。「本性」、「属性」はまた聖餐式の用語として用いられている言葉である。聖餐式のパンやワインは「属性」であり、見える表皮にすぎず、その「本性」は、キリストの肉体と血であると考えられていた。聖餐では、司祭による司式によって「属性」が消え、キリストの身体、「本性」のみが重要になるのである。美食の皿は、料理の見栄えや味（属性）がよくなるために、材料に手を加えるあまりに、食物の本来の性質（本性）が消えてしまっている（Mann 971）。こうして美食は本性（内実）より、属性（表皮）がより重要となってくる。これは聖餐式とは逆の考え方である。そのような思考を聖餐式に当てはめると、重要なのはキリスト（本性）ではなく、パンやワイン（属性）そのものとなる。この説教家は美食を好むようであるが、美食を罪として美食への欲望を非難するのである。

三　三人のならず者の「お話」

「お話」は「前口上」同様、強欲を戒める目的で語られた具体的な法話である。しかしながら語る免償符説教家の心のおののきや、虚栄心の影に隠された内心も見え隠れするのではないだろうか。

あらすじは次のようなものである。日々酒と快楽に耽り、徒党を組んで酒場で遊んでいる無謀で浅薄な三人の若者がいた。知り合いの若者の命が、流行の黒死病によって突然、奪われたことを聞き、「死」（擬人法）を自分たちでやっつけようと兄弟の誓いを立てて出かけていく。野原で、死ぬことができずに高齢になったと嘆く老人に出会う。若者たちが死のありかを尋ねると、老人は向こうの樹の根元で「死」を見たと言う。三人がそこに行くと、樹の下には金貨の山があった。夜に金貨を運ぶために、一人がパンとワインを買いに行くことになり、町に出かけている間、他の二人は、金貨を二人で分けるために彼を殺そうと計画する。町に出かけた若者は金貨を独り占めにしようと、毒薬を買い、二人が飲むワインに入れる。結局、町から戻った若者は短剣で刺殺され、残った二人は毒薬入りのワインを飲んで死ぬ。「死」を探し、「死」をやっつけようとした若者たちは、こうして「死」に出会ったのである。

説教家は、まず見える行為としての若者たちの具体的な行動の罪、すなわち過度の飲食、贅沢、偽りの誓い、殺人をあげる。そのようなことは罪の表層といえる。またこの話の三人の若者にとっても、大切であることは見えたり聞こえたりするもの、物事の表層であると思われる。友の死を告げられて、まず死体の名前（表層）を知ろうとする（looke that thow reporte *his name* wel, 669）。彼らにとって死とは、見える敵、死神である。死神は探し出し、倒すことができると考えている。死神のいるはずの場所にあった光輝く金貨は、見える通りの金貨であり、彼らの目先の欲望を実現できる「すばらしい恵み」（783）をもたらすものである。金貨は老人から聞いた死のいる場所にあったものであるが、金貨を目の前に見て、死神は忘れ去られる。

若者たちは、不承不承に生き続けている老人と出会い、生と死について示唆を受けた。しかし死について考えることができない。彼らには、今ここにあるもの、見えるものがすべてである。三人は事物の表層である金貨に捉われるあまり罪を犯し、結局死に至ったのである。

「お話」のなかで、若者へ死のありかを教えた老人は、説教家自身の持つ矛盾を露呈している。老人はこの話を語る説教家の内面と重ねて理解できる人物である。この老人にとって人生で大切なものは、蓄財することであり、また具体的な自分の肉体である。財も肉体も目に見える現実である。老人は、「見よ、私は肉も血も肌もこんなに衰えてしまった」（732）と言う。彼は若さを若者からもらいたい、そして若さの衣を身にまとって生き直したいと思っている。さもなければよれよれの肉体を今すぐ明け渡し、大地に眠るのが望みである。しかし老人は蓄財をもってしても、彼の望みである肉体の死を得ることができないと嘆く。富によって生を支配し、いまさらに若さをほしい老人だが、安らかな死と、死後の平安の望みというものは、蓄えた財をもってしても叶うことはない。

この老人と説教家は相似している。説教家は免償符を買えば、魂の救済を図ることができると人々に語り、彼自身、金銭に執着し続けている。富が人を救うものではないという老人の抱えるジレンマは、この免償符を売る説教家のジレンマを示唆すると言えよう。若者は、この生きるも死ぬもままならない老人を、「惨めな境遇」（717）にあると言った。しかし、目に見えるもの、金銭、富にとらわれている若者も同様に、生きるも死ぬもままならない惨めな境遇にある。

この老人は、無知で向こう見ずの若者たちに態度を改めよ（Amende 767）と忠告するが、彼が若者に教えられるのは、そこまでである。免償符説教家も、たとえ自分の説教自体を信じていないとしても、彼の話は、人々に飲酒などの過度の欲望追求の態度（表皮）を改めるようにと教えることはできるだろう。そしてそのような教えは、内心、魂の救いへの導きというより、目に見える実際の行動についてのプラクティカルな忠告としてでしかない。

本来キリスト教の教義では、魂の救済、新たな生、死からの再生は、キリストの救いによってのみもたらされる。しかし、カトリックの教会制度内においては、司祭には、罪と罰の償いへの救済の一定の権能があり、信者側の償いとして、寄付や実際的行為も認められている。厳密には、その権能は、免償符説教家の権能ではないとされていた（Minis 118）。この話では、免償符説教家の言葉に従うなら、彼の売る免償符を買うと、罪や罰の軽減と魂の浄化を一定程度受けることができる。しかし、問題は、真の改悛を伴わないで、安易にその札を買うとすると、それはキリストの死を通さず、金によって救済されることにある。それはキリスト教教義において、人間の改悛行為をないがしろにし、キリストの死と復活を否定することになる。結局、真の魂の救済は望めない。さらにこの説教家は、救済の言葉を軽んじて戯言（jape 394）のように語る。

「免償符説教家の前口上とお話」に展開される説教家の告白的語りは、キリストの死と復活が説教の表面の言葉（表皮）に反して、真に意味あるもの（内実）ではないようである。老人は、若者に死に至る場所までの、曲がった道を教えたが、免償符説教家の免罪行為は、神への道ではなく、改悛なしに金銭によって罪を免れようとする人間を、死へと導くものである。

お布施を下さる皆様方の罪を、私の権能によって

生まれたばかりのように清らかで穢れなきようになるよう、**償い免罪いたしましょう**
というようにわたしは説くのです。
魂の癒し主であられるイエスキリスト様が
ご自身の救いをあなたがたに賜りますように
それが最上のことですぞ、嘘ではありませんよ。(913-18)

『薔薇物語』の「見せかけ氏」は、自分が何者か(内実)を明らかにするようにと請われた。その時、Love は彼を励まし、「あなたはそうするのは慣れていないでしょう、しかし真実を告げて迫害を受けるとしても、あなたのみがそんな目に遭遇するというわけではないのです」と言う。免償符説教家は、その本音を暴露するような説教を行ったのであるが、聴衆からどのように受け止められたのだろうか。

聴衆の一人である宿の亭主は、説教を終えた免償符説教家から早速、罪に対して効験あらたかな聖遺物にキスをして買うように誘われた。亭主は、彼をとんでもない説教家であるとみなし、聖遺物を買うのは、いかがわしいこの男の汚れた下着(breech)に接吻するに等しい、と言い放つ。さらに、亭主は、性別があいまいと推測されるこの説教家の性器(有無を問わない)を切り取り、豚の糞に投げ捨てて、聖なるものとして祭ろう、と猥褻な冗談を言う。そして亭主は、聖遺物が、聖遺物という名のもとに実は、彼の性器(coillons 952)であるとする。説教の表皮と内実、言葉の表層と、その言葉の意味するところ、内実の違いが端的に述べられたのである(『薔薇物語』7090-97 参照)。

見た目では「聖遺物」であり、そう呼ばれるかぎり「聖遺物」であるが、実は彼の汚れた肉体を意味し、彼の説教は、安易な偽の魂の救済へとたらしこむポルノグラフィーである。免償符説教家は、亭主に対して一言も反論できない。本来説教の言葉は、キリストの罪の許しと魂の浄化という新しい葡萄酒に譬えられるが、しかしその新しい葡萄酒は、新しい革袋に入れなければならない[5]。

免償符説教家は、霊的な知識をいわば肉体の言葉で語る。彼の説教は「お話」の中の老人のように罪の表皮を指し示し、そこでとどまる。彼は説教前にはしかるべき筋の特許状を見せて、説教家としての正当性を訴える（That shewe I first, *my body* to warente 338）。特許状が保障しているのはキリストの聖なる任務（340）ではなく、霊的な道を示すことでもない。保障しているのは、彼の肉体（body）であり、快楽であり、この世の生である。「見せかけ氏」が欺く人間の概念を提示しているのなら、免償符説教家は欲望のかたまりとして生きる人間の嘘にまみれた真実を、説教を通して垣間見させる。聞く耳、識別する力を持つ聴衆は、彼の辻褄の合わない話を笑い、困惑しながらも、その実を取り出すことができると思われる。免償符説教家自身も前口上において、「はっきりわたしが「名指し」をしなくとも、「しるし」や他の顕れから人はそれと知るだろう」（For though I tell nought his *propre name*,/ Men sahl wel knowe that it is the same,/By *signes*, and by othere circumstances 417-19）と、言っている。

詩人チョーサーは、この能弁な主人公と同様に、表皮である言葉のレトリックを存分に用い、表皮に最大限の関心を払い、そこに喜びを見出している。また、言葉を文字通りに受け止めることはどういうことか、人の言葉のあやうさを通して、表皮によってどこまで内実が伝えられるか、どこまで十全の言語表現が可能であるのかを追求しているようである。

読者は表皮からそのまま連なった内実、あるいは表皮から隠され、また示唆されている内実を自ら掬いとることを期待されていると思われる。

注

（1）Geoffrey Chaucer. *The Riverside Chaucer*. Ed. Larry Benson, 3rd. ed. Boston: Houghton and Mifflin, 1978. 本論文におけるチョーサーの作品の引用はすべてこの版による。引用文の日本語訳は筆者。

（2）『薔薇物語』からの引用は Guillaume de Lorris et Jean de Meun. *Le Roman De La Rose*. 3vols. Ed. Felix Lecoy. Paris: Champion, 1973. による。

（3）Kean 218 および .Morgan 241-55 を参照。

（4）「金銭を愛することは、すべての悪の根である」（『聖書』「テモテへの手紙一」6.10）アウグスティヌスは欲望（cupiditas）を「神のためでなしに享楽することを目指す精神の運動」としている（アウグスティヌス 164）。

（5）『聖書』「マルコによる福音書」（2.22）を参照。

参考文献

Chaucer, Geoffrey. *The Canterbury Tales*. Ed. Jill Mann. Penguin Books, 2005.

Kean, P.M. *Chaucer and the Making of English Poetry*. London: Rutledge & Kegan Paul,1982.

Keiper, Huge, Christoph Bode and Richard J. Uts. Eds. *Nominalism and Literary Discourse New-Perspectives*. Amsterdam: Rodopi, 1997.

Minis, Alstair. *Fallible Authors, Chaucer's Pardoner and Wife of Bath*. Philadelphia: University of Pennsylvania Press, 2008.

Morgan, Gerald. "The Self-revealing Tendencies of Chaucer's Pardoner", *Modern Language Review* 71, 1976.

アウグスティヌス『アウグスティヌス著作集6　キリストの教え』加藤武訳　教文館　一九九八

岡田温司『キリストの身体』中央公論社　二〇〇九

農夫シェイクスピアの幻想
――大地を耕す犂の刃――

上村　幸弘

はじめに

それは何の前触れもなく訪れたという。ハリソンの『ジャコビアン・ジャーナル』によると、その第一報が伝わったのは一六〇七年六月二日。翌三日にはハンティンドン卿が反乱鎮圧を命じられる。ノーサンプトンシャー、レスターシャー、ウォリックシャー各州で起こった農民の反乱は数日のうちにミッドランド各地域へと広がった。「ウォリックのディガー」(diggers) から全国のディガーへ」というスローガンを掲げた彼らは、口々に「水平派」(levellers) と叫びながら忙《せわ》しなく地面を掘り返していた。三つ叉 (half pikes) や槍 (long bills)、弓矢を持つ者、石を握りしめる者もいたという。(Harrison 30-31)

一　husbandry manuals

ミッドランドの農民の反乱は、ストラットフォードがあるウォリックシャーで起こったこともあり、シェイクスピア一六〇八年頃の作とされるローマ悲劇『コリオレーナス』冒頭の市民暴動との関連がしばしば指摘されてきたが、今はそのことには触れない。しかし、囲い込み[1]に反対する農民の不満がこの時代まで続いていたという事実は、常に本稿の底の方を流れている。

その上で、シェイクスピアが使う農業の比喩とその前提となる農業社会のしくみについて考えてみたい。農業という切り口は必然的に「自然」「景観」「環境」「園芸」「食物」等の伝統的および現代的なテーマと関連してくるが、農業それ自体が批評の大きな潮流となるには至っていない。スパージョンによれば、シェイクスピアが使う農業の比喩は園芸の比喩と比べて圧倒的に少ない（Spurgeon 46）。『ロミオとジュリエット』では「自然」に関連する語句は三九あり、その内訳は「園芸」十一、「海洋」九、「気候」七、「天体」七、「四大元素」三、「季節」一、「農業」一となるという（364）。二十世紀前半のこのようなイメージ分析が、農業とシェイクスピアの結びつきを疎遠にしてきたという見方もある。[2] しかし、新たな流れが出てきている。マイケル・レスリーとティモシー・レイラーが編んだ『初期近代イングランドの文化と農耕』は、土地と文献の相互作用に焦点を当て、農業・園芸・文学・美学・政治学・神学・科学・経済学・社会学等の専門家が専門領域の排他性を乗り越えて同じテーマに取り組む学際的な論集である。「初期近代イングランドにおいて農地の景観は、愛国精神という点においても、政治的にも宗教的にも、国家を体現する究極の表現であり、洗練された教養と精神を言い表す最も強烈な比喩である」（Leslie 6）と編者は総括する。アンドリュー・マクレーの『犂に幸あれ』は初期近代イングランドの農地に関する歴史と文学を取り上げ、その中で果たす農書の役割について精緻に分析を試みる。またシャーロット・スコットの『シェイクスピアの自然』は、初期近代の農業のイメージを通して、シェイクスピアが自然界をどのように捉えているかを本格的に論じた初めての研究と言える。こうした農業と文学の関係性を深化させるための基盤研究として、重要な役割を果たしたのは農業歴史学者ジョーン・サースクの仕事で、特に『イングランドおよびウェールズの農業史 第四巻』の影響は大きい。

イングランドにおいて農業が盛んな時代には、決まって農業技術に関する夥しい数の書物が登場してきた。このことは特に十六世紀および十七世紀前半、もっと厳密に言えば一五六〇年以降に当てはまる。……イングランドのいたる所で食糧が不足していた。人口の増加に伴い、都市は郊外に大規模な食糧供給地を求めなければならないばかりか、村人たちも大家族を支える術を必要とした。(Thirsk 161)

食糧増産は同時に農地の拡大を意味し、それは産業構造の変革を求めるものとなる。特に利益の大きい牧羊業と利益の小さい農業、すなわち牧草地と耕地のバランスをどう整えるのかという問題は政治の喫緊の課題でもあった。サースクは農書と文学の接点を探りながら、『ユートピア』の次の一節を引く(238-39)。

彼ら(貴族、ジェントリー、修道院長)は、怠惰で贅沢な生活だけでは飽きたらず、国家にとって害悪がおよぶことを甘んじて行うどころか、むしろ積極的に悪事を働いている。もはや耕すべき土地も残っておらず、隅から隅まで囲い込んで牧草地にしてしまった。家屋を潰し、集落も破壊し、たった一つ残った教会さえも羊を囲い入れるものとなった。(『ユートピア』第一巻)

トマス・モアがラテン語で『ユートピア』を書いたのが一五一六年、農地の囲い込みが進み、羊毛産業が盛んになっていた。牧羊業に人手はかからない。仕事を失ったかつての農業従事者たちは浮浪者として都市に溢れ、国内の治安が不安定化する。農村は各地で崩壊し、それが結果的に人口減少につながったとも考えられていた。

フィッツハーバートの『農書』(一五三四)が出版されたのはそのような時代であった。

農夫(husbandes)がその大部分の生活の糧を手に入れる方法は、犂耕(plowyinge)を行い麦の種を播き、家畜を育てることによるものであって、そのどちらが欠けても宜しくない。犂(ploughe)は農夫が持っておくべき必要不可欠な農具であるゆえ、犂の成り立ちについて適切な知識を持っておきたいものである。(Fitzherbert 9)

イングランドで初めて印刷された農書はこのように始まる。農機具の段取りから、作物ごとの播種、植え付けの具体的指示、後継者の育成、役割分担などの家政問題に触れ、最後は農業経営者としての信仰のあり方を説く。編者のスキートが指摘するように、この書は農場で実際に作業を行う者に向けて書かれたものではない(ix)。様々なプロセスを経て土地を所有し、教育を受けた紳士階級(gentleman)が対象となる。

そうすると人間というのは賢くなるものである。一度きり読めばいいと言うのではない。繰り返し読むのだ。そして季節ごとに若い紳士(yonge gentyllman)が自分の使用人(seruauntes)に対して、これぞ必要と思われる章を読んで聞かせてやればよい。(Fitzherbert 91)

フィッツハーバートの農書は、古典文学の嗜《たしな》みがあり農業経営に乗り出す新たな社会階級に向けて書かれ、十八世紀まで続く大規模な農業革命の出発点となった。次いでトマス・タッサーの『農業要訣百箇条』(一五五七)が出版される。七三年には『農業要訣五百箇条』として増補され、十六世紀中にさらに四版を重ねる。また、一五七七年にラテン語で書かれたコンラッド・ヘレスバッハの『農業に関する四章』がバーナビ・グージによって英訳され、この農書も一六三一年までに七版を重ねるほど支持された（McRae 139）。

こうして農業技術の指南書となった農書をバックボーンに、シェイクスピア作品を読み直してみると、すでに普遍性を帯びている古典文学由来の比喩でさえ、再評価が必要になってくるかもしれないと思えてくる。

二 husband（=husbandman）、husbandry

農業のイメージを分析する上で最も重要な語と位置づけられるのが 'husbandry' である。まずは意味のベースとなる 'husband' について確認しておく。シュミットの『シェイクスピア・レキシコン』の定義によれば、名詞としての 'husband' は次の四つの意味で使い分けられている。

①家政の管理者
②注意深く、経済観念のある者
③農夫（husbandman）、土地を耕す者（a tiller of the ground）
④妻の相方、女性と結婚した男性

このうち③の意味は現代では用いられない。シュミットがあげる「農夫」の唯一の用例は『ヘンリー四世・第二部』のフォルスタッフの台詞である。

このデイヴィーという男はよく役に立ちますね。召使であり、農夫（husband）ってところですか。
（『ヘンリー四世・第二部』五・三・十一十一*）

しかし、近年この‘husband’を「農夫」と解釈する編者はほとんどいない。「執事」（steward）と理解するのが一般的だが、ジェームズ・バルマンのように「執事＝農場の管理者」と断る注釈もある（403n）。これは①と②をも合わせた折衷案である。すなわち、‘husband’を定義するとき、①と②には効率的に管理するという意味で親和性があるが、③の「農夫、土地を耕す者」という実際に労働する意味が加わると大きな違和感が生じる。OEDでもこの意味のギャップは解消できない。‘husband’にも‘husbandman’にも管理する側と管理される側の相反する意味が併存する。しかし、クリストファー・ダイアーによれば‘husbandman’は「当時特有の言葉であった。それを平均的あるいは比較的裕福な農夫（peasant）と理解したらよいだろう」（Dyer 23）と位置づける。さらにアン・クスマウルは「言葉の問題は解決可能である。使用人（servants）には農地で働く者（ploughmen）や酪農に従事する女性（dairymaids）が含まれ家族として扱われるが、それ以外の農業作業員（labourers）は別で暮らす」と分類する（Kussmaul 8）。以上のことから、‘husband’（=‘husbandman’）は賃金労働者でありながら、経営者である‘gentleman’と使用人である‘servants’の中間にあって家政の管理にあたる者であることがわかる。従って、‘husband’を「執事」と理解するとき、それは身分や職位ではなく、機能を表わしている。

では、‘husbandry’はどうか。『レキシコン』は次のように定義する。

①土地の耕耘（tillage）、耕作（cultivation）。農業経営者の仕事全般
②経済性（economy）、倹約（thrift）
③ものごとの管理（care of one’s business）

明らかに②の「経済性」（economy）「倹約」（thrift）は、①および③に求められる結果を表わしている。ポローニアスがレアティーズに垂れる教訓が②の用例としてあげられる。

金は借りても貸してもいけない、
借りると金も友も失うものである、
それに借金は倹約（husbandry）の刃を鈍らせてしまう。（『ハムレット』一・三・七五―七七）

スコットの言うようにこの場面の 'husbandry' を「家政の秩序や管理」（Scott 9）と考えれば、文字通りの意味となり、「倹約」（thrift）と置換可能である。マクレーはタッサーの次の詩句と比較する。

借りる者は
不幸に陥る。
ただ愚か者だけが、
仕事道具を人に貸す。（『農業要訣五百箇条』九月 要約八）

マクレーはここにタッサーの個人主義を読み取る。すなわち、当時行われていた開放農場（Open Field）による農民間の共同作業には消極的で、むしろ囲い込みによる効率的な作業を自立的に行うことを推奨していると言う（McRae 150）。ポローニアスの台詞に戻る。

それに借金は倹約の刃を鈍らせてしまう。

タッサー流に'husbandry'を捉え直してみる。「人から仕事道具を借りるような愚か者は犂の刃を錆びさせてしまう。」と読めないか。犂刃は'coulter'と言う。

作付されていない土地には
毒ムギ、毒ニンジン、悪臭放つカラクサケマンが
根を張る一方、錆のついた犂刃（coulter）では
そんな雑草どもを根絶することもできない。（『ヘンリー五世』五・二・四四―四七）

「犂刃」（coulter）は本来、中世の有輪犂の犂先（share）の前に取り付けて雑草を刈り取り、犂耕を補助する装置であるが、シェイクスピアの時代には一般的ではなかったという（加用 三八五）。「倹約の刃が鈍る」の比喩表現と近いものを感じる。

三　plough

マクレーの『犂に幸あれ』の冒頭を引用することから始めたい。

犂は初期近代を通じて農業ならびに農村生活の中心的なシンボルとして掲げられてきた。十七世紀の変わり目に政治課題としてその価値が認識されており、犂が喚起する有意性は複合的かつ広範囲なものであることが強調されている。それは当時の文人たちが農業国家イングランドの慣習や価値観を表現しようと試みてい

る点にも表れている。一五〇〇年頃に書かれたとされるバラッド「犂に幸あれ」は、聖職者、徴税官、食糧徴発吏等に苦しむ農民の闘争を賛美したものである。以降、犂は農村社会の伝統的体制のエンブレムとして注目されるようになった。（McRae 1）

彼の著書のタイトルともなっているバラッド「犂に幸あれ」は、長詩「農夫ピアズの信条」[3]の末尾に付された百行たらずの短詩で、農夫が現金や現物を徴集される苦しみを歌ったものである。それから約百年後の十七世紀の変わり目、すなわちエリザベス朝末期のイングランドの「犂」のイメージにマクレーは注目する。一五九七年および一六〇一年に下院議会で、囲い込みの禁止と農地の維持に関する法案が審議される。しかし、この法案の隠れた主題は安全保障の問題であった。「こうした圧力が高まる中で、ますます必要とされたのが犯罪者、囚人、浮浪者の兵士採用であった。中でも軍人として最も優れていたのはヨーマン（yeoman）や農夫たち（ploughmen）であった」（Elton 360）。常備軍を持たないエリザベス朝の為政者にとって兵士採用は浮浪者対策の抜本的な解決策となったが、当局は富裕農民であるヨーマンや農夫が戦力になると考えていた。「創造と繁栄」をもたらす農業に「破壊と滅亡」のイメージが付き纏うのは偶然ではない。

わが国土（earth）はそれが育んで（foster）きた
同胞の血で汚されるべきではない。
またわが目は隣人の剣で引き裂かれ（plough up）
傷に斃れる悍《おぞ》ましい屍を見たいとも思わぬ。（『リチャード二世』一・三・一二五―一二八）

「国土」（earth）「育む」（foster）「引き裂く」（plough up）といずれも農業のイメージを巧みに使いながら、ここに描き出されているのは屍の山である。「引き裂く」とともに用いられている「剣」は犂刃（coulter）を想起させないか。

ご先祖様の爪先に爪が生えないうちから、脳みそにカビの生えてしまったユリシーズや老いぼれネスターが、お前たちに牛のように頸木をかけて、戦場で泥まみれの仕事をさせている（plough up the wars）。

（『トロイラスとクレシダ』二・一・一〇四—七）

毒舌を身上とするサーサティーズの皮肉であるとは言え、トロイ戦争のギリシア軍司令官を侮辱しながら、兵士が戦場に送り込まれる様子を農作業のイメージで描写する。しかし、ここでの「泥まみれの仕事をさせる」（plough up the wars）の使い方には曖昧さが残るが、アントニー・ドーソンは試訳に示したように'make you do the dirty work of war'（117n）と解釈する。塹壕を掘って戦争に備えていると読める。見事なパラフレーズである。

ヴォルサイ人には
ローマに犂（plough）をイタリアには馬鍬《まぐわ》（harrow）を入れさせせよ

（『コリオレーナス』五・三・三三—三四）

民衆の敵としてローマを追われたコリオレーナスが、ローマへの復讐心を新たにする場面。「犂を入れる」（plough）も「馬鍬を入れる」（harrow）もともに比喩的に破壊するという意味で使われている。「犂を入れる」

を「播種のために土を掘り起こす」（『レキシコン』）と文字通りに取るだけでも、ローマ滅亡後に残る茫漠たる風景に新たな民族が侵攻して繁殖する様子が浮かぶ。「創造と繁栄」をもたらす農業の用語が「破壊と滅亡」に反転する瞬間をとらえた錬金術的比喩である。

四　tithe and/or tilth

牧師様にはちゃんとお祈りしてもらいたいものだが、
十分の一税と言っては畑から麦の束を取って行かれる。
使用人たちには支払いをしないわけにもいかない、
さもなければ犂も使わず仕舞っておけるものを。（「犂に幸あれ」一七 - 二〇）

教区牧師による十分の一税の徴収は農民を苦しめた。『尺には尺を』では公爵ヴィンセンシオの計画が十分の一税の比喩で語られる。

小麦の刈り入れを行うには、まず種を播かねばならない。（『尺には尺を』四・一・七五）
Our corn's to reap, for yet our tithe's to sow.

「刈り入れの時はまだである。十分の一税の基となる播種がまだ行われていないのだから。」すなわち、「苦労の成果を享受するには、為すべきことがまだ残っている」と『リヴァーサイド・シェイクスピア』は解釈する。問題は「十分の一税」（tithe）である。これを'tilth'と校訂し、「耕作、耕耘、耕起」と解する現代版も多い(4)。こうすれば「種を播くための犂耕もまだ終えていない」となり、前半部からの文脈も鮮明になる。ブライアン・ギボンズは'tithe'を採用しながら、「単純な考えをくどい表現で伝える押しつけがましい比喩」（151）とコメントする。『尺には尺を』には四つ折版（単行本）が存在せず、初出の一六二三年刊の第一・二つ折り版（全集本）以降、古版本は一貫して'tithe'を維持しているので、リヴァーサイド版やギボンズは編集者の解釈による校訂行為を避けて'tithe'を採用している。古版本に綴りの揺れがないと判断しているのである。シェイクスピアが意図的に複雑な比喩に挑戦しているのか、それとも植字工の誤植だったのか。永遠に答えの出ることのない校訂の問題は編集者の力量が問われる難所である。

いずれの校訂にせよ、前半部分の文構造と後半部分の文構造は修辞的な並立関係にある。意味上「小麦」（corn）は「刈り入れる」（reap）の目的語と考えられるので、後半部分も「十分の一税」（tithe）が「播く」（sow）の意味上の目的語と想定される。前半の意味のつながりを後半に素直にスライドさせると「播く」の目的語となる「十分の一税」は「種」（seed）と置換可能であると類推できる。これがギボンズの解釈である。しかし、「刈り入れる」と「播く」の意味上の主語である「農夫」の視点から見るとき、「十分の一税」（tithe）は倫理性と生産性という点で相反する意味を持つ。すなわち、税を教会に納めることでキリスト教者としての義務を果たすが、収益としては十分の一の減収となり耐え難い負担となる。

農家の負担はそれだけではない。「犂に幸あれ」はこう続く。

　次に食糧徴発の役人がやってきて
王様の御用だと言って小麦や燕麦を持って行く。

牛や羊までも、
鳥も鶏も全部だ。我に幸あれ！（「犂に幸あれ」二五―二八）

くどいようだが、右の詩句はシェイクスピアよりも百年前の農民の歌である。農業経営に携わる新しい階級の出現によって、また効率的な作業を促進する農書の出版によって、農業従事者たちの労働環境は飛躍的に改善したか。一六〇七年、ミッドランドの農民の主張は主に二点。囲い込みの撤廃と物価対策である。下院議会では常に議論されていた課題であったが、有効な解決策は見いだせなかった。もちろん反乱は鎮圧され、首謀者は処刑された。

国王を愛し、特赦を受けたい者は、
帽子を放り上げて、「陛下万歳」と叫べ。（『ヘンリー六世・第二部』四・八・一四―一五）

農民の反乱がいつもこうして終わることを若いシェイクスピアは知っていた。

おわりに

農民の反乱は過去にもあった。一三八一年のワット・タイラーの乱は農奴解放を求めた農民一揆で、ラングランドの『農夫ピアズの幻想』にもこの時代の窮状が描かれている。黒死病の流行や長引く対外戦争による農業人口の激減が背景にある。しかし、ミッドランドの反乱は事情が異なる。エリザベス朝農書が指南するように、農場経営者は合理化を推し進め、結果、農村の崩壊という事態に至った。したがって、ミッドランドの反乱は階級闘争に留まらず、現代の景観論争に近い概念を呈していると言えるだろう。演劇界で名をあげたシェイクスピアがやがて引退し、余生を送ることになる故郷のウォリックシャーは代々ビーチャム家の所領であったが、十五世紀には男系が途絶えて王領地となった。そこにマニュアルを携えたジェントリーが農業経営に参入してきたのである。

そこで『コリオレーナス』の冒頭、市民暴動の場面である。

三つ又で復讐してやろう、熊手みたいになる前に。(『コリオレーナス』一・一・二二―二三)

Let us revenge this with our pikes, ere we become rakes;

これが農民たちの怒りの表現だとしても少しも違和感はない。少年シェイクスピアがストラットフォードで目にしたありふれた風景であったかもしれない。

注

＊本稿のシェイクスピア作品の幕・場・行は、すべて *The Riverside Shakespeare*, 2nd Edition (Houghton Mifflin, 1997) による。

(1)「未開墾地、共有地、開放耕地などを石垣、生垣その他の標識で囲み私有地であることを明示すること。……主として牧羊のために領主の手で非合法的に行われ、土地を追われた農民が浮浪者となり廃村も出現した。」『ブリタニカ国際大百科事典』

（2）Robert F. G. Spier and Donald K. Anderson, Jr. 'Shakespeare and Farming: The Bard and Tusser.' in *Agricultural History*, Vol. 59. No.3, 1985.

（3）*Pierce the Ploughman's Creede* は *The Vision of Piers Ploughman* の出版（一五五〇年）後に、その成功にあやかって出されたとされ、一五五三年の出版。

（4）Lewis Theobald, *Works* (1733), William Warburton, *Works* (1747), John Dover Wilson, *The New Shakespeare* (1922) 等。

引用文献

Anon. *Pierce the Ploughman's Creede*. Ed. Walter W. Skeat. London: The English Dialect Society, 1867.

Dyer, Christopher. "The Agrarian Problem, 1440-1520". *Landlords and Tenants in Britain, 1440-1660*. Ed. Jane Whittle. Woodbridge: The Boydell Press, 2013.

Fitzherbert, Master. *The Book of Husbandry*. 1534. Ed. Walter W. Skeat. London: The English Dialect Society, 1882.

Harrison, G. B. *A Second Jacobean Journal. 1591-1610. Vol. V*. London: Routledge, 1958.

Kussmaul, Ann. *Servant in Husbandry in Early Modern England*. Cambridge: CUP, 1981.

Leslie, Michael and Timothy Raylor. Ed. *Culture and Cultivation in Early Modern England; Writing and the Land*. Leicester: LUP, 1992.

McRae, Andrew. *God Speed the Plough: the Representation of Agrarian England, 1500-1660*. Cambridge: CUP, 1996.

Schmidt, Alexander. *Shakespeare Lexicon and Quotation Dictionary*. New York: Dover Publications, 1971.

Scott, Charlotte. *Shakespeare's Nature*. Oxford: OUP, 2014.

Shakespeare, William. *The Riverside Shakespeare*, 2nd Edition. Ed. G. Blackmore Evans. Boston: Houghton Mifflin Company, 1997.

———. *King Henry IV. Part II*. Ed. James C. Bulman. The Arden Shakespeare. London: Bloomsbury Publishing Plc, 2016.

———. *Measure for Measure*. Ed. Brian Gibbons. The New Cambridge Shakespeare. Cambridge: CUP, 1991.
Spurgeon, Caroline. *Shakespeare's Imagery*. Cambridge: CUP, 1935.
Thirks, Joan. Ed. *The Agrarian History of England and Wales*. *Vol. IV. 1500-1640*. Cambridge: CUP, 1967.
Tusser, Thomas. *Five Hundred Points of Good Husbandry*. 1573, 1577, 1580. Ed. Sidney J. Herrtage. London: The English Dialect Society, 1878.
加用文信『イギリス古農書考』 一九七八　御茶の水書房 増補版　一九八九

シェイクスピアとオニールの霧

須賀　昭代

一　はじめに

米演劇の第一人者と言えばユージーン・オニール、そして英演劇なら（あるいは世界で一人劇作家を選ぶとしても）ウィリアム・シェイクスピアになるだろう。前者は私生活を投影させた主観的作風、後者は私生活にも謎が多く、「自然に鏡を掲げて」（『ハムレット』三・二・二二）描く客観的視点で知られている。両者が活躍した時代には約三百年の開きがあり、その政治的、社会的背景もまったく異なっている。にもかかわらず、この両雄には、作品の実験的多様性、独白や傍白の多用、超自然の出現など、驚くほど共通項が多い。

二〇〇七年に『ユージーン・オニール一幕劇集　蜘蛛の巣』[1]を上梓して以来、さまざまな形でその舞台化が実現してきた。最近では二〇一三年から一五年までの三年間に、毎秋東京両国のシアター・カイで、一幕劇集から二作品ずつ計六作品が上演された（その中で、『無謀』は世界初演になる）。玉川大学でも一連の海洋劇が演じられた。現在もドラマ・リーディング公演という形や、京都の劇団による舞台化など、決して太くはないが、その流れは絶えることなく続いている。その過程で、研究会での発表や、翻訳イベント登壇を通して、シェイクスピアとオニールの関係にますます関心が深まった。

今回「文学と比喩」という共通テーマが与えられたので、これを機に霧（fog）にまつわる作品を入り口にして、両者（殊にオニール）の特色や、類似あるいは相違点を浮き彫りにできれば幸いである。(2)

二　シェイクスピアの霧

シェイクスピアは言葉の魔術師と称えられる、比喩の名手だ。

部分が全体を含む点、一行の台詞、あるいはたった一つの言葉にさえ、劇全体のテーマを示すような重みを持たせることにかけてシェイクスピアは天才である。その一行や一語は、しばしば奇妙な、不思議な感覚をもたらし、なぜかわからないけれども観客の心から離れなくなる。（蒲池　一一三）

シェイクスピアが書物のみならず、映画や演劇のタイトルなどへの引用例が最も多い劇作家であるのは、それが理由だろう。そして、彼が何らかの形で使用した単語総数は約四十万語、自在に操れた語彙が三万語近く、その語彙力は世界のどの作家をも凌駕している。シェイクスピアが活躍した十六世紀のイギリスは、ルネッサンス、新世界発見、宗教改革などを経て、西の端の島国から、旧世界（ヨーロッパ）と新世界（アメリカ）の中央を占める地位に躍進した。

シェイクスピアの語彙の豊富さは、個人的才能と歴史的状況の結婚から生まれたものである。……語彙、綴り、発音、文法、すべてが創造的・流動的な可能性をはらんでいたこの英語史上の特権的瞬間に誕生し、その可能性を心ゆくまで豊かに実現したのがシェイクスピアだったのである。(高橋 七六)

それにしては、否、多方面にわたる語彙を自在に駆使できたからこそ、シェイクスピアの霧に絡む比喩は、意外と少ない。オニールが、初期のリアリズム時代に属する一幕劇群から、『アンナ・クリスティ』他、遺作となった『夜への長い旅路』まで、多様な形で霧を登場させているのとは、対照的である。『シェイクスピア・レキシコン』で調べても、(mist や vapour を含めれば別だが) fog の事例は意外なほど少ない。そのこと自体に象徴的な意味があると思うので、ここでは fog に絞って論を進めたい。

シェイクスピアの霧の今一つの特徴は、陸地、例えば『マクベス』では、荒野に出現する点にある。三人の魔女たちは霧と汚れた空気の中を飛んでゆくのだ。オニールの霧が、どの場合にも海上に現れるのとは、これも好対照をなしている。『夜への長い旅路』の舞台は、タイロン家のサマーハウスだが、海を見渡す位置に在り、海からの霧とそれに伴う霧笛 (foghorn) が、しばしば題材となっている。

両者にこのような差異が生じた要因を探るには、それぞれの育った環境に光を当てるのが一番近道だろう。シェイクスピアの故郷ストラットフォードの北に広がるのは、野生的なアーデンの森を擁するウィールド地方である。アーデンという名は、ケルト語の「高い木の茂る谷」に由来する。しっかり者だったシェイクスピアの母親の名前はメアリー・アーデンだし、未来の妻アン・ハサウェイは、この森のはずれに住んでいた。南側はフィールド地方で、イングランド特有の豊かな平原が続き、まるでこの両地域を二分するかのように、中心部を流れるのがエイボン川である。シェイクスピアは幼少期からエイボン川の側で育ち、友だちを訪ねるにも近くの村へ行くにもそこを通った。ロンドンから故郷へ引退する際にも、この川のほとりを選んだし、死後埋葬されたホーリー・トリニティ教会も、川沿いに建っている。森に守られたストラットフォードの気候は穏やかで、エイボン川はじめいくつもの川が流れていたので、空気や土には湿気が多かった。シェイクスピアは大地から生じる霧に縁の深い環境で育ったのだ。

北のウィールド地方には、貧しいカトリックが居住し、豊かなプロテスタントが多い南のフィールド地方と一線を画していた。シェイクスピアがその境で子供時代を送ったことは、相反する二項の一方に偏ることなく、どちらのサイドをも代弁できる抜群のバランス感覚を培う一助となったに違いない。また、都会ではなく緑豊かな田園で、おとぎ話、民話、迷信、伝説、寓話などに囲まれてのびのびと育ったことは、シェイクスピアの想像力や機知の力、楽天性を存分に伸ばした。このようにして、辛辣な批評で知られるG・B・ショーにさえ、「すべての階級の人と上手にやってゆける」と言わしめた「礼儀正しい紳士」(Gross 10) が誕生したのである。

シェイクスピアとオニールの共通点として、両者の戯曲の実験的多様性が挙げられることは最初に触れたが、シェイクスピアは一五八〇年代末に、英国の歴史劇から書き始めた。続いて喜劇時代を経た後、一六〇〇年頃からは悲劇、それも『ロミオとジュリエット』のような運命悲劇から、『ハムレット』や『オセロ』などの性格悲劇へと書き進んだ。そして一六〇八年から一六一一年にかけて、悲喜劇またはロマンス劇と言われる最終期の作品群を書き上げた。

数少ないシェイクスピアの霧の比喩が、悲劇群の最後を飾る『マクベス』の冒頭に置かれているのは、まさに象徴的である。というのも、曖昧さ (equivocation) がこの劇の主要テーマなのだから。『ハムレット』の亡霊が定刻にエルシノア城に出現するのとは異なり、三人の魔女たちは昼とも夜ともつかない曖昧模糊とした霧の中から現れる。当時ボーモントとフレッチャーや、トーマス・ミドルトンが、fog の隠喩をよく用いているが、これらの用例から判断すれば、魔女につきまとう霧や不潔な空気は、魔女の正体が人間をペテンにかけて罪に陥れる悪魔性のものであることを暗示する（平岩 五）。『マクベス』冒頭の魔女達の言葉、「戦いに負けて勝った時」（一・一・四）、「きれいはきたない、きたないはきれい」の合唱（一・一・一一）、バンクォーへの予言「マクベスより小さくて大きい」「それほど幸せではないが、ずっと幸せだ」（一・三・六五―六六）は、どれをとっても、霧のように不透明だ。その容姿も曖昧で、女かと思えば髭が生えており、年寄りかと思えば、跳ね回って踊る。実際のところ、魔女は地面を掃くはずのほうきにまたがって空を飛ぶ。ありとあらゆる矛盾、逆さまを象徴する存在なのだ。同行のバンクォーは、正体を看破するのに、マクベスは魔女たちの言葉の両義性に惑わされて、破滅の道を辿って行く。

四大悲劇の中で、最も短く、最も激しくて速いアクションを伴う『マクベス』は、スパージョンが述べているように、「他のどの作家のどの劇よりも豊かで多彩なイメジャリーが織り込まれ」（Spurgeon 324）、独特の詩的雰囲気を持つ。主人公が、幻想に取り憑かれやすい詩人肌の男なので、『マクベス』はどのシェイクスピア劇よりも、詩劇の特色が強い。だからこそ写実劇を超えて、登場人物が意識的に考えることのみならず、無意識裡に抱くものまでも表現できたのだ。

劇作家であると同時に詩人でもあったので、シェイクスピアは韻文と散文双方の舞台言語を使えた。例えば王侯貴族には韻文、平民には散文というように。そして、『ロミオとジュリエット』の出会いのシーンのような、ここぞという時には、美しい韻文のソネット形式が使われている。これはシェイクスピア言語の大きな特色であり、強みでもあった。ここで忘れてならないのは、シェイクスピアは読まれるための戯曲を書いたのではなく、あくまで舞台で上演されるのを目的として詩劇を書いたのだ。エリザベス朝の張り出し舞台では、役者と観客との距離が近く、ロンドンの午後の光が照明役を果たし、近代的装置が無い分、主要手段として独白や傍白を含む台詞に重きが置かれ、かえって自在にできるという利点があったと考えられる。

これらの点について、オニールの場合はどうか。シェイクスピアと比較すれば、より散文的で抒情性が少ないとはいえ、若い頃詩を学んだことのあるオニールは、成熟したとは言い難いが、かなりの量の詩を書いている。折に触れて、自分の本質は詩人で神秘家だと自負している面が感じられる。作品の中心人物には繊細な詩人タイプが多く、一幕劇『霧』では一方の主人公は現実逃避型の詩人である。こうしたオニールの詩的傾向性は、時にはセンチメンタルに過ぎるとか、メロドラマ的という批判を浴びることもあった。しかし総合的に判断すると、しみじみ心に迫る心情表現や、情緒たっぷりの舞台設定など、プラスに作用する方が多い。

舞台装置については、オニールは様々な近代的工夫を存分に駆使している。特にト書きに関しては、詳細すぎると言われるほど凝っている場合もある。一幕劇の中で、唯一晩年(一九四一年)に執筆された『ヒューイ』のト書き部分に至っては、オニールがそれまでに習得した人生哲学まで盛り込まれているので、難解な印象を与えやすい。ト書きにあたる指示は、台詞に織り込まれていたシェイクスピアの時代とは、大違いと言えよう。

三　オニールの霧

オニールを一言で表すなら、「アメリカ近代劇の祖」ということになるだろう。それまでイギリス他ヨーロッパ各国からの輸入劇に頼っていたアメリカは、オニール誕生によって初めて芸術としての評価に耐えうる国産の劇を持つに至った。彼は写実主義や自然主義と表現主義双方の達人であった。ほぼ一作ごとに新しい問題を提起し、彼ほど終生演劇的実験に献身した作家は、なかなか見当たらない。そしてその後も今日に至るまで、彼ほどの多様性を持った劇作家はアメリカに現れていない。守備範囲が極めて広く、先の実験で学んだことを踏まえて、より優れた次作に繋げる技は、シェイクスピアとオニールに共通する資質と言える。

霧は初期の一幕劇集以来、最後の作品となる『夜への長い旅路』まで、オニール戯曲の中で一貫して重要な役割を担ってきた。オニールの霧は、海に現れるのが特徴で、それは以下に述べる彼の生い立ちから来ている。

ユージーン・オニールは一八八八年にニューヨークの劇場街の中心、ブロードウェイのホテルの一室で生まれた。父ジェームズ・オニールは、有名なシェイクスピア役者だったが、メロドラマ『モンテ・クリスト伯』で人気を博し、各地を巡業して財を成した。ユージーンはあらゆる意味で「劇場の申し子」だった。米国各地をあちこち巡る両親に連れられて、七歳まで不安定な幼少時代を過ごした。家名のオニールからわかるように、彼はアイルランド系アメリカ人である。両親共にアイルランド移民の子で、アイルランド気質は彼にも色濃く投影されている―すなわち、アメリカの伝統的楽観主義への反骨精神、感情の起伏の激しさ、耽美とも言える美への憧れ、神秘主義の傾向、熱心なカトリック信者であった両親への反発もあっての神をないがしろにするかのような行為、家族間の親密さの裏返しである血族憎悪などである。またオニールは、父からは演劇人としての素養を、ピアノの名人だった母からは音楽的才能を受け継いだ。それらは音楽をフルに生かした舞台技巧へと開花したのである。

成人したオニールは、父親の蔵書でシェイクスピアを愛読。プリンストン大学で一年間シェイクスピアを学び、スピーチや手紙にしばしばシェイクスピアの言葉を引用した。だが、兄に感化されてニューヨークの演劇人たちのボヘミア的生活を送る。大学で学生の乱痴気騒ぎに加わって停学処分を受け、まもなく秘密裏に結婚するが、短期間でこれを解消、生来の放浪癖に身を任せて船員となる。中央アメリカの金鉱探検にも出かけるが、マラリアで中断、いったん帰省したものの職を転々とし、また船員となって諸国をさ迷う。オニールにとって、海の霧はごく身近なものであった。やがて放蕩生活が祟って健康を損ね、一九一二年末に結核でサナトリウムに半年間入院する。この間にギリシャ悲劇、エリザベス朝演劇、ニーチェやショーペンハウエルの哲学、ストリンドべリやイプセンの現代劇など、広範な読書に没頭、これが劇作家としての基礎を築くのに役立った。船乗りとしての実体験を生かして、社会の下積みの船員たちの哀歓を親身になって描き、一連の実験的海洋一幕劇を書き上げた。そして、弱冠二十代でニューヨークの劇団の主要作家兼演出家になった。

一幕劇という形式は、当時の前衛演劇としての一大特色であった。オニールの一幕劇の特色は、緻密な完璧主義者らしく、その年齢にしては完成度が高く、後の傑作への萌芽が見られる点にある。例えば『綱』には、代表作『楡の木の下の欲望』のテーマが既に顔を覗かせている。二十余の一幕劇の内、海の霧が描かれているシーンのあるのは、『カーディフさして東へ』、『長い帰りの旅路』、『霧』の三作である。オニールの霧は、抗し難い運命の象徴である場合が多いが、作品によって、或いは同じ作品中でも場面によって、微妙に暗示するものが変化するので、以下具体例を挙げながら検討したい。

一九一六年夏の『カーディフさして東へ』の初演は、オニールの存在を広く演劇界に知らしめた。この劇は北欧やアイルランドなど、多国籍の船員たちのにぎやかな会話で幕を開ける。舞台奥の寝棚には、一人ヤンクが横たえられている。梯子を踏み外して船倉へ落下する事故で、内臓を損傷したのである。ヤンクの行く末を暗示するかのように、辺り一面を濃霧が覆っている。霧が晴れない限り、あと一週間かけても、船は真っ当な治療を受けられるカーディフには着けない。

シェイクスピアは『マクベス』でハンドベルや門番のシーンの扉を叩く音など、巧みに音響効果を利用しているが、オニールも負けてはいない。規則的に鳴らされる汽笛（steamer's whistle）や、船員たちがかくいびきが、死にゆくヤンクの孤独感をより募らせる。ヤンクは恐怖のあまり気が狂ったように叫ぶ、「一人にしねえでくれ、ドリスク！頼むから一人にしねえでくれ！」（『一幕劇集』四四）「世界中旅しながら何一つ見ちゃいねえんだ。死のうが生きようが気にかけてくれる人は誰もいねえ」（『一幕劇集』四七）というヤンクの台詞にも、孤独感が滲んでいる。そして続いて語られるヤンクの陸の生活への夢、「素晴らしいだろうなあ、女房がいて、仕事を終え晩飯の後、夜には子供たちと遊ぶってのは」（『一幕劇集』四八）は、もはや叶うことはないのだ。

ヤンクが唐突に聞く。「どうしてこんなに霧が入って来やがるんだ?」「霧?」とドリスコルが不思議そうに反応する。ヤンクの目が霞み、幻覚が始まったのだ。「俺は水葬になるだろうな」、陸に埋葬されたいという夢すら叶えられそうにない。ヤンクが息絶えた直後、「霧が晴れたぞ」と言いながらコッキーが入って来て、幕となる。いわゆるドラマティック・アイロニーである。

ヤンクの海との死闘は、結局は敗北に帰する。だがオニールは、このような人間対運命や神のような巨大な「背後の力」なるものとの葛藤を表現することが、劇作家の使命だと考えていた。たとえ敗北しようとも、敢然と人生に闘いを挑む人間の姿こそが尊いと信じていたのだ。

オニールの独白や傍白は、初期の頃は、ヤンクのように寡黙ではっきりものを言えない人物の、いまわの際の告白に近いものが多かったが、次第に雄弁さを増して、シェイクスピアのハムレットの場合のように、主人公の復讐の決意や内面吐露へと深化して行く。

霧がアイロニカルな意味合いを持つのは、一九一七年に上演された『長い帰りの旅路』も同様である。ただ、ここでは霧のシーンは一度しか出てこない。グレンケアン号の乗組員オルスンは「もう二度と船には乗らねえ。海とは一生分付き合ったからな——どんなに働いたって、ほとんど金にならねえんだ。船じゃあ、ただ働いて、働いて、働きっぱなしさ。もうたくさんだよ。」（『一幕劇集』七二）との固い決意を抱いて上陸する。彼は老いた母親と兄が待っているストックホルム近くの農場の土地を買い足して、もう海ともおさらばして、後は三人で楽しく一緒に働くために、この二年間分の給料をコツコツ貯めてきたのだ。だが、ロンドンの波止場近くの安パブに立ち寄ったばかりに、酒場女の口車に乗って、睡眠薬入りの飲み物を飲まされ眠り込んでしまう。翌朝目覚めた時には、奴隷船のように悪名が高く、もう二度と陸を拝めなくなるかもしれないアミンドラ号に、乗組員として連れ込まれていることだろう。

途中なんとか誘惑を振り切って家路に着こうとするオルスンに、女給が言う。「お願いだからドアを閉めてよ！霧で凍え死にそうだわ」（『一幕劇集』七四）。この時ドアを閉める代わりに、思い切って霧の中へ飛び出してストックホルムへ向かってさえいれば、オルスンの長年の夢は叶えられたかもしれないのだ。

同じく一九一七年初演の『霧』は、一幕海洋劇の中で最も神秘性が強い。舞台はニューファンドランドの沖をなすすべもなく漂流する客船の救命ボートで、題名が示す通り濃い霧が海上を覆っていて、ト書きも含めれば、fog という言葉が二十数回使われている。日が昇って辺りが明るくなり、徐々に霧が晴れてくるにつれて、主人公二人の身元が判明する。夢想家の詩人と現実派の実業家である。夢や理想を追い続ける人間対プラクティカルな成功者という構図は、一幕劇の中でも『朝食前』や『鯨油』に、そして後年の作品でも頻繁に見受けられる。オニールにとって生涯のテーマの一つであった。

舞台技巧として霧と共に何度も用いられて、音響効果を発揮しているのが、汽笛（steamer's whistle）である。汽笛の音が近くに聞こえるかどうかは、助けを期待しての一喜一憂に直結している。そしてこの物語の最後は、オニールにしては珍しく皆に生きる希望を感じさせるものになっている（理想が高く、悲観主義の詩人を除いてではあるが）。

オニールの数少ないハッピー・エンディング戯曲の一つに、写実主義の傑作『アンナ・クリスティ』が挙げられる。この作品では、霧に善悪両面のイメージが課されている。これは娼婦にまで身を堕としたスウェーデンの娘アンナが、海の健全な力強さに感化されて、火夫の若者の愛を信じて再起を決意する物語だ。アンナの父親である船乗りクリスにとっては、海はその魔力から逃れたい呪詛の対象で、霧もその悪魔のような海に加担するものに他ならない。終幕のクリスの台詞「霧、霧、霧、ひどいざまだ」(Complete Plays 1027)、がそれを暗示している。しかし預けられた農場で過酷な子供時代を送ったアンナにとっては、陸から離れた海は、再生の力を与えてくれる新しい存在である。そして霧は、過去の汚点を洗い流してくれるものという肯定的な扱われ方をしている。グレタ・ガルボ主演で映画化されて、それまで無声映画のガルボしか知らなかった観客は、ハスキーなガルボ・トークに魅了された。

オニールとシェイクスピアの関係を論議するにあたって見逃せない作品に、一九三一年秋に上演された『喪服の似合うエレクトラ』がある。というのも、これは古代ギリシャ悲劇オレステス三部作を、南北戦争後のニューイングランドに移し替えたものだが、主人公ラヴィニアにはハムレットとの類似点が多数見られるからである。南北戦争を凱旋した将軍エズラ・マノンの妻クリスティーンは、愛人と共謀して夫を毒殺、それを知った娘ラヴィニアは、弟を説得して愛人を死に追いやる。母は後追い自殺を遂げ、弟も罪の意識から自ら命を絶つ。ラヴィニアは死者の思い出を胸に、一人マノン家に閉じこもる、というのが大筋である。ラヴィニアとハムレットとに共通する点を以下箇条書きにしてみよう。

・父の死を悼んで両者ともに喪服で登場。
・どちらの父も毒薬で殺害された。その死は謎に包まれていたが、ハムレットの父は亡霊になって、エズラ・マノンの場合は肖像画が亡霊に代わる役割を果たして、我が子に殺人を教えて復讐を迫る。
・父親の死については、どちらも母親の性に絡んだ裏切りがあり、通常ラヴィニアはエレクトラ・コンプレックス、ハムレットはエディプス・コンプレックスと呼ばれるフロイト的あるいはユング的インセスト(近親相姦)が大きなテーマとなっている。
・復讐を託された子は、どちらも元の自分には戻れないで、身内の揉め事を正す宿命に翻弄されてゆく。

・結局、両者とも冷静に死と向き合い、潔く運命を受容する。

しかしこの二人には決定的な違いがある。ラヴィニアには、洒落の名手ハムレットのような機知や奔放な想像力、ルネッサンスの王子の持つ輝きが見られない。

シェイクスピアの劇世界における笑いは、その抑制の効かせ方や冷静な客観性が、極めてイングランド的と言えよう。そしてシェイクスピア悲劇の大きな特徴の一つとして、『ハムレット』の墓掘人のシーンのようなコミック・リリーフ——ほっとするようなユーモラスな場面を挟むことで、悲劇の緊張を和らげ、同時により悲劇を際立たせる工夫——が挙げられる。だがオニールの場合は、同じコミック・リリーフでも、悲劇の色合いがより濃厚なのではないだろうか。

母は麻薬常用者（ユージーン出産後の肥立ちが悪く、その治療費を貧しいアイルランド移民として苦労した父ジェームズが出し渋ったのが原因とされている）、兄がアルコール中毒という病める家庭に育ったオニールにとって、人生は早くから悲劇の様相を帯びていた。その間の事情は、自伝そのものとも目される『夜への長い旅路』で明らかにされている。彼の悲観主義は一つにはその天性もあろうが、育った環境によるところが大きい。オニール自身が築いた家庭にも、問題が多かった。最初の結婚で生まれた長男は、イェール大学の教職についていたが、一九五〇年に飛び降り自殺、オニールやその母も自殺未遂を経験し、兄の死因にもその疑いがあったことから、家系に神経症があったと考えられている。再婚で生まれた次男はオニールの兄同様に、放蕩や麻薬中毒症を繰り返し、第三子ウーナは順調に女優になったが、まだ十代で父オニールより年長のチャップリンと結婚して、オニールを激怒させた。三度目の結婚でようやく落ち着いたかに見えたが、晩年神経疾患で悩まされ、一九五三年に六五歳で死去、ひっそり埋葬された。オニールの家族や、彼自身の人生を突き詰めれば詰めるほど、悲劇の度合いが増すかのようで、こうして『氷屋来たる』や『夜への長い旅路』が生まれたのである。

『喪服の似合うエレクトラ』の寄与もあって、一九三六年、四八歳でオニールはノーベル文学賞を受賞した。その受賞講演で、ストリンドベリやイプセンから受けた恩恵については明言しているが、シェイクスピアには触れていない。だがそれは、無視したからではなく、シェイクスピアがあまりにもオニールの血肉となっていたので、取り上げることを思いつきさえしなかったというのが本音だろう。ハロルド・ブルームは、一人の詩人が他の詩人や家族から受ける影響に言及して、hidden roads と形容しているが（Bloom 96）、オニールが辿った道筋には、高名なシェイクスピア役者だった父への屈折した心境と同時に、シェイクスピアの姿がはっきり認められる。ピーター・ブルックの言葉「シェイクスピアはいまだに我々のお手本（model）である」（Brook 87）というのは、オニールにおいても例外ではないのだ。

『夜への長い旅路』はオニールの死後三年で、その妻によって解禁され、そこに描かれたタイロン家の四人に投影されたオニール自身、両親、兄の赤裸々な姿が、話題をさらった。リアリズムに立ち戻って、ある一日に凝縮されて、陰影豊かに描かれたオニール一族の悲劇が、皆の胸を打ったのである。霧が、最後まで変わらずオニールにとって貴重な比喩表現の手段であったことは、この作品に霧（fog）及び霧笛（foghorn）がそれぞれ十数回も使われていることからも、明らかだ。印象に残る霧のシーンや言葉を列記してみよう。なお、メアリーはオニールの母、タイロンは父の実像を投影している。

・第一幕朝——メアリーが機嫌よく「霧が晴れたわ」[3]とタイロンに話しかけ、霧笛（夫のいびきをそれに絡めて）で眠れなかった、とからかう。このジョークはその後も何度か繰り返される。

・第二幕正午過ぎ——夫婦の対話の雲行きが怪しくなると、それを見透かすかのように、タイロンが「もう一晩は、霧の夜になるだろう」と言う。メアリーが過去は現在であり、未来でもある、とその人生観を披露し、タイロンを責める気はないと言いつつ、何かと夫のせいにする。

・第三幕夕方――忍び寄る霧のために黄昏が早く感じられる。メアリーが言う。「本当に霧が好き、世界からこの身を隠し、この身から世界を隠してくれるから。」「なんと霧が深いんでしょう。いつもこうだといいのに。」

ここには、人生そのものを霧に覆われたものとみなすオニールの考え方が散見される。メアリーはまた「霧笛は昔のことを思いださせるから嫌い」とも述べて、薬の影響もあって、幸せだった過去と孤独な現在とがこの辺から交錯し始め、辻褄の合わない世界に迷い込んで行く。一方では、「霧の中で一人でいるのはとても寂しいものよ」とタイロンの帰宅を喜ぶ、少女のようなしおらしさも見せる。「どうして霧はすべてを虚ろにさせてしまうのかしら」――霧は虚ろな気持ちを惹起するものだ、というのもオニールの持論の一つである。

興味深いことに、以上の例が示す如く、霧のエピソードは、まるで麻薬に溺れた精神状態を暗示するかのように、メアリーにまつわるものが多い。第四幕――真夜中近く、になって初めてオニールの分身たるエドモンドが、霧について語ることによって、オニールらしい詩人気質の片鱗を覗かせる。「僕は霧が大好きで、霧はまさに僕が必要としたものだった。」「霧の中こそが僕が居たい場所だった。……ほんの二、三フィート先も、よく見えなかった。人っ子一人見かけずすべてが夢の中のように思えた。」「霧と海とが一体に感じられ、海の底を歩いているかのようだった。まるで僕はずっと昔に溺れて、霧に属する亡霊になって、その霧はまた海の亡霊だったんだ。僕は亡霊中の亡霊に過ぎないとわかって、どんなに平穏な気分になったことか。」「僕が人間に生まれたのは大間違いで、カモメか魚だった方がずっとうまくいっていただろうに。」「我々（影が薄い）fog people にとって、雄弁ってのはありえないんだ。」

この劇の前半では、エドモンド以上に饒舌なタイロン家の長男、皮肉屋のジェイミーが、音頭をとることが多い。オニールの兄の分身たるジェイミーに、父、母、あるいはエドモンドが加わって、辛辣な諧謔、ウィット、時には詩情溢れる台詞などを交えながら、会話が交わされ、一家の真の姿が暴かれてゆく。父親との相克、母親の狂気、兄弟間の精神の葛藤などである。その途上で、『オセロ』、『リア王』、『お気に召すまま』、『ジュリアス・シーザー』、『あらし』、『リチャード三世』など、シェイクスピア劇からの引用句が言葉巧みに織り込まれている。

この戯曲では、他にも聖書やギリシャ神話からの引用に加えて、ボードレール、ロセッティ、ダウスンなど数多くの詩人の詩が多彩に散りばめられ、オニールの博学ぶりが偲ばれる。この遺作が、オニール随一の名作とされる所以だろう。

四　結び

シェイクスピアとオニールの霧――結局この二人はそれぞれどのような境涯に到達するのだろうか。

シェイクスピア最終期のロマンス劇群は、いずれも積年の確執を克服した後の和解や許しをテーマにしている。実質上最後の作品である『あらし』の主人公プロスペローは、シェイクスピア劇のあらゆる登場人物の中で最もシェイクスピア本人に近いと評されているが、祝典の仮面劇が終わった後に次のように感慨を述べる。

われら人間は、夢と同じ材料でつくられ、ささやかな生涯は眠りでその輪を閉じるのです。（四・一・一五六―五八）

そこには、穏やかで清澄な万感の思いが込められている。シェイクスピアにとって、霧は晴れたように思われる。

一方、オニールの世界はどうだろうか。『夜への長い旅路』の第四幕、終幕近くの霧のシーンを以下に要約してみよう。――エドモンドは酔っ払って、だらしない格好で眠りこけている。タイロンは霧に濡れたガウン姿でそれを見つめる。「これが期待の星だった我が息子の現在の姿なのか。」タイロンの顔には、厳しさ、嫌悪、そして同時に、憐れみの表情が浮かんでいる。エドモンドはタイロンが入ってきたことに、気づいていない。

オニールにとって、霧はまだ晴れてはいないようである。だが集大成とも言える『夜への長い旅路』に接すれば、行く先も定まらない fog people の一人として、オニールがいかに悩み苦しんだか、その軌跡がはっきりと感じ取れる。まさにそこにこそ、オニールの現代的意義があるのだろう。

注

（1）高山吉張・須賀昭代監訳『ユージーン・オニール一幕劇集　蜘蛛の巣』京都修学社　二〇〇七
以下本書からの引用は、『一幕劇集』と表記する。
（2）本稿はオニール公演時の解説用原稿を大幅に加筆修正したものである。
（3）以下『夜への長い旅路』からの引用は、第一幕、第二幕など幕番号で本文中に示す。

引用文献

Bloom, Harold. *The Anxiety of Influence: A Theory of Poetry*. New York: OUP, 1973.
Brook, Peter. *The Empty Space*. New York: Avon, 1969.

Gross, John. Ed. *After Shakespeare: Writing Inspired by the World's Greatest Author*. Oxford: OUP, 2002.
O'Neill, Eugene. *Long Day's Journey into Night*. 1956. Ed. Harold Bloom. New Haven: Yale UP, 1989.
———. *Complete Plays 1913-1920*. New York: LOA,1988.
Shakespeare, William. *Hamlet*. Ed. Harold Jenkins. The Arden Shakespeare. London: Methuen, 1985.
———. *Macbeth*. Ed. Kenneth Muir. The Arden Shakespeare. London: Methuen, 1984.
———.*The Tempest*. Ed. Frank Kermode. The Arden Shakespeare. London: Methuen, 1958.
Spurgeon, Caroline.*Shakespeare's Imagery*. London: CUP, 1968.
蒲池美鶴『シェイクスピアのアナモルフォーズ』研究社出版　一九九九
高橋康也編『シェイクスピア　ハンドブック』新書館　一九九四
平岩紀夫『シェイクスピアの比喩研究』松柏社　一九七七

Ⅱ　十九世紀

オースティンの歩く女性たち
――束縛と解放を巡って――

池田　裕子

エレン・モアズは文学における女性の発言の歴史を、「歩く」という比喩により捉え、ジェイン・オースティンの小説に見られる田舎の散歩は女性の喜びを表す象徴であると指摘している。[1] 天気が許す限り散歩を日課としていた作者同様、小説の中の女性たちもよく歩く。屋敷内の散歩道を一人で歩き回り、友人や姉妹と田舎道を散歩し、町の中を男性と肩を並べて歩く。どこを、誰と、どのように歩くか。様々な形で繰り返される女性の歩く姿に、喜びに加えてどのようなメッセージを読み取ることができるだろうか。

十八世紀末から十九世紀初頭のジェントリー階級の女性を取り巻く社会は、「歩く」という行為に対して、必ずしも寛容であった訳ではない。家庭という私的な領域の中で、女性は物理的にも社会的にも閉ざされた生活を余儀なくされていたからだ。控えめで従順な女性像が社会に広く浸透していたことは、若い女性の道徳的指南書であるコンダクト・ブックの隆盛からも窺える。[2] 公的学問の機会から締め出された女性は、より有利な結婚を手に入れるために、針仕事・絵画・ピアノなどのたしなみに従事することが求められた。医師は、屋内で座っている時間の多い女性に、健康のため適度な運動として散歩を勧めたが、あくまでも身体の負担にならないようにという条件付きだった。身体の弱さが繊細さや洗練された感受性の表れとしてむしろ歓迎されていたため、屋外での活発な活動は女性の本質にふさわしくないばかりか、家庭という私的な枠組みを超えることに伴う道徳上の危険性も憂慮された。男女の生まれつきの身体的差異が教育、道徳、社会上の立場に深く関わっているという考え方は、医師、保守的な教育家、コンダクト・ブックの著者に共通した当時の一般的な見解である。したがって、女性が「歩く」ことの意味は、このような社会的コンテクストの中で解釈されなければならないだろう。

一方フランス革命後の十八世紀末は、イギリスにおいても男女の社会的差異を疑問視するフェミニズムのうねりが高まった時期である。メアリ・ウルストンクラフトは『女性の権利の擁護』（以後『擁護』とする）の中で、コンダクト・ブックの著者の主張を批判し、たしなみは女性を狭い空間に閉じ込め、健全な心と体の働きを犠牲にすると反論する。男女の精神に差はないこと、女性も男性同様「心と体と鍛錬すること」（Wollstonecraft 82）が重要であり、理性に基づいた教育をうける権利があると強調する。十八世紀末は、急進派だけではなく、より保守的な女性作家による感傷小説やゴシック小説においても、古城や牢獄、あるいは結婚制度を通して、女性の閉ざされた状況を露にする束縛のモチーフが繰り返される。牢獄・家庭・たしなみが女性に対する束縛の暗喩であるとすれば、「歩くこと」は束縛からの解放のシンボルとして捉えることができるだろうか。この小論では、家父長的価値観とフェミニズムという視点を背景にして、女性が「歩く」ことにどのような意味が読み取れるのかを『ノーサンガー・アビー』『高慢と偏見』『マンスフィールド・パーク』を中心に考察したい。

オースティンの主要六作品のうち最初に執筆された『ノーサンガー・アビー』は、十八世紀末に人気を博したアン・ラドクリフの『ユードルフォの謎』というゴシック小説のパロディとして周知されている。[3] ヒロインであるキャサリンは、ゴシック小説や感傷小説のヒロインに共通する並外れた美貌や賢さ、控えめな繊細さも持ち合わせていない。「束縛されること、清潔なことが大嫌い」で、「本よりもクリケットや球技や乗馬、野原を駆けまわる」[4]（*NA* 7）ことに夢中なおてんば娘を、父親は秘密の部屋に監禁することもなく、無理やり知識を詰め込もうともしない。作品の冒頭から監禁、鍵のかかった部屋、抑圧というゴシックのモチーフへの諷刺的言及がある。のびのびとした教育、健康以外たいしたとりえのない女の子という設定は、まさに当時の女子教育の規範の裏返しでもある。たとえばこの冒頭の場面は、女子教育論に大きな影響を与えたジャン＝ジャック・ルソーの『エミール』における、ソフィーの教育についての言葉を想起させる。男女間の差異を主張するルソーは、「男の子たちは太鼓、コマ回し、荷車など動きや騒々しさを求める。一方、女の子は鏡、装飾品、敷物、特にお人形などの視覚に訴え、装飾的なものを好む」(Rousseau 265) と述べている。これに対してウルストンクラフトは、「男性を喜ばせる」(Wollstonecraft 110) ための教育であると激怒するが、当時の寄宿学校はルソーの教育方針と同じ流れにあり、マナーやたしなみを習得させるため、裕福な子女を屋内に閉じ込め不健康な生活を強いていた。「野原を駆けまわる」ヒロインという設定は、このような社会通念を揶揄する比喩として読むことができ、作品の方向性を暗示しているようだ。

キャサリンはバース滞在中、ソープ兄妹とティルニー兄妹という対照的な二組の兄妹との間を行き来し、人を見る目を養っていくが、両者の対比は「馬車」と「散歩」という形で表される。当時流行っていたオープン型の馬車は、贅沢好きで軽佻浮薄なジョン・ソープの虚栄を具現化し、キャサリンを無理やり拘束する。男性の権威の象徴である馬車や馬の自慢話に終始するジョン・ソープと違い、ヘンリー・ティルニーは男女の区別なく小説を読むことの楽しみについて力説する。馬車という狭い空間からようやく解放されたキャサリンは、ティルニー兄妹との散歩を楽しむことになる。バースの小高い丘まで散歩し、視界が開けるにつれて、知性も開いていく。キャサリンは散歩中ヘンリー・ティルニーから「土地の囲い込み」や「政府の話題」など様々なことを学び、今まで自分がいかに無知であったかを恥じる。しかし、キャサリンの知への目覚めは、「女性の無知は美しさを引き立てる」、「美人は愚かなほうが得」(*NA* 112) ということをキャサリンは知らなかった、と語り手により茶化されるのだ。これはコンダクト・ブックの著者、グレゴリーが若い女性に宛てた教訓、「女性は不幸にも豊富な知識を持っていたら、できるだけそれを隠すべきだ」(Gregory 14) への当てこすりである。さらに、ティルニー兄妹は田園風景が絵になるかどうかについて、前景、中景、後景などの専門用語を使い熱心に議論を始めるが、キャサリンはよく理解できず、「高い丘の頂上から見た眺めが一番素晴らしい眺めだと思っていたがどうもそうではないらしい」(*NA* 113) と内心訝しく思う。このキャサリンの率直な疑問こそが、風景をピクチャレスク美学の理論に当てはめて解釈しようとする当時の過剰なピクチャレスク熱に対する痛烈な批判でもある。(5) 知への目覚めの表象としての散歩は、語り手に半ばからかわれながらピクチャレスク熱とコンダクト・ブックに対する嘲笑の中に織り込まれていく。

物語後半のノーサンガー・アビー訪問の場面では、『ユードルフォの謎』のパロディとしての側面がさらに顕著になり、屋内を歩くことが現実と虚構の間をさまようことと結びつく。キャサリンはゴシック小説を耽読するあまり、小説のようなことが起きることを内心期待し、びっくりしたくてたまらない。もと修道院の由緒ある屋敷を陰鬱なユードルフォ城と重ね合わせ、中庭や植え込みの散歩道よりも、大きな屋敷内の迷路のように入り組んだ回廊を歩き回ることに興味を示す。新鮮な空気を求めての戸外の散歩と異なり、出口を求めて屋内を彷徨うさまは、人物の内面の不安や混乱を映し出すことが多い。冷酷なティルニー将軍をラドクリフの悪漢モントーニに重ね合わせ、彼こそ美しい妻の突然の死に関わっていると妄想し、秘密を暴こうとティルニー夫人の部屋まで一人で歩く。さながら『ユードルフォの謎』のヒロイン、エミリーがモントーニ夫人の禁断の部屋を求めて、幽霊が出現すると噂される陰鬱な城を真夜中一人で歩き回るように。しかし、現代のイギリスでそのような残虐行為が起きるはずがないことは、理性と観察に照らし合わせると明白なことだ、というヘンリーの叱責により、キャサリンは妄想から完全に覚醒する。ヘンリーの言葉は、キャサリンを「アルプスやピレネーの山々」(*NA*

205）というゴシックの世界から「イングランド中央部」（*NA* 205）の日常の世界へと引き戻すことになる。屋敷の入り組んだゴシックの迷路をさまよい、そこから脱出することは、キャサリンが過剰な感受性から抜け出し、精神的成長を遂げる過程の縮図と考えられるだろう。ところが、キャサリンがゴシックの妄想に囚われて歩くことは、図らずも現実社会に潜む恐怖――ティルニー将軍に体現される父権社会や威圧された結婚制度――を暴くことになる。将軍は殺人犯ではなかったが、妻や子供たちを震え上がらせる暴君、イギリス社会のモントーニであることが判明するのだ。キャサリンに財産がないことが判り、財産目当ての結婚というもくろみが裏切られると、キャサリンを半ば強制的に屋敷から追放する。家父長社会への批判が、ゴシックのパロディという形式の中に埋め込まれ見え隠れする。将軍の圧力からの解放はヘンリーとキャサリンの自由意思による結婚を待たなければならない。

オースティンの作品では、多くの幸せな結婚は屋外の求婚で始まる。ヘンリーの求婚も散歩中に行われるが、この求婚はティルニー将軍の意志にも、社会通念にも沿っていない。というのは、そもそもヘンリーがキャサリンに求婚したのは、「キャサリンから愛されていることを確信したため」（*NA* 252）であるからだ。これも、グレゴリーのコンダクト・ブックに代表される当時の慣習への揶揄である。グレゴリーは「愛は決して女性の側から始めてはならない」（Gregory 36）と警告し、女性は男性の愛情に対して感謝し、男性に尊敬の念を抱き、その結果愛情へと発展するものだ、と説明している。しかし語り手は、「恋愛物語としては新しいパターン」かもしれないが、世の中にはよくあることと茶化しながら、慣習にとらわれないより自由な恋愛論を田舎道の散歩中に展開する。物語終盤の故郷での散歩は、のびのびと「野原を駆け回る」冒頭の場面と同一線上にあり、共に社会の制約からの解放、というメッセージを内包している。ゴシック小説のパロディという枠組みの中、ピクチャレスク論、コンダクト・ブックへの揶揄と複雑に絡み合いながら、歩くことは、キャサリンが重層的な束縛から紆余曲折を経て抜け出し、精神的に成長する過程と共鳴する。

女性が歩くことにこめられた、社会的束縛からの解放というメッセージは、『高慢と偏見』のエリザベスによって痛快に示される。病気の姉のジェインを見舞うため、エリザベスは「次々と野原を横切り、段垣を踏み越え、水たまりを飛び越える」(*PP* 36)。エリザベスが三マイルものぬかるみの中を歩いてきたことに対する、登場人物達の反応に、当時の価値観が映し出される。髪がぼさぼさでペチコートが泥まみれのエリザベスの姿は、「独立精神を気取った田舎町の礼儀無視の嫌な傾向」(*PP* 39)と、ビングリー姉妹の嘲笑の的になるが、エリザベスの行動は、表面的な礼儀作法からは逸脱しているものの、姉の看病という道義心に基づいている。[6]

一方、ダーシーはエリザベスの姿を、全く違うように解釈していた。ダーシーはエリザベスが運動により、頬が輝き、目が一層生き生きとしていると称賛する。そもそもダーシーは、第一印象ではエリザベスをダンスがしたくなるほど美しいとは思わなかったものの、二度目の観察で、目の輝きの美しさ、そこに秘められた知性の光に惹かれていた。ダーシーを魅了したのは、外面的な美しさやか弱い繊細さではなく、精神が生き生きとして、健康的で活力に溢れていることである。歩くことはエリザベスの目の輝きを増し、活力、快活さ、精神の自立、知性の象徴となる。ウルストンクラフトは『擁護』において、身体と知性の両方を鍛える女性は「夫に従属するのではなく友人になるだろう」(Wollstonecraft 113)と主張し、フォーダイスやグレゴリーなどのコンダクト・ブックの著者が、女性の脆弱性を繊細さの表れであるとして賛美する態度を非難している。エリザベスの散歩をめぐる見解の相違は、背後にあるこのような対照的な価値観を露呈するが、中心に据えられているのは、伝統的価値観に縛られていないエリザベスと彼女に魅せられたダーシーである。身体的エネルギーが精神的自立や知性と結びつく点で、エリザベスはフェミニスト、ウルストンクラフトと重なる。

このような視点から読むと、次のエリザベスとビングリー姉妹の散歩の場面は興味深い。エリザベスが、ビングリーの姉、ハースト夫人と二人で田舎の散歩道を歩いていると、別の小径からきたダーシーとビングリー嬢にばったり出会う。ハースト夫人はすぐにダーシーの空いている腕を取り、エリザベスを一人残して二人の仲間に入る。これを無作法と感じたダーシーは、この散歩道は狭すぎるので、並木道をみんなで歩こうと提案するが、エリザベスは、みんなと一緒にいたいとは思わず、笑いながら次のように答えた。

「いいえそのままでいらして。素敵な組み合わせでとっても引き立ちます。四人目が加われば絵が台無しだわ。さよなら」

エリザベスは元気に走り去りました。ぶらぶらと歩きながら一、二日でまた家に帰れるという希望に喜びながら。(*PP* 58)

これは当時流行していたピクチャレスク理論への言及であり、偶数という古典的な均衡から、奇数を偏愛するピクチャレスクの時代への移り変わりを映し出しているようだ。オースティンも敬愛していたウイリアム・ギルピンは『カンバーランドとウエストモアランドの観察』において、三という数を最も均整のとれたものとし、三頭の牛を一つのグループに描き、四頭目は「変化を与えるため」(Gilpin 258) 少し離れたところに配している。ダーシーの腕に寄りかかり歩く二人の女性と、笑いながら軽やかに駆けていくエリザベスの姿は、まさにギルピンの絵と同じ構図である。エリザベスの機知はおそらくビングリー姉妹には解されないだろうが、オースティンはさりげなくギルピンの絵を利用して、男性に依存する古い価値観の女性と、自立した新しい時代の女性の姿をくっきりと描き分けたと言えよう。エリザベスが「段垣を踏み越え、水たまりを飛び越え」(*PP* 36)「元気よく走り去る」(*PP* 58) という動作は、因習を飛び越える活力、知性の表象となる。この「飛び越える」というモチーフは家父長的権威を体現するキャサリン・ディ・バーグが、エリザベスと甥ダーシーとの身分違いの結婚を阻止しようとして、「自分の領域を飛び出さないように」（*PP* 395）とエリザベスを諌める場面へとつながる。「理性的に納得できないことに対して私は決して屈しません」（*PP* 395）と、エリザベスがキャサリンの圧力をはねつけ、友愛に基づく結婚により飛び越えたのは階級という壁でもあった。(7)

『ノーサンガー・アビー』と『高慢と偏見』では、女性の歩く姿に精神の自由を読み取ることができたが、『マンスフィールド・パーク』では、歩くことはむしろ不穏や無秩序の暗喩となる。エリザベスの溢れるばかりの活力に対して、オースティンは姉カサンドラに宛てた手紙の中で、『高慢と偏見』は「ちょっと軽すぎ、明るすぎ、輝きすぎです。陰がないのです」（*Letters* 203）と認めている。円熟期の作品である『マンスフィールド・パーク』は、まさに光から陰、動から静への方向転換の作品であり、「歩くヒロイン」ではなく「歩かないヒロイン」の物語である。美しく魅力的なメアリ・クロフォードがエリザベスの活力・快活さを引き継ぐのに対し、ファニー・プライスは養女という社会的立場、生来の身体の弱さ、内気な性格から、最も目立たない精彩を欠くヒロインとなる。題名であるマンスフィールド・パークは、先祖代々受け継がれた「周囲五マイルに及ぶ本格的なパーク」（*MP* 80）であり、伝統的な家父長的価値観の象徴でもある。果たしてそうであろうか。マンスフィールドが経済的に困窮し、道義的にも問題を抱えていることは、屋敷の存続が、西インド諸島のアンティガでのプランテーション農園からの収入に大きく依存していること、禁止令が一八〇七年に出た後も奴隷貿易と関わっていたことなどからも窺える（Tanner 149）。物語の早い段階で、サー・トーマスは農園の経営不振や騒動を解決するため自らアンティガ島へ赴いており、主人不在で中心が空洞化したマンスフィールドには早くも暗雲が漂い始める。トニー・タナーやアリスター・ダックワースが指摘しているように、先祖代々引き続がれた屋敷（property）は、単なる地所ではなく伝統と安定を具現化するものであり、その継承には、家庭という私的な領域の平穏が不可欠である（Tanner 17–20, Duckworth 45–7）。それを支えているのが、適切さ（propriety）という女性の資質である。コンダクト・ブックの著者や保守的な教育家は、適切さを女性の核となる最も重要な性質とみなした。たとえば、ハナ・モアは女性に自分より家族の幸せを第一に考え、従順に義務を務めることを求めた（More 3:14）。女性が利他的な行いにより、家庭内の安定を保つことが、社会全体の秩序、父権社会の継続につながるという考え方である。ファニーという最も弱いヒロインが、マンスフィールドの再生とどのように関わっているのか、女性の propriety により property が救済される過程を「歩く」という視点から読んでみたい。

メアリの活力とファニーの身体の弱さは、まず「乗馬」を巡って浮き彫りになる。日差しの中、庭の薔薇を切り、叔母の家まで歩いただけで頭痛がし、ソファーで横になるファニーに対して、「生まれながら体力と勇気に恵まれた」（*MP* 81）メアリは少しも疲れることがない。牧師館のグラント夫人の姪として、マンスフィールドに紹介されると、美貌と機知でたちまち注目の的となり、ファニーが幼い時から慕っていたエドマンドをも魅了する。臆病なファニーが健康のためにと始めた乗馬とは対照的に、大胆で体力のあるメアリは乗馬を心から楽しみ、驚くほどの上達ぶりを見せる。メアリとエドマンドが仲良く並んで乗馬するさまをファニーが遠くから羨望の眼差しで眺める時、メアリが中心に、ファニーは周縁に置き去りにされる。

しかし、静と動の解釈は、マンスフィールドの一行が、ラッシュワースの伝統的な大邸宅サザトン・コートを訪問し、庭園を散策する場面から逆転し始める。複数の人数で歩く場合、誰とどのように歩くか、ということが人間関係の縮図として提示される。サザトンの広大な庭の散策は、三つのグループに分かれて行われる。第一グループはファニー、メアリ、エドマンド、第二グループはラッシュワース、マライア、ヘンリー、第三グループはジュリア、ノリス夫人、ラッシュワース夫人である。「まったく陰気で古い監獄」（*MP* 62）とラッシュワースが呼ぶ屋敷からは眺望を臨めず、一同は外気と自由を求めて花壇、芝生、灌木のある遊園へ向かう。ノリス夫人が雉やクリームチーズに気を取られ、第三のグループはここで大幅に遅れるが、第一、第二のグループは玉転がし用の草地を越え長い石垣の散歩道へと進む。散歩道とさらにその向こうにあるウィルダネスの間は、鉄柵で仕切られていたが戸口に鍵はかかっておらず、一行は、陽の当たる場所から、洛陽松や月桂樹の木陰や暗がりのある自然美豊かなウィルダネスへと向かうことができた。歩き回り疲れたファニーが、空堀越しにパークを臨むベンチで休憩するのに対し、「全然疲れない」（*MP* 110）、「じっとしていられない」「休んでいると疲れる」（*MP* 112）と豪語するメアリは、エドマンドと、ウィルダネスの外にあるパークを目指す。二人は鍵がかかっていないくぐり戸を越えて、ウィルダネスからパークへと向かい、ほんの数分と言いながら、ファニーを一時間もほったらかしにする。「蛇のようにくねって」（*MP* 110）歩き回る二人には、客観的な時間の観念はない。一方、ファニーはベンチに座って、第二グループのマライア、ヘンリー、ラッシュワースの散歩を観察することになる。ラッシュワースから庭園の改良を相談されたヘンリーは、ウィルダネスからパークへ行き、そこの小山から屋敷全体を見まわすことを提案するが、パークへ出る鉄門には鍵がかかっていた。ラッシュワースが鉄門の鍵を取りに帰っている間にマライアは、ヘンリーに次のように嘆く。

「確かに、陽は照り、パークは大変晴れやかですわ。でも不運にも、あの鉄の門と、あの空堀は、束縛と無常の感を表しています。私は外へ出られないのよ。ムクドリが言ってたように」（*MP* 115–16）

これは、ローレンス・スターンの『センチメンタル・ジャーニー』への言及と思われる。マライアが「外に出られない、外に出られない」（*A Sentimental Journey* 59）というムクドリの声に擬えて自分の状況を嘆く時、鉄門や空堀は牢獄の壁と化す。マライアは婚約者の帰りを待たずして、浮気者ヘンリーと鍵のかかった鉄門をくぐりぬける。庭園を取り囲む幾重もの壁、鍵が掛けられた最後の鉄門、そこを超えることが何を意味するのかは自明であろう。伝統的価値観を象徴する壁を束縛と感じ、超えてはならない最後の境界を越えて歩くことの危険性が、不動の観察者であるファニーの視点を通して語られる。

このようにロンドンからの侵入者ヘンリーとメアリの兄妹は、変化、享楽を求めるマライア、ジュリア姉妹と長男トム、さらにエドマンドも一時巻き込みながら、マンスフィールドをかき回す。サー・トーマスの留守中、束縛から解かれた若者たちは熱に浮かれたように素人芝居に興じることになる。ここでは、「演じること」は「歩くこと」の変奏と捉えられよう。選ばれた作品は、インチボールドの翻訳で当時イギリスでも人気のあった演劇、『恋人たちの誓い』であるが、そこには男女の不道徳な関係が含まれている。「慎みある女性が口にするには全く不適当」（*MP* 161）な台詞もあり、ファニーは何とかして劇を止めさせようと気をもむ。そもそも演じることはバトラー（Butler 232）が指摘するように、身体に触れるという機会を許すだけではなく、抑制された欲望を駆り立てるという危険性も含んでいる。皆が夢中になる中、ファニーはただ一人芝居に異を唱える。結局サー・トーマスの突然の帰宅で劇は中断され、屋敷は以前の静けさを取り戻したかのように見える。しかし静寂を退屈と感じ、秩序を束縛であると不満を持ち「歩き回った」者たちが支払う代償は大きかった。長男トムは放蕩の末大病し、長女マライアはヘンリーと密通、次女ジュリアはイェーツと駆け落ちする。サー・トーマスは娘たちの教育が表面的なマナーやたしなみに終始し、そこには道徳的正しさが欠けていたことに気付き嘆く。エドマンドもメアリの快活さの裏に潜む不道徳さから目が覚め、最終的にファニーの静けさに救いを求める。マンスフィールドを救済するためには不動のファニーの「道徳的適切さ」が必要であった。これこそコンダクト・ブックが女性に求める資質である。しかしコンダクト・ブックを体現する「歩かない」ファニーは「歩く」エリザベスと同様、堅固な意志と理性も同時に持ち合わせているということを忘れてはならないだろう。(8)

ファニーの性格の複雑さを読み解く上で「東の部屋」と呼ばれる小部屋は重要な手掛かりとなりそうだ。演劇に異を唱えた後、ファニーはこの部屋に避難し、実はひとりで部屋の中を歩き回っていたのだ。閉じた屋内を歩くという行為は、人物の迷いや不安を投影することが多いが、「東の部屋」の中を歩くことは何を意味するのか。そこは、応接間に出す値打ちのない手細工の足置台、手芸箱、肖像画、スケッチなど、子供時代の思い出の品で溢れている。いわばファニーの過去であり、心の襞が刻まれた場所である。その空間を歩くことは心の中を歩くことであり、そこに内面の探索という比喩的な歩みを読み取ることができよう。

さらに、「東の部屋」がファニーの内なる歩みと深く関わっていることは、この部屋の窓ガラスに張られた「透かし絵」の図柄からも読み取れるようだ。ステンドグラスの代用品として使われていた三枚の「透かし絵」には、イタリアの洞窟、ティンタン・アビー、カンバーランドが描かれており、いずれも人気のピクチャレスクスポットであることがわかる。中央に描かれているティンタン・アビーから連想されるものは何か。もちろんこの僧院はギルピンの『ワイ川河畔の観察』（一七八二年）によって広く知られていたが、『マンスフィールド・パーク』は一八一四年に出版されており、十八世紀末に流行したピクチャレスク運動から既に歳月が流れていた。むしろ時代的に近いワーズワースの詩「ティンタン・アビーより数マイル上流にて詠める詩」（一七九八年）との関連が濃厚であると指摘されている。[9] ここでワーズワースの詩が喚起されるのは、題名に加えて詩の内容に負うところが多いと思われる。詩人は五年の歳月を経てワイ川の岸辺を再訪し、過去を回想する。都会の喧騒の中にあり、自然と離れていた時でさえも、風景は心の中に感覚として生き続けていたことが綴られる。

久しく見なかったけれど、
これらの美しい風景は、わたしにとって

盲人にとってのものとは違っていた。
独りの部屋でも、都会の
喧騒の中でも、疲れた時に、
その風景の心地よい感覚が、
血液に流れ、心臓に触れ、
清らかな心の中にも入りこみ、
精神の平静を取り戻してくれた。（二二―三一）

この一節は、透かし絵の風景を眺め、過去を回想し精神の安らぎを感じているファニーの心情となんと似ていることか。詩人が眼前の風景ではなく過去の記憶を辿ることにより、精神を健全な状態に回復させるように、ファニーは周りの騒音から逃れて、過去の思い出の象徴である「東の部屋」で、透かし絵に描かれた風景を眺めて心の平静を取り戻す。想像力による自然との対峙という点で、ファニーはロマン派の精神に近いのではないか。ロマン派の詩を好むファニーは、ラッシュワースが改良のため並木道を切り倒すことについて、ウィリアム・クーパーの詩を引用して嘆いたり（*MP* 66）、ウォルター・スコットの詩を引き合いに出しサザトンの礼拝堂に荘厳さが欠けていると落胆する（*MP* 100）。さらに、夜空の星座を眺めては「自然の崇高さ」（*MP* 132）に恍惚となるロマンティストの面を持つ。このような魂と自然との交流はバートラム姉妹やメアリには見られない。不動でありながら、ファニーは内的探索と想像力による魂の飛翔という無限の自由を与えられているのかもしれない。

女性が歩くということは、『ノーサンガー・アビー』と『高慢と偏見』においては、束縛からの解放や精神的自立の表象となる。一方『マンスフィールド・パーク』では、束縛からの解放の裏側に潜む危険――作者自身が認める『高慢と偏見』に欠けていた陰の部分――に焦点が当てられる。歩くことは不穏や無秩序と結びつき、境界を越えて歩くことに警鐘が鳴らされる。それゆえに、不動のヒロインの思索行為という内面の歩みが道徳的正しさの道標として重要な役割を担うことになるのだろう。コンダクト・ブックに代表される伝統的価値観とフェミニズムが交錯する中で、どのように歩くかという日常は、どのように生きるかという問いと呼応し、女性の意志や葛藤と重なり合う。さらに、ゴシック小説やピクチャレスクの流行から、ロマン主義への移行という時代背景も映し出す。本論では論じることができなかったが、最後の作品『説得』においては、ジェントリー階級から中産階級へという時代の大きな推移の中、ヒロインは居間から海へ向かってさらに歩き続ける。女性が歩くことは、作品の主題と関わりながら時代を読み解く暗喩としても重要な意味を持つと言えよう。

注

（1）Moers 216を参照。オースティンにおける女性が歩くことについての考察は、Takei 65-86, Curry 175-86, Palmer 154-65 等を参照。

（2）特に人気があったものとしてジョン・グレゴリーとジェイムズ・フォーダイスが挙げられる。Gregory 13-58, Fordyce II 219-56.

（3）『ノーサンガー・アビー』は一八一七年に死後出版されるが、原稿は一七九九年に完成しており、最も早い時期に書かれたとされている。『ユードルフォの謎』は一七九四年に出版され大流行していた。オースティンはゴシック小説の熱心な読者であったが、過剰な感受性はオースティンの諷刺の対象になった。

（4）引用の日本語訳は全て筆者による。オースティンの作品名は以下の略語を用い、引用箇所はページ数で示す。*Northanger Abbey* (*NA*), *Pride and Prejudice* (*PP*), *Mansfield Park* (*MP*).

（5）ピクチャレスクは嘲笑の的になるが、オースティン自身、「若いころからギルピンのピクチャレスク理論に魅せられ生涯その考えを変えることはなかった」（Austen-Leigh 140-41）ことが知られている。

（6）エリザベスの妹、リディアのメリトンまでの散歩と比べると動機の違いが明らかだ。リディアは士官の気を引こうと連隊の駐留地メリトンまでの散歩を繰り返し、道徳から外れ、後にウィカムと駆け落ち騒動を起こす。

（7）「理性」はエリザベスの特徴を表すキーワードの一つである。エリザベスはコリンズの求婚を断る場面で、自分が「優雅な女性」（'an elegant female'）ではなく、「理性ある人間」（'a rational creature'）（*PP* 122）であることを強調する。ウルストンクラフトも『擁護』の中で、女性を弱く繊細で従属的な存在と捉える見解に反駁し、女性が「理性的な人間」であると繰り返す。

（8）たとえば、ファニーは、ヘンリーの結婚の申し込みを頑なに拒絶し、「なぜ愛を告白された瞬間にその愛を受け入れなければならなかったのか」（*MP* 408）と不満を述べる。社会的、経済的に有利な結婚を女性が受け入れるのは当然である、という社会の慣習に対する抗議である。ファニーはエリザベスと共通するフェミニストの一面を持っている。

（9）中尾 四〇―四五、Deresiewicz 8-9, 38-9 を参照。

引用・参考文献

Austen, Jane. *Northanger Abbey*. The Cambridge Edition of Works of Jane Austen. Barbara Benedict and Deirdre Le Faye (Eds.) Cambridge: CUP, 2006.

———. *Pride and Prejudice*. The Cambridge Edition of Works of Jane Austen. Pat Rogers (Ed.) Cambridge: CUP, 2006.

———. *Mansfield Park*. The Cambridge Edition of Works of Jane Austen. John Wiltshire (Ed.) Cambridge: CUP, 2005.

Austen-Leigh, J. E. *A Memoir of Jane Austen and Other Family Recollections*. Kathryn Sutherland (Ed.) Oxford: OUP, 2002.

Butler, Marilyn. (rev. ed.) *Jane Austen and the War of Ideas*. Oxford: Clarendon P, 2002.

Curry, Mary Jane. "'Not a Day Went by without Solitary Walk': Elizabeth's Pastoral World." *Persuasions On-line* 22 (2000): 175–86. <http://www.jasna.org/assets/Persuasions/No.-22/curry>.

Deresiewicz, William. *Jane Austen and the Romantic Poets*. New York: Columbia UP, 2004.

Duckworth, Alistair M. *The Improvement of the Estate: A Study of Jane Austen's Novels*. Baltimore: Johns Hopkins UP, 1994.

Fordyce, James. *Sermons to Young Women* (1766). *Female Education in the Age of Enlightenment*. vol. 1. Janet Todd (Ed.) London: Pickering & Chatto, 1996.

Gilpin, William. *Observations on Cumberland and Westmoreland, 1786*. New York: Woodstock Books, 1996.

————. *Observations on the river Wye, 1782*. Oxford: Woodstock Books, 1991.

Gregory, John. *Father's Legacy to His Daughters* (1774). *Female Education in the Age of Enlightenment*. vol. 1. Janet Todd (Ed.) London: Pickering & Chatto, 1996.

Inchbald, Elizabeth. *Lovers' Vows*. *The Cambridge Edition of Works of Jane Austen: Mansfield Park*. John Wiltshire (Ed.) Cambridge: CUP, 2005, 557-629.

Le Faye, Deirdre (Ed.) *Jane Austen's Letters*. New Edition. Oxford: OUP, 1997.

Moers, Ellen. *Literary Women: The Great Writers*. New York: Doubleday & Company, 1972.

More, Hannah. *Strictures on the Modern System of Female Education The Works of Hannah More*. Vol. III. London: Henry G. Bohn, 1853.

Palmer, Sally. "'I Prefer Walking': Jane Austen and 'The Pleasantest Part of the Day'." *Persuasions On-line* 23(2001): 154-65, 2001.

Radcliffe, Ann. *The Mysteries of Udolpho*. Oxford: OUP, 1970.

Rousseau, Jean-Jacques. *Émile*. Trans. By William H. Payne. New York: Prometheus Books, 2003.

Sterne, Laurence. *A Sentimental Journey and Other Writings*. Oxford: OUP, 2008.

Takei, Akiko. "'We Live at Home, Quiet, Confined': Jane Austen's 'Vindication' of Women's Right to be Active and Healthy." *Studies in English Literature*. English Number 47 (2006): 65-86.

Tanner, Tony. *Jane Austen*. Massachusetts: Harvard UP, 1986.

Wollstonecraft, Mary. *A Vindication of the Rights of Woman*. London: Penguin Books, 1992.

Wordsworth, William and Samuel Taylor Coleridge. *Lyrical Ballads 1798*. New York: A Woodstock Facsimile, 1990.

中尾　真理「*Mansfield Park* の細密描写――「東の部屋」の透かし絵と「奴隷売買」の質問――」『奈良大学紀要』三十六号　二〇〇八　三七―五二

プロメテウスとデモゴルゴンの換喩的関係
――『鎖を解かれたプロメテウス』における協働の成就――

白石　治恵

パーシー・ビッシュ・シェリーの『鎖を解かれたプロメテウス』は、多分にメタフォリカルな詩である。ギリシャ・ローマ神話に登場するキャラクターたちによって、自己中心的な権力の失墜と愛による真の世界平和を、多くの比喩的な表現を用いて描いている作品だからである。また、「P・B・シェリーの『プロメシュース解縛』（一八二〇）は、プルデンティウス（三八四―四一〇?）の『プシュコマキア』に劣らず立派にアレゴリーではなかろうか。」（フレッチャー他　三八）とフレッチャーが述べるように、この作品をアレゴリカル、寓意的と取る解釈も一般的である。しかし「寓意的な詩」を「寓話」としてとらえてしまうと、寓話の辞書的な意味「教訓的な内容を、他の事柄にかこつけて表した、たとえ話」（『岩波国語辞典』）となってしまい、それはシェリー自身がこの詩の序文で「教訓的な詩は、私の嫌うところだ」（石川　二〇）と述べているように、シェリーの本来のこの詩の意図とは離れてしまう。シェリーは序文で独自の詩論を展開しつつ、この作品は、詩という「形式」をとって「自身の心の伝えがたい光である精神」を表現しようとしたものであることを説明している。

詩という形式をとることの効用について、シェリーは次のように解説する。

詩の抽象というものが美しく、新しいのは、抽象されたものを組み立てている色々な部分が、それ以前には人間の心や自然の中に存在しなかったからではなく、その部分の結合によって生み出された全体が、情緒と思想の源泉や、その現代的状態と、ある可知的な、美しい類似を持つからなのだ。（石川　一八）

ここでの「類似」は、すなわち隠喩的表現につながると言える。リクールが『生きた比喩』の中で「隠喩とは、ある事がらに対し、本来は別のものを指す名を転用すること」と定義するアリストテレスの『詩学』（一四五七b六―九）を踏まえて、「『巧みな隠喩をつくること』は『類似を見つけだすこと』」、さらに「隠喩をつくること、換言すれば、隠喩の力動性は、類似の認知に基づいていることになろう」と、メタファーとアナロジーの関係を明確にしているからである。（リクール　九、二四―二五）

メタファーの用法の細目の一つに、換喩（metonymy）がある。「ハムサンドイッチが勘定を待っている」という文において、ハムサンドイッチがそれを買おうとしている人物を表すように、ある存在物によって、それと関係のある他のものを表す修辞法である。レイコフとジョンソンは、換喩とメタファーの違いについて、以下のように定義している。

メタファーは主として、あるものを他のものを通して把握する方法であり、その第一の役割は理解することである。これに対して換喩の第一の役割は、指し示すことである。すなわち、ある存在物を使って他の存在物を代りに表わすことである。しかし、換喩は単に指し示すためだけの修辞的技巧ではない。理解させるという役割も果たしている。（レイコフとジョンソン　五三―五五）

『鎖を解かれたプロメテウス』の主人公プロメテウスと主要登場人物であるデモゴルゴンは、互いに換喩の働きをなしていると、筆者は考える。この二者は同時に登場することはないが、その行動や状況は、様々な面で対をなしている。それにより両者の力が一体となり、両者が協働することにより、最高神であるジュピターを没落せしめることができたのである。プロメテウスとデモゴルゴンは、その協働を読者に暗示するために、互いの存在を指し示し、読者により深く理解させる役割を果たしていることを検証するのが、本論の目的である。

一 "One"

この詩劇は四幕十一場で構成されている。第一幕では、人間に火を与えたために暴虐なる最高神ジュピターにより、インド・コーカサスの氷の絶壁に鎖で縛りつけられたプロメテウスが己の苦痛を述べることから始まり、母なる大地、精たちとの対話や、ヘルメスや復讐の女神フリアエたちからの脅迫や誘惑を退けることにより、やがて愛が悪の支配からの解放をもたらすものであることを悟る。第二幕は、インド・コーカサスの渓谷に遠ざけられていた、プロメテウスの恋人で美と愛の象徴であるアシアが、妹たちからのプロメテウス復活のヴィジョンを示され、人生の森を遍歴し、万物の存在の根源たるデモゴルゴンの洞穴に導かれ、問答を通し、愛が支配欲を否定することによって新世界がもたらされることを悟る。第三幕では、強大な力を持つであろう子を産むと予言されていたテティスと結婚し、権力欲が頂点に達したジュピターの前に、デモゴルゴンが現れ、ジュピターを没落させる。ヘルメスが、プロメテウスの鎖を解き、プロメテウスはアシアと再会する。愛と一体となり、解放され、新世界が始まる。第四幕は希望に満ちた新世界への歓喜に満ちた頌歌で、この詩を締めくくる。

以上のようなあらすじをこの詩はたどるが、第一幕では、人間と神々を支配するジュピターに唯一抵抗する存在としてのプロメテウスを"One"という言葉を用いているところが、二か所ある。一つ目は詩の冒頭、インド・コーカサスの絶壁に鎖でつながれているプロメテウスが、その苦しみを吐露する独白で、

「神」々や「鬼神」ら、ひとりを除く諸々の「精」の王者よ。
彼らが群がって燦然と輝き回転しているこの世界を、
生けるもののうち、ただ、汝と我のみが
眠らずに見つめている。（第一幕一―四）

と呼びかける部分であり、二つ目は、呼び覚ましたジュピターの幻影に、自らが吐いた呪いの言葉を言わせるところで、

神々と人類との忌まわしい暴君よ、
唯一の存在だけは、汝に征服させはしない。（第一幕二六四―六五）

と、いくら責め苦を与えられても、それに屈服しない決意を表す場面である。これら"One"はどちらもプロメテウスを指していることは明白ではある。しかしグレイボーは、この"One"は、当時のシェリーが強く影響を受けていたネオプラトニズムの「一者」をも示唆していると指摘する（Grabo 13-14）。「一者」とは、すべての根源であり、そこからの流出によりあらゆる事象を生み出す基となるものである。ワッサーマンも同様にプロメテウスを「一者」とみなし、「世界が思想の塊ならば、それを絶えず知覚する一者がいることにより、世界は永

続的に存在するのである」と、バークレーの唯心論的な解釈を適用している（Wasserman 260）。

デモゴルゴンが何を表しているかについては、多くの研究者たちが様々な解釈を試みてきた。ウィリアムズは、これまでの説（イェイツやブルームの「解釈不可能なもの」、カーンの「深淵なる真実」、ボーラの「いのち、精神的エネルギーの精」、ホワイトの非アレゴリー説など）をまとめつつ、自らは詩中で述べられている「永遠」（第三幕第一場五一）であるとしている（Williams 25-28）。またキャメロンは、詩中の「デモゴルゴンの大いなる法則」（第二幕第二場四三）が「必然」であるとし、デモゴルゴンは、すべてを司る者、すべての根源となる者としている（*Shelley: The Golden Years* 514）。キャメロンはさらに踏み込んで、この「必然」を一般的な意味だけでなく、より物理的な、ゴドウィンやヒュームが述べるところの「必然論」、すなわち正しい選択により起こる最善のこととみなす（"The Political Symbolism of *Prometheus Unbound*" 115）。このようにデモゴルゴンをとらえるならば、デモゴルゴンは、神々と人間のすべてを支配するジュピターの支配の外にいる存在であるので、石川が「創造や法則の中に隠れて存在し、あらゆる生命と進歩の根源の力であり、それ自らが必然で自由なもの」（石川　二七三）と注釈するように、すべての物理法則の根源とみなすならば、デモゴルゴンは「一者」であると言える。すなわち、プロメテウスが自らを指して表しているところの"One"は、「私」（"I"）と限定していないことからも、自分と同時にデモゴルゴンとその力である「必然」をも示唆していると言えるのである。

二　第四幕のデモゴルゴン

第四幕はジュピターの没落により訪れた新世界への頌歌である。そこに登場するのは、精たち、時間たち、地、月、アジアの姉妹であるパンテアとイオネー、そしてデモゴルゴンである。パンテアとイオネーは状況説明の役で、頌歌そのものは精たちと時間たち、後半には地と月により謳われる。デモゴルゴンは、終盤に登場する指揮者のような存在となっている。地と月に語りかけ、自らの言葉に傾聴するよう促している。すべての「声」たちが、「語れ」と答え、満を持してデモゴルゴンは宣言する。

この日こそ、虚しい、深い淵の下へと、
大地より生まれたりしものの力により、「天」の独裁を呑み込んでしまう日、
「征服者」が虜として曳かれ行くその日、——
愛が、賢き心のうちの堅忍の力の、おごそかな王座から、
また恐ろしき試練のめくるめく究極から、
危うく、険しく、
瓦礫の如き、苦悩の狭き縁から湧き出でて、
その癒しの翼を世界に広げ、包む日なのだ。（第四幕 五五四―六一）

このような宣言は、主人公であり、新世界をもたらした本人であるプロメテウスが本来すべきものではないだろうか。宣言の内容も、「瓦礫の如き、苦悩の狭き縁から湧き出でて」（五六〇）など、プロメテウスを指している。しかし当のプロメテウスは、アシアと共に洞穴に退き、もはやこの場には登場しない。よって、ジュピターの拷問に耐え、かつ憎しみを捨てて愛を悟ったことにより、新世界の到来という改革をなした英雄であるプロメテウス自身は、己の業績を誇ることはしないのである。ここに、シェリーの考える真の英雄像がうかがえる。

デモゴルゴンの勝利宣言は以下の言葉でこの詩を終える。

終わることなしと「希望」が思う悲哀を忍ぶ、――

死や夜よりも暗い悪を赦す、――

　全能に見える「力」を恐れない、――

愛し、そして耐える、――「希望」が
自らの残骸から、静思するものを創り出すまで望む、――

　決して変わらず、たじろがず、悔やまない――

これこそが、あなたの栄光のように、タイタンよ、
善であり、偉大であり、喜ばしく、美しく、自由であるということだ、――

これのみが「生命」であり、「喜び」であり、「支配」であり、「勝利」なのだ。（第四幕　五七〇―七八）

初めの六行は、まさにプロメテウスが経験してきたことである。三千年の苦難を耐え忍び、愛こそすべてであるとの悟りを開いたことにより、今讃えられているような善に満ちた新世界が勝ち取られたのである。天と地、すべての精霊たちから与えられるその賞賛は、プロメテウス自身に与えられるものであり、その言葉を傾聴されるべき者はプロメテウスである。この終盤のデモゴルゴンのセリフと行動は、五七六行で「あなたの栄光のように、タイタンよ」と呼びかけている部分を除けば、すべてがプロメテウスのものと置き換えても違和感を生じさせない。つまり、デモゴルゴンがプロメテウスを指し示し、プロメテウスの行いを読者に理解させているのである。またこれは同時に、第三幕第一場のジュピターのように自らの偉業を誇るようなことを、プロメテウスにさせないことにより、真の英雄とはいかなるものであるべきかを読者に示している。エンゲルバーグがこの詩の下

地でシェリーはフランス革命やナポレオンの失敗を検証し真の改革とは何かを示していることを述べているように（Engelberg 124-26）、この詩では一人の人間による支配、権力の集中を否定している。もし第四幕でプロメテウス自らが自分の偉業を誇り、そして周囲がプロメテウスのみを称賛したならば、それはジュピターに代わる新たな専制君主の誕生を読者に思わせることとなってしまい、シェリーの意図に反することとなるであろう。デモゴルゴンがプロメテウスに成り代わり、なぜ新世界が訪れたのかを語るとともに、英雄をたたえるのではなく、新世界そのものをたたえることによって、共和的な平和の実現像を描くことを、シェリーは目指したのではないかと考えられる。

三　その他の場面における両者

プロメテウスとデモゴルゴンは、このほかにも様々な場面において、互いを想起させる関係性を示している。例えば、アシアとのかかわりである。プロメテウスは第一幕の最後で「愛がなければ、すべて望みは空しい、と私は言った――あなた（アシア）は愛する」（八二四）と、アシアとの愛がすべての悪からの支配を覆すものであることを悟ることによって内面的解放に至った。それに対し、第二幕第四場でデモゴルゴンの洞穴を訪れたアシアに悟りを与えるのは、デモゴルゴンである。あるいはエンゲルバーグが「デモゴルゴンは、アシアが愛の力を悟ったことにより解放された」（Engelberg 130）と述べるように、デモゴルゴン自身もアシアの悟りを受けて、深淵の暗黒からジュピターのいる天上へ、またさらに改革された新世界に至ることができたとも言える。第一幕終盤のプロメテウスの、愛が悪の支配からの解放となることへの悟りは、必然的にジュピターの没落という結果をもたらす、第三幕のデモゴルゴンの暗黒からの脱出を示唆していると考えられる。

そのジュピターの没落の場面でも、プロメテウスとデモゴルゴンは対照的である。第一幕で、まだインド・コーカサスの岩山に繋がれている時のプロメテウスは、ジュピターの使者であるヘルメスにいくら促されても、ジュピターの没落の秘密を打ち明けない。それに対し実際に第三幕でジュピターを没落せしめるのは、デモゴルゴンである。プロメテウスは自らが悟りに至ったことにより、「必然の法則」が発動されることを暗に示しているることとなる。それは、秘密を明かさねばこの先のさらに長い年月の間苦しみが続くことを説くヘルメスに「おそらく、それを数え得る思想はない。それでも、その歳月は過ぎ行く」（第一幕四二四）というセリフからも、苦しみの歳月がやがて必然的に過ぎ去ることを確信している。このことは必然であるデモゴルゴンのことを示唆している。

さらに両者の居場所も関係性を示している。デモゴルゴンは、初めは深淵の洞穴におり、アシアとパンテアは精たちに導かれてそこに行く。一方プロメテウスは、解放され、アシアと再会し、最後は新世界の洞穴に退いてゆく。洞穴は、プラトニズムに強く影響を受けているシェリーにとって、知の根源を示す場所である。『アラスター：あるいは孤独の魂』などの他の詩でも、しばしば重要な場所として描かれている。愛の知を得たプロメテウスの行く先が洞穴であることは、デモゴルゴンの登場場面により示唆されていたと言える。

また、多弁と寡黙にも両者の関係性が見える。プロメテウスは、初めは多弁である。長い独白に始まり、声、大地、フリアエたちやヘルメス、さらにはジュピターの幻影との問答を経て、第一幕の最後は傍らで見守っていたパンテアとイオネーに、自らが悟ったことを告げる。しかしプロメテウスは第三幕第三場、解放の場面の愛の解説以降、ほとんど発話することなく、最後の第四幕は登場すらせず、セリフもない。対してデモゴルゴンは、第二幕第四場になって初めての登場となる、アシアとの問答の場面で、そのセリフは、「知りたいと思うことを尋ねよ。」（七）「神だ。――全能の神だ」（一一）「支配するものだ」（二八）など実に短く、暗示的で、寡黙である。しかし第三幕第一場のジュピターの没落場面では、理路整然とジュピターに失脚の宣告をする。さらに前述のとおり、第四幕終盤では、朗々と新世界を讃える。このように、プロメテウスが多弁の時、デモゴルゴンは言葉を発することはなく、デモゴルゴンが語る時は、沈黙のプロメテウスに成り代わっているかのごとく、多弁となっている。

以上のような一方がもう片方を示唆し、対照的な言行となっている図式には、その間にアシアの存在があると考えられる。プロメテウスが解放されるのは、愛の象徴であるアシアとの愛が悪を乗り越える鍵であることを悟ったからであり、デモゴルゴンが暗黒から抜け出すのは、アシアとの問答の後である。そのように考えると、両者はアシアを中心とした点対称に描かれていることがわかる。そのことからも、プロメテウスとデモゴルゴンが、他の登場人物たち以上に深い関係性を持ち、互いに相手を指し示し、お互いのことを読者に理解をさせている換喩の関係であることがわかるのである。

この詩における対位関係についての指摘はこれまで諸説ある。ワッサーマンが精緻な比較の末「ジュピターはプロメテウスの暗い影にすぎない」（Wasserman 258）と結論付けているように、主役と敵役であるプロメテウスとジュピターの対位関係が、当然ながら、最も基本的である。そのほかに、デモゴルゴンとアシアに対位関係を見る者もいる。ウッドマンは、第二幕第四場の二人の問答の場面を「互いを鏡写ししている」として、それが混沌と創造を比喩的に表していると考える。形のない混沌とした存在であるデモゴルゴンに促され、旧約聖書の創世記第一章の世界創生場面を思わせるセリフをアシアが語り出し、自ら語ることにより考えがまとまり、得ようと望んでいた答えに到達することが、シェリーが『詩の弁護』で語る「創造の精神」であると、ウッドマンは主張する（Woodman 167）。またキャメロンは「デモゴルゴンはアシアの助けなく旧秩序を覆すことができたが、彼女のサポートが無かったら新秩序を構築することは出来なかった」（"The Political Symbolism of *Prometheus*

Unbound" 117）と、アシアとデモゴルゴンの協働関係を指摘している。このようにジュピターとプロメテウス、デモゴルゴンとアシアという対位関係は確かにその場面では成立しているが、詩全編を通じての対位関係であると言えるのは、本論で検討してきたように、プロメテウスとデモゴルゴンの関係のみである。

ワインバーグはこの『鎖を解かれたプロメテウス』を、ヨーロッパ父権社会へのシェリーの反抗であるとしている。デモゴルゴンは、ジュピターに象徴される父権社会の枠外の、さらに広い世界を示唆するために必要だった存在と解釈している（Weinberg 255）。確かにジュピターの刑罰に屈している半神半人のプロメテウスだけでは、神であるジュピターに勝つことは出来ない。ジュピターの力の及ばない存在であるデモゴルゴンがいたからこそ、絶対神であるジュピターに打ち勝つことができたのである。そしてプロメテウスとデモゴルゴンは直接的に協働しているわけではないので、一見その協力関係を見出すことが難しく思われる。しかしライセルが「比喩は戯曲に常に欠かせないデバイスであるが、それはシェイクスピアのように何かを明示するためではなく、対話では直接表しえないことをとらえるために必要なのである」（Lysell 319）と述べるように、この両者が、自らの存在によって互いに相手の存在を指し示すことにより、読者はこの両者の協働を理解することができるのである。この詩は、プロメテウスとデモゴルゴンの換喩的関係において協働を暗示することにより、人民を抑圧する権力者と旧秩序の転覆と、理想的な新世界の構築をメタフォリカルに描いた作品と言える。

引用文献

Cameron, Kenneth Neil. *Shelley: The Golden Years*. Cambridge, MA: HUP, 1974.

———. "The Political Symbolism of *Prometheus Unbound*." *Shelley: Modern Judgements*. Ed. R. B. Woodings. London:

Macmillan, 1968: 102-29.

Engelberg, Karsten Klejs. "Shelley's Demogorgon: The Spirit of Revolution Internalized" *The Dolphin*. Aarhus: Aarhus UP, 1990: 121-33.

Grabo, Carl. *Prometheus Unbound: An Interpretation*. New York: Gordian, 1968.

Lysell, Roland. "Shelley's Prometheus Unbound in the Light of Contemporary Concepts of Tragedy" *European Romantic Review* 29(1), 2018: 25-35.

Shelley, Percy Bysshe. *Shelley's Poetry and Prose*. 2nd ed. selected and Ed. Donald H. Reiman and Neil Fraistat. New York: Norton, 2002.

Wasserman, Earl R. Shelley: *A Critical Reading*. Baltimore: Johns Hopkins P, 1971.

Weinberg, Alan. "The Limits of Super-Rationality: A New Look at the Conception of Jupiter in *Prometheus Unbound*" The *European Legacy* 14(3), 2009: 253-67.

Williams, Duncan. "Shelley's Demogorgon" *West Virginia University Philological Papers* 17 (1970), Morgantown, WV, 25-30.

Woodman, Ross G. "Metaphor and Allegory in Prometheus Unbound" *The New Shelley*. Ed. G. Kim Blank. London: Macmilan, 1991.

シェリー『鎖を解かれたプロメテウス』石川重俊訳　岩波書店　二〇〇三（詩の和訳は全てこの訳からの引用）

フレッチャー、A他『アレゴリー・シンボル・メタファー』高山宏他訳　平凡社　一九八七

リクール、ポール『生きた隠喩』久米博訳　岩波書店　一九八四

レイコフ、Gとジョンソン、M『レトリックと人生』渡部昇一他訳　大修館書店　一九八六

「眠りの森」とクリスティナ・ロセッティの物語詩「王子の旅」
――ふたつの時と妖精の魔法――

滝口　智子

はじめに

十九世紀のイギリス文芸におとぎ話が浸透していることを論じたモリー・クラーク・ヒラードは、「眠りの森の美女」（以下「眠りの森」）の系譜をロマン派詩人キーツ、ヴィクトリア朝詩人テニスン、ラファエロ前派の画家バーン＝ジョーンズの作品に見出した（Hillard 77-127）。彼女によると、おとぎ話は児童文学だけでなく大人の文学の源泉にもなっており、後者との関連は批評の上で軽視されてきたものの独自の伝統を形作っていた（18）。小論はヒラードの論じた系譜にロセッティの物語詩「王子の旅」（一八六六）を加え、その寓意を探る試みである。

当時の「眠りの森」関連作品に顕著に見られるのは、時間意識であるとヒラードは指摘する。姫の眠りは、しばしば時間の停滞や時間にとらわれた状態とされる。ここにおける「時」は、過去・現在・未来へ直線的に進むというよりは、未来が過去に戻りまた現在に巡りくるような円環的な時であるという。それは受動的なイメージを与えかねないが、季節の循環や生命の営みと結びつく力強い「女性の時間」ととらえることもできる。[1]　一方、姫を目覚めに導く王子の旅は、停滞の反対である「進歩」や、停滞を打ち破る力と関連付けられる。これらは未来へ向かう直線的な時と呼応する。

眠りに人々が魅了されていた背景には、多かれ少なかれ、科学技術の発展と産業革命を経て、市民社会が勃興した時代における進歩への指向と、それに対する抵抗という意識があったのだろう。その抵抗には、未来志向への反動としての、ロマン派的な過去への郷愁が同居していたかもしれない。細かく見るならば、眠りが寓意／表象するものは作家や作品により揺らぎがあり、たえず未完成だった。それはおとぎ話が変容しつつ時代のなかに息づいて、彼らに創作を促していたことを物語る。

小論で指摘したいのは、「王子の旅」においてもまた、眠りと目覚めのせめぎあいが見られることである。そのせめぎあいは語りの仕掛けや多重の声を通して表れ、やがてこの物語は、物語を語る／詩人であることについて自己言及してゆく。語りの要を担うのは主人公である姫と王子、そしてふたつの時を自在に操る妖精たちである。姫は魔法にかけられて眠り、円環的な時を生きる。その眠りが生む夢は、直線的な時と円環的な時が交錯する、旅と探求の物語を語る。旅する者（王子）は妖精の声で繰り返し目覚めを促される。彼らの夢物語が終わる時、物語の紡ぎ手は何を見るのか。「王子の旅」は「眠りの森」という素材を通して、究極的に「詩人とは何か」という問いを投げかける。

以下、まず「眠りの森」のヴィクトリア朝時代における受容と解釈の可能性について触れた後、「王子の旅」を「眠りと目覚め」、「語りと多重の声」というふたつの小題のもとに読み解くことにする。

一 「眠りの森」の受容と解釈

十九世紀に「眠りの森」がイギリスに浸透した大きな要因は、ペローとグリムの童話集だった。[2] ペロー版「眠りの森」は一七二九年に、グリム版（タイトルは「いばら姫」）は一八二三年に、英語訳が出版されていた（Opie 83）。ロセッティの時代には、これらの語り直しが種々の詞華集や「チャップブック」（安価な小冊子）に掲載され、またクリスマスのパントマイム劇として上演され、文芸にも大きな影響を与えていた。おとぎ話の影響を論じる研究者たちが指摘するように、数多の類話の中で各作家が参照していたひとつを特定することは困難である。[3] そこでここでは、主要な版であるペローとグリムに共通するあらすじを抽出する。

昔ある国の王と妃に待望の子どもが誕生した。祝宴には国中の妖精たちも招かれた。妖精たちはこの世で望ましい美や徳を姫への贈り物にした。しかしあとから、ひとり招かれなかったことを怨む妖精がやってきて、仕返しに「姫はいずれ糸紡ぎの針に刺されて死ぬ」という呪いをかける。まだ贈り物をしていなかった別の妖精がその呪いを弱め、「死ぬのではなく百年眠るだけ」という魔法をかけた。呪いを心配した王は、糸を紡いではならぬとのお触れを出す。やがて美しく成長した姫は十五歳になった。両親の留守中に城内を探検し、小さな塔の最上階で糸を紡ぐ老女と出会う。姫は好奇心から様々な問いかけをし、とうとう老女の使う道具を手にとってしまう。すると呪いが降りかかり、姫も城の人々もすべて眠りについた。城は茨に覆われて深く閉ざされ、美しい眠り姫の話は伝説として伝えられた。やがて冒険心に富む王子がやってきて、自らの運命を試そうと、危険を顧みずに茨の中に足を踏みいれた。彼は花咲く薔薇の茂みを通り抜けて城に入り、奥まった部屋に眠る姫を見つけた。ちょうどそのとき百年の年月がたち、姫は眠りから目覚める。それとともに、城中の人々がみな目を覚ますのだった。王子と姫は結婚し末永く幸せに暮らした。

ペロー版とグリム版には、タイトルのほかにも大小の相違点がある。ペローには、王子と眠り姫の間に生まれた子供たちが、王子の母親である人食い鬼に食われそうになり、危うく難を逃れるという後日談があるが、グリムではこの後日談がそっくり消えている。[4] またペローでは、姫が眠りについた後、妖精が王や従者など城のすべてに眠りの魔法をかけるのだが、グリムでは、姫の眠りと共に城のすべてが自動的に眠りにつく。さらにペローでは、王子が傍らに跪いたときに姫が目覚めるのに対し、グリムでは王子のキスで目覚める。これらの相違から、十九世紀には眠りが姫から外の世界へ伝染するという含意が生まれ、また、姫の魔法をとくための王子の役割が強調されたと言える。このことがいっそう「眠りの森」を、社会に蔓延しがちな（と危惧された）「休眠状態」を進歩の精神が打破する、というパターンの寓話としてふさわしいものにしたのだろう。

ただし、「眠りの森」の寓意はそればかりではない。[5] 眠りは夢をはぐくみ過去を旅し、物語を生みだすロマン派的な想像力や、自然の営みと結びつく女性の時間を象徴しうる。さらに、妖精の役割には人間の憧れ、怖れ、破壊への衝動、そして成長への期待が映し出されている。[6] 妖精たちからの姫への贈り物は、あらゆる美や徳を得たいという人間の憧れを体現する。一方、恐ろしい死の贈与は、美しいものが破壊されることへの怖れと同時に、美を破壊したいという危険な衝動を暗示する。それは、少女が成長して外の世界へ羽ばたくことを阻む暗い欲望も含みうる。「死」を「眠り」へ和らげた妖精の魔法は、その暗闇を乗り越えて目覚めへ導く力なのかもしれない。眠り姫は目覚めたとき、人間の世界に引き戻されて大人になり、結婚する（ペロー童話では子供も産む）。春の花が休眠状態を経て目覚めるように、眠りは困難を乗り越えて成熟するための重要な時間であった、と解することも不可能ではない。眠りをただ否定的なイメージと解することには慎重でなければならない。では

「王子の旅」の眠りと目覚めは何を私たちに語るのだろうか。

二　眠りと目覚め――ふたつの時

「王子の旅」は枠物語の形式をとる。(7) 外枠《そとわく》物語（詩の導入部と終焉部）は、姫と彼女に仕える侍女の世界を描く。外枠の中に入れ子として挿入される内枠《うちわく》物語は、姫が待つ間に旅をする王子の世界を描く。

外枠物語は姫の生きる「時」の描写ではじまる。それは眠りに支配された、どこにも到達することなく円環的に流れる「時」である。姫はこの時のなかでただ王子を待ち続ける。

甘い樹液と蜜に満たされ
ひらくのはいつの日か　花の中の花よ
長いながい時が過ぎ　訪れては過ぎゆく
　花嫁は眠り　目覚め　眠りにつく
来ないひとを待ちつづけて――
　　ほら　花嫁が泣いている。　　　（一―六）

一方内枠物語は「地の果て」にいる王子の旅の物語である。旅の目的は花嫁の獲得だ。彼は探求物語《ロマンス》の主人公として勇敢に、直線的に進まねばならない。一刻も早く姫の元に到達し、彼女を目覚めさせ、新しい人生に導くことが期待される。だが彼は困難に遭うたびに、自身が魔法的な夢の世界に引きこまれ、停滞を余儀なくされ

「泣いているより夢をごらんなさい」
「王子の旅」より

イラスト：滝口智子

る。王子はこうして直線的な時と円環的な時の間をたえず行き来する。

彼の行く手を阻むのは登場順に「乳しぼりの娘」、「錬金術師」、「洪水から王子を救う者たち」の三者である。乳しぼりの娘は、旅の途上で喉が乾いた王子に牛乳を差しだす。彼女は、王子がその報酬として提案する金や異国の装飾品の受けとりを拒み、代わりに自分と一日を過ごすよう求める。これは貨幣経済による交換の概念や、貿易による富の蓄積を拒否する態度であり、懐古的な牧歌の伝統を受けついでいる。娘と過ごす時間は王子にとって夢のように心地よい。しかしその夢は邪悪な「悪夢」（六八）ではないかと語り手は示唆する。

林檎の木陰に身を横たえて
王子は娘と笑い　語らった
たくみに編まれた娘の髪は
　輝き蠢《うごめ》く蛇のとぐろ
一日一夜《いちにちいちや》　精妙な罠に
　王子は繋《つな》ぎとめられた　　（九一―九六）

「林檎の樹」や「蛇」は、聖書のアダムとイヴの原罪を思い起こさせる。イヴはサタンの化身ともされる蛇に誘惑されて禁断の木の実を食べ、アダムにも勧めた。娘の蛇のような髪には、見る者を石に変えてしまう恐ろしいメデューサ（ギリシャ神話）のイメージも重なる。乳しぼりの娘は悪魔の手先なのだろうか。

なお、王子の旅は「眠りの森」のほかに、キリスト教的寓意物語であるジョン・バニヤン作『天路歴程』（*The Pilgrim's Progress*）をも下敷きとしている。『天路歴程』の主人公クリスチャンが、神の道に至るまで様々な苦難に遭い判断を迫られてゆくように、「王子の旅」の王子もまた、彼を誘惑するものの意味を理解できるかどうかを試される。そして彼は正しく理解できず、それゆえ正しく行動できない（誘惑に抗えない）ことを読者に露呈してゆく。王子の旅は眠りや夢といった円環的な世界の魔力と、それに対する怖れの間で揺れる心を映しだし、そこにはこうしたキリスト教的善悪の寓意も含まれているのである。

王子が娘との夢の世界にひたっていると、雲雀《ひばり》や謎の歌声が天上から鳴りひびき、目覚めるように彼を促す。歩みを再開した王子を待ち受ける次なる障害は、無限に広がる荒野と洞窟に暮らす錬金術師だ。死が支配する暗い地で唯一見えた光をたどってゆくと、煤で汚れた老人が「不老不死の霊薬」を調合している。彼は百年もの長きにわたり火をおこし、煮えたぎる鍋を世話してきた。鍋は泡立ち鎮まることを繰り返す。老人は王子が手伝うことを条件に彼に宿を提供し、霊薬の贈与を約束する。この交換条件に同意することで、王子自身が錬金術師の住む世界、出口の見えない円環的な時に囚われてゆく。再びキリスト教的な見地からみれば、この交換はキリスト以外の存在から永遠の命を獲得しようとする点で、悪魔的な取引ともいえる。

やがて老人は百年目の時を迎えてぽっくりと息絶え、同時に霊薬が完成する（と王子は理解する）。彼の死は、「眠りの森」における百年の眠りからの目覚めへの、反転したかたちでの言及であろう。このとき詩の読者は、おとぎ話の幸福な結末とは異なる不吉な運命が、霊薬に込められていることを感じとるだろう。しかし王子は永遠の命が与えられると信じ、死者からの贈与である霊薬を持ち去る。ここに、詩の読者が理解していることを詩の登場人物が理解しない、という劇的アイロニーが生まれている。

旅を再開した王子が遭遇する最後の難関は洪水である。洞窟を後にして命あふれる美しい野へと旅は続く。社交好きの王子は、旅の楽しさを分かちあう道連れがいないことに倦怠を感じる。するといつしか増水していた川に呑み込まれ、溺れそうになる。死の瀬戸際で彼を救ったのは「優しい手と声」（三三一）をもつ家族だった。なかでも「月のような顔」をした娘は、「わたしといれば安心よ」とささやき、若い王子の官能を刺激する（三四三―四八）。彼はその魅力に抗うことができず、「時を数えることもなく」長居をする（三六一二）。やがてみたびの天からの「嘆きと叱責の声」（三七六）に促され、重い腰を上げるのだった。

この挿話には、川の水＝洗礼と再生、という宗教的イメージがあるようにも見える。だが死の淵から再生した、という王子の理解は、彼自身の思い込みかもしれず危うい。語り手は王子が過ごす安寧の日々を、キリスト教的な審判の日のイメージとともに「叱責の声が……トランペットのように鳴り響く」（三七六―七七）と否定的に描く。この場面が言及する「マタイ福音書」においては、五人の賢い乙女たちがともし火を手に夜通し目覚めて、花婿（救世主）を迎え入れる様子が描かれるのだが（二五章一―一三節）、「王子の旅」においては、王子が夢の世界に長居をしたせいで、彼を待つ姫の命のともし火は「かすか」（三七九）となり、今にも消えそうなのだ。

三　語りと多重の声――妖精の魔法

こうして王子は、円環的な時に引きこまれては叱咤されて進む、という眠りと目覚めのパターンを繰り返し、やっと姫の元に到着する。しかし（読者には予想されたことだが）時すでに遅く、姫は待ち疲れ、年老いて死んでいた。姫の苦しみを分かちあってきた侍女たちが王子への恨みに満ちた長い挽歌を歌い、詩は終わる。

さて、ここまで論じたところで、「眠りの森」の重要キャラクターのいくつかが「王子の旅」に見られないことに気がつくだろう。姫の両親である王と王妃は登場せず、親子関係は描かれない。姫が大人への入り口で、好奇心から話しかける糸紡ぎの老女も登場しない。姫は物語冒頭からすでに、彼らを必要としない程に成熟しているからだろう（姫の大人らしい落ち着きは侍女の歌う挽歌に描かれている）。では「眠りの森」の妖精たち、とくに姫に死の魔法をかける妖精や、死を眠りに変えて百年後に目覚めさせる妖精はどうだろう。「王子の旅」では姿を変えて妖精が活躍する。姫の侍女たちである。彼女たちは姫を眠らせ、いつの間にか時空を越えて、天空から多重の声となり王子を目覚めさせる。さらに「王子の旅」の語りの仕掛けにも、侍女／妖精たちが深くかかわっていると考えられる。語りの構造を詳しく見てみよう。

「王子の旅」における外枠物語は、現在形の時制で姫の日常を語る。その語り手は一見全能の三人称語り手に見えるが、次の引用のようにト書きの一部が丸括弧（　）内に記されているため、語り手の背後に物語を夢見て（想像して）いる真の作者がいて、丸括弧内はその者のつぶやきではないか、との疑いが生じる。

「いつまで待てばいいの？　夏が来るまで　冬が来るまで？」――
「頼もしい王子さまがきっといらっしゃいます　それまでのご辛抱」
（姫の侍女たちが言う）「山も河も乗り越えての　つらい旅ですもの
　眠って夢をごらんになるのが一番
お眠りなさいませ」（彼女たちは言う）「鐘の音も聞こえぬよう
　塞ぎましたわ　泣いているより夢をごらんなさい」　（七―一一）

のちに王子が姫のもとに到着した時、彼は「夢の中だけで見ていた……蛋白石《オパール》の城」（四三〇―三二）にやっと到達した、と述べている。そのため外枠物語は、実は王子の夢の世界であった、という含意が生まれる。外枠物語の真の作者は王子なのかもしれない。

一方、内枠物語は、過去形の時制で王子の旅を描く。この物語は、姫が侍女の言葉で眠りにつくと同時に始まるため、姫の夢である可能性がある（内枠物語にも丸括弧内の独白があり、姫の内心の声とも受けとれる）。この場合、内枠物語の真の作者は姫となる。このように、「王子の旅」は外枠と内枠両方の物語において、背後に夢を見る者がいるとほのめかす。両方の物語が夢であるなら、王子が自身の夢で語る姫は、王子を待って眠り続ける円環的な世界に住み、どこへも行き場がない。一方姫が自身の夢で語る王子は、たえず円環的な時に引きこまれながらも、直線的な時を過ごすよう促される。姫と王子は、ある意味で互いの分身、別の世界に生きるもうひとりの自分であり、自分の憧れを映しているのだろう――王子は自分の義務を後回しにしても円環的な時を生きたいという憧れを、姫は円環的な時を生きる自分を解放させたいという憧れを。

妖精の話に戻ろう。王子の物語には多くの謎の声が登場することはすでに述べた。王子が旅に出るのを億劫がり、クッションにもたれる冒頭場面では、どこからか声が語りかける、「花嫁がお待ちかね　いつお立ちになるの　王子様」（一六）と。それは花嫁が生きるも死ぬも彼次第であると訴える。この声に応じるかのように、さらに「百もの哀しい声」と「百もの喜びの声」が風に漂う。哀しい声は王子の旅の遅れを心配し、喜びの声は人生を楽しめという「カルペ・ディエム」のテーマを歌う。乳しぼりの娘とともに過ごす王子を目覚めさせるのは、朝早く「目覚めよ、起きよ／新しい朝に／高い目的に向かって進め」（一〇九―一一五）と澄んだ声で歌う雲雀である。これらの声はすべて、姫の様子を知り尽くしており、それを王子に知らせる役割を負っていることから、姫を傍らで見守る侍女たちの、天空を舞う姿のない声であることが理解される。一方では姫を眠らせ（「お眠りなさい、花嫁よ」）他方では王子の旅を促す（「目覚めよ、起きよ」）侍女たちの思いは、風に乗ってこだまする。彼女たちは見えない翼で軽々と時空を越え、旅する王子に呼びかける。姫の夢に入りこみ、夢の主人公の歩みを促す。それは姫と王子に眠りと目覚めの魔法をかける妖精たちの姿なのだ。

侍女／妖精たちは、姫と王子に魔法をかけるだけではない。彼女たちは次第に、姫と王子の物語の語りに侵食し、物語を乗っとってゆく。内枠物語において、王子が円環的な時に引きこまれる度合いが強まるにつれて、過去形で語られてきた物語に少しずつ現在形が混在するようになる。現在形は、彼の憧れる円環的な時を表すひとつのサインである。

「こっちよ——こっちへおいでなさい。岸はここよ！」
王子は溺れかけても片手でしっかり薬瓶を握りしめた（訳者註・過去形）
投げだされた綱をつかんで——放して——またつかむ（現在形）
砂地に足が届いては滑る（現在形）——
　助かるのか？——望みはあるのか？

……

優しい手と手がかいがいしく　彼の服をゆるめて
優しい声と声がそっとささやく。（現在形）　　（三二〇—二四、三一—三二）

王子が洪水から救われると、物語作者の内面の声が、再び丸括弧つきで語りに差しはさまれる。しかしそこに私たちの期待する作者（姫）の声はなく、代わりに声を発するのは、これまで一貫して天から王子に呼びかけていた侍女／妖精たちである。

（花嫁よ！花婿はいつまでもぐずぐずしているわ。

こんなに若くてきれいなあなたが待っているのに。）（三二九―三三〇）

これまで妖精たちの言葉は引用符 "……" 内にほぼ限定されていた（翻訳では鍵括弧「……」内）。だがついに彼女たちは丸括弧内にまで入り込み、そこにあるはずの姫の内心の声を追いやり、姫の語る物語を乗っとり始めるのだ。物語を奪った妖精たちは物語を奪われた姫に語りかけ、さらなる眠りの魔法をかける。それは優しくも残酷な、死の魔法にも似ている。

（たくさんの笑顔があふれる　ひとり哀しむ人に想いを寄せることもなく――
だからお眠りなさい、花嫁よ）（三三五―三三六）

時制はいまや現在形が優勢となり、過去形の内枠物語は最終的に、現在形の外枠物語に吸収統合されてゆく。それと同時に内枠物語の主人公である王子は城に到着し、自らが夢見てきた外枠物語の世界に足を踏み入れるのである。以上を図にまとめると次頁の図のようになる。

では、この統合された物語の作者は誰なのか。現在時制の外枠物語はもともと王子が作者だったとすれば、同じ現在時制の統合物語も王子が作者なのだろうか。しかし、今の彼に何が書けるというのだろう。姫の死は彼にとって何重もの喪失を意味する。彼は自分が紡ぐ物語の主人公（姫）を失った。その姫は、王子を主人公として物語を紡いでいた。そのため、姫の死によって王子は自分の作者を失った。また、王子は探求物語の主人公としても失格だ――究極の目的である花嫁を失ったのだから。彼が憧れていた円環的な世界はめぐり巡って螺旋を描き、「一点に収束して」（三六四）ゆき詰まった。彼には新しい物語も、新しい命も、新しい未来もない。

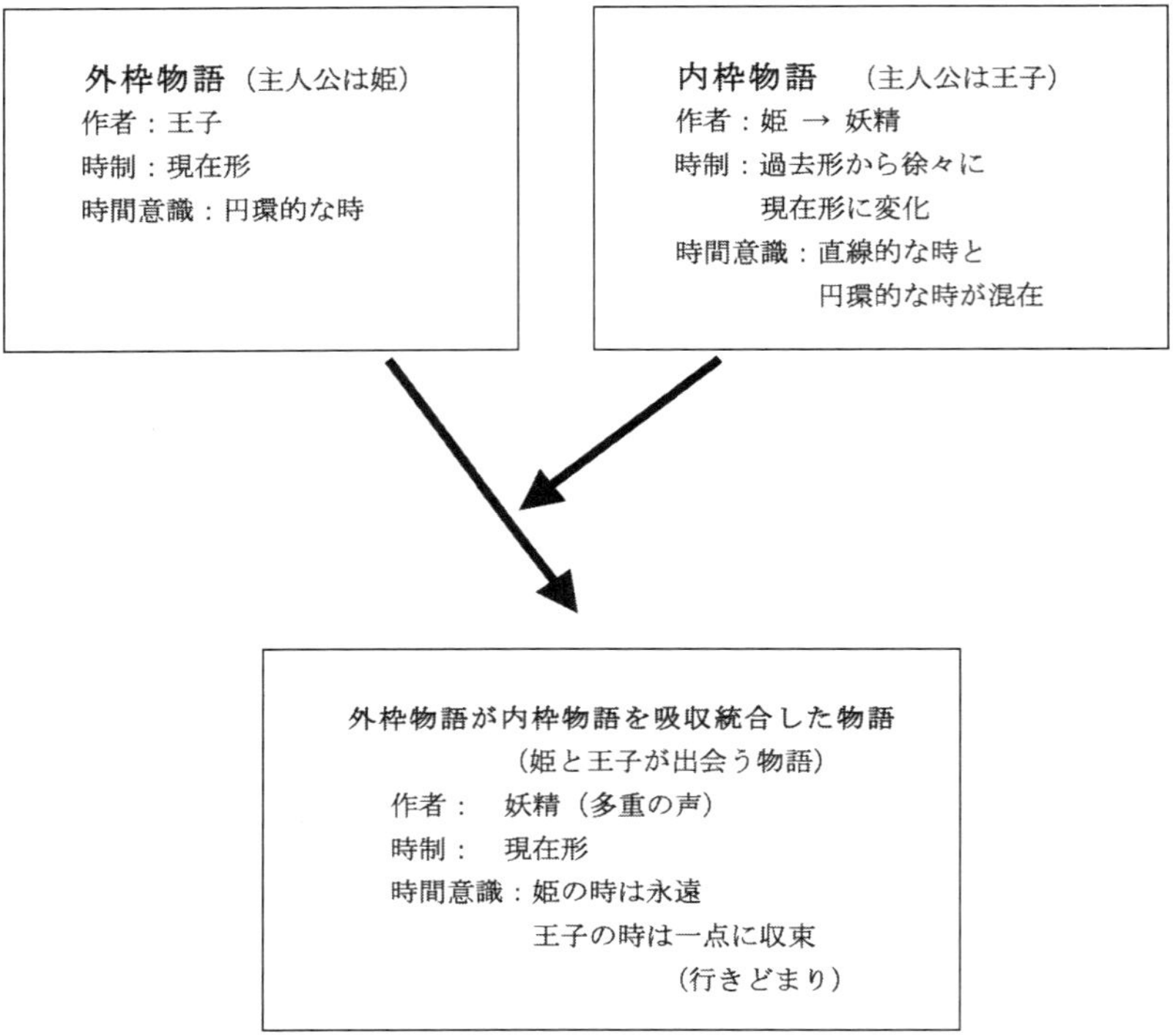

今物語を語れるのは、姫の紡ぐ物語を奪った侍女／妖精たちである。それゆえ、詩は彼女たちの高らかな歌声（挽歌）で幕となる。妖精たちは歌のなかで到着の遅れた王子を責め立てるが、自身は姫が死んでも一向に悲しくないという。姫の死は彼女たちにとって再生のあかしだからだ。妖精たちが姫の頭にかぶせる冠は栄光や勝利のシンボルであり、葬式の王冠としては死と同時に、永遠の命や不死をも表す（アト・ド・フリース「王冠」の項）。

　姫さまがお亡くなりになった今
今日という日に
　泣いてどうなるというのです？
わたしたちは姫さまを愛している
から　泣いたりせず

その高貴な御髪に冠をのせます。　（五三三―三六）

「王子の旅」は、人を眠らせ人を目覚めさせ、物語の作者（詩人）に魔法をかける妖精たちの歌声が空に鳴り響くおとぎ話である。その歌声はミハイル・バフチンの言葉を借りるなら、作者（姫と王子）の内なる「多重の声」なのかもしれない。妖精たちはふたつの時を自在に行き来して、互いに分身である作者たち双方に呼びかける。ときに円環的な時を生きる者を眠らせて夢を生みだし、ときに夢の中に漂う者を目覚めさせて直線的な時を生きるよう促す。

ロセッティの時代に詩を書くことは、妖精の魔法をかけ、またかけられるということ、時を止め、また時を動かすということだったのだろうか。(8) そこには――無数の類話をもつおとぎ話の世界には――「ただ一人の揺るぎない作者がいる」という神話はない。そしてたとえ思いがかなわぬままに詩人が死んだとしても、作品の内なる多重の声はうたい続けるということに一縷の望みをつないでいた、そういう時代であったのかもしれない。

注

（1）ヒラードがクリステヴァ『女の時間』より借りた言葉（Hillard 99, 102）。

（2）それぞれ一六九七年、一八一二―一五年出版。ペローはイタリアで出版されたバジーレ編『ペンタメローネ』（一六三四―三六）に多くを負う。グリム童話は十九世紀児童文学の発展を促したとされる。

（3）ロセッティはイタリア人の両親をもつため、バジーレ版「眠りの森」に親しんでいた可能性も皆無ではない。ただしバジーレ版はイタリア語ナポリ方言である。バジーレ版「眠りの森」のタイトルは「太陽と月とタリア」。ロセッティはペローとグリムの両童話集に親しんでいた（Marsh 26, 138）。

（4）バジーレ版では、姫が眠る間に彼女に子供を産ませたのは王子ではなく、国にお妃をもつ王である。王妃は嫉妬に燃えて、姫と王の子どもたちを王に食わせようとした。

（5）フェミニズム批評では、「眠りの森」に女性が受動的であるべきとするイデオロギーを読みとることもある。実際ロセッティの時代、女性の教育を否定する動きを「眠りの森」と関連付ける論調もあった。しかし一方で、人間の成長における比喩的な「眠り」（内面で大きな変化が起こり、静かに時を待つ時間）を積極的に評価し、その重要性を指摘する人びともいる。ユング心理学の観点から一般の読者にも親しみやすいように「眠りの森」を分析したヴァイプリンガーを参照。

（6）妖精や魔法に人間の罪の意識や恐れ、憧れ等、内奥の意識が映し出される点について、滝口（二〇一四、二〇一六）、Bown を参照。

（7）枠物語とは、物語の導入部を外枠として、その中に入れ子のように一つ以上の物語が挿入される形式のことで、作品内に物語についての自己言及を含むことが多い。

（8）詩や詩人についての詩を書くという自己言及性は、古代ギリシャ詩人サッフォーの伝説を負った十九世紀女性詩人の作品によく見られる。こうした自己言及性を通じて、詩人は読者に様々な問を投げかけ、答を求め続ける。詩についての詩に関して拙著 Takiguchi (2011)、とくに Chapter 2: Writing about Women Poets: Recasting the Legend of Sappho および Epilogue: Poetry as a Gift for the Audience を参照されたい。

引用・参考文献

Arsenaeu, Mary. "Pilgrimage and Postponement: Christina Rossetti's 'The Prince's Progress'". *Victorian Poetry*. Vol 32, 3-4, 1994: 279-98.

Bown, Nicola. *Fairies in Nineteenth-Century Art and Literature*. Cambridge: Cambridge UP, 2001.

Hillard, Molly Clark. *Spellbound: The Fairy Tale and the Victorians*. Columbus: Ohio UP, 2014.

Hullah, Paul. *We Found Her Hidden: The Remarkable Poetry of Christina Rossetti*. Partridge Publishing Singapore, 2016.

Marsh, Jan. *Christina Rossetti: A Writer's Life*. New York: Viking, 1994.

Opie, Iona and Peter. *The Classic Fairy Tales*. London: OUP, 1980.

Rossetti, Christina. *The Complete Poems of Christina Rossetti, A Variorum Edition*. Ed. R. W. Crump. 3 vols. London: Louisiana State UP, 1986-1990.

Takiguchi, Tomoko. *Recasting Women's Stories In the Poetry of Felicia Hemans, Letitia Landon, and Christina Rossetti*. Doctoral Dissertation, Leiden University, 2011.

Taylor, Edgar. *German Popular Tales*. London: C. Baldwyn, 1823, 1826.

ヴァイプリンガー、アンジェラ　『おとぎ話にみる愛とエロス――「いばら姫」の深層』入江良平・富山典彦訳　新曜社　一九九五

クリステヴァ、J　『女の時間』棚沢直子、天野千穂子訳　勁草書房　一九九一

鈴木晶　『グリム童話』　講談社現代新書　一九九一

滝口智子「境界に住むものたち――ロマンティック・バレエ『ラ・シルフィード』と妖精譚『トリルビー』」『文学と評論』第三集第十号　二〇一四

――「クリスティナ・ロセッティ作『王子の旅』翻訳と解説」『経済理論』三九六号　二〇一九（近刊）（本文中の詩の和訳はここからの引用）

――「ロマンスの再構築――ウォルター・スコットの『ラマムアの花嫁』――」『超自然――英米文学の視点から』文学と評論社編　英宝社　二〇一六

バジーレ、ジャンバティスタ　『ペンタメローネ』上下　杉山洋子／三宅忠明訳　岩波文庫　二〇〇五

バフチン、ミハイル　『ドストエフスキーの詩学』　望月哲男／鈴木淳一訳　ちくま学芸文庫　一九九五

フリース、アト・ド　『イメージシンボル事典』　大修館書店　一九八四

ペロー、シャルル『完訳ペロー童話集』　新倉朗子訳　岩波書房　一九八二

ルルカー、マンフレート　『聖書象徴事典』　人文書院　一九八八

小さな生き物たち
——詩人としてのエミリィ・ディキンスン——

濵田　佐保子

詩人が詩についてどのように考えていたかは、すべての作品の理解の根本となる重要な問題である。詩や詩人についての考えを含めているディキンスンの詩は少なくはない。その中でも小さな生き物たちを詩人に見立てている作品は、比較的、直接的に詩あるいは詩人についての考えを表明している。詩のアイディアを思いつき、詩作していく過程は神秘に満ち、把握できないものであると彼女は考えているが、小さな生き物たちに自分の姿を把握しようとしている。この小論では小さな生き物たちにディキンスンはどのように詩人としての自分を重ねているか、彼らとの関係においてどのような詩的体験をしているかを考察することを目的とする。

拙論(1)において蜂と詩人ディキンスンとの類似点を考察した結果、蜂は夢と現実という両側面を持っていることが最も顕著な共通点であることが明らかになった。蜜蜂の巣箱には現実を夢に、夢を現実に変えるヒントがある（一六二三番「あの小さな巣箱の中に」）。ディキンスンの詩の理想は現実が高まって夢となり、夢は突き詰めると現実となり、両者が融合する状態であった。自由にふるまう蜂の姿は束縛に苦しめられている現実が基盤となっている。はちみつが醸し出す香り、蜂と花との甘い関係はとりわけ夢の世界を作り出す。しかし同時に蜂は鋭く現実を見る目を持っていて、インディアンサマーの季節になると、語り手は天国が戻ってきたように感じているが、蜂は季節は冬へと向かっていることを実感している。ディキンスンの詩も二つの相反する世界の強い結びつきが詩的世界を醸し出している。

この小論では生き物を扱った多くの詩の中から蜂に次いで、詩人としての自己を顕著に投影している蜘蛛、鳥、蝶を取り上げる。

一　蜘蛛

兄のオースティンに宛てた手紙の中で、「親愛なるお兄さん、あなたがここにいて下さったらと思う。あなたのいない部屋には陽気で軽はずみな蜘蛛たちが隅に巣を張っている」（手紙五八）と綴り、蜘蛛を恐怖心ではなく、ユーモアあふれる気持ちで見ている。蜘蛛は詩では五編に登場するが、語り手の住処に侵入し、傍若無人にふるまう蜘蛛を描いた一一七四番（「一四、ある事情の下で」）以外の四編において蜘蛛は詩人として描かれている。そして三編において蜘蛛が巣を張り巡らすことを扱っている。『文学シンボル事典』に記しているように、「文学に現れるクモはほとんどの場合、糸を紡いだり編んだりする行為とかかわっている」（八三）。蜘蛛は自分の所から巣の向こう側まで糸を張らなくてはならない。そのため自分のお尻から糸を垂らし、風に乗せて飛ばす。糸が巣の向こう側にある木の枝などにくっつくと、糸の上を往復して糸を強くする。次にこの糸の真ん中でお尻から糸を出してV字型に下がっていき、着地できる場所を見つけて大きな枠を作る。この作業を繰り返し、中心から四方八方に糸を張り、できた枠を足場にして、らせん状に糸を張ると巣ができる。蜘蛛の巣の模様は精巧で、それぞれの模様は二つとして同じものはない点にディキンスンは芸術を感じたのかもしれない。

五一三番（「蜘蛛は銀のボールを抱えている」）では蜘蛛が巣を張りめぐらしていく様子を、編み物のイメージを入れて、詩人が詩作することと並行させている。ディキンスンは編み物や縫物に忙しい日々を送り、そのために詩作の時間が少なくなることを嘆いていた。蜘蛛はお尻、つまり自分の体から糸を出して巣を張っていくという事実と、手に持ったボールの糸をほどいていく様子は、詩人が内面を詩に綴っていく様子と重なる。蜘蛛の中には「凝縮され、価値があり、表現豊かな達成へと成熟していく芸術的可能性があることを『銀色のボール』は暗示している」(Johnson 44)。蜘蛛が手に持っている「銀色のボール」は「真珠の糸」でできていて、蜘蛛は高貴なイメージへと高められている。レベッカ・パターソンは、多くの詩で真珠は単に装飾的に使われていることの例としてこの詩における真珠の糸を挙げているが(八七)、蜘蛛に例えられた詩人の内面の重要性が真珠のイメージには秘められている。蜘蛛が銀色のボールを持っているのは「人目につかない手」と秘密性を冒頭で打ち出している。糸をほどく様子を「一人静かに踊りながら」と表現し自分だけの世界を作り出して、この設定は次の中間部へと続く。「彼は無から無へと利益にならない仕事(unsubstantial Trade)に精を出す」。Unsubstantial Trade は一般的な視点では否定的な表現であるが、蜘蛛にとっては報酬を求めない純粋な気持ちを暗示している。詩の出版を拒み、無垢で純粋な気持ちのまま白い創造主のもとへと赴くことを選択したディキンスンが思い浮かぶ(七八八番「出版は競売」)。Unsubstantial には「想像的な、空想的な」という意味があり、芸術は想像の産物であると文字通りに理解することもできる。グレッグ・ジョンソン(四四)も指摘しているように、詩の最後の蜘蛛の巣はすぐに崩壊することの前兆ともなっている。「無から無」は蜘蛛が懸命に無心で仕事に精を出している様子を描写している。インダナス・カーは無になることにより詩人はすべてになる(八七)と肯定的な意味を読み取っている。ディキンスンは「無」という表現を次の詩におけるように重要な意味に使っている。「天以外には彼女は無、天以外には弧、さまよう蜜蜂以外には無駄に咲く花」(一七三番「天以外には彼女は無」)と歌っている。つまり、まわりの多くの存在は花を理解してくれないが、天と蜜蜂は自分を認めてくれる。世間とは相入れないディキンスンの姿が浮かぶ。このように「彼は無から無へと利益にならない仕事に精を出す」という二行には、世間の視点と語り手の視点という相反する二つの見解が巧みに盛り込まれている。

蜘蛛は「光の大陸を一時間で最高に（supreme）作りあげる（Rear）」。Rearには「育てる、高める」という意味があり、試行錯誤を繰り返し、よりよい詩を作る過程も示している。蜘蛛は暗闇で作業をするが、作り上げるのは「光の大陸」であり、暗闇と光が対照的になっている。光の大陸は「勝利」（Johnson 45）を示すという解釈もある。ディキンスンは光に関心が深く、多様な使い方をしているが、拡大し、その行く先が見えないことから未知の空間へ、次の世界への足掛かりを示し、神あるいは天国を指すこともある。また詩を光にたとえて、詩人の没後も、詩が読まれ続けることを光が広がっていく光景と重ねている（九三〇番「詩人はランプに光を灯すと」）。「大陸」は蜘蛛の大きさに比較すると大きな面積の巣を張っていくために、さらにディキンスンにとって特別な言葉であるので選ばれたと考えられる。彼女は自分の内面を大陸という言葉で表現している。「ソトよ！自分自身を探検しなさい！自分自身の中に『未発見の大陸』を見出すでしょう」（八一四番「ソトよ！自分自身を探検しなさい！」）という詩がある。冒険家のソトが世界を探検して行く以上に、人間の内面は広く、奥深く、自分の一部でありながら、発見できていない多くの部分がある。また「愛と心はいっしょに一つの大陸を作る」（一三八一番「心は精神の首都」）と表現して、内面の膨大な豊かさを示している。

最後に蜘蛛は「境界を忘れて、主婦のほうきにぶら下がる」とユーモラスな情景を描写し、崩壊で終わる。それまで懸命に糸を張っていた活力にあふれた様子から一変して、知らない間に動きがとまりぶら下がる。ディキンスンの詩は最後は崩壊で終わることが多く、創造と崩壊は表裏一体であると考えている。創造に絶対的な完成はなく、崩壊によりまた新たな創造が生まれるのである。一つのイメージを読み取っていると消えていき、また新たなイメージが生まれ、イメージは常に動いていくものである。想像や夢の世界は一時的なものであり、現実に戻りそしてまた夢の世界を追求していくのがディキンスンの生き方である。「雷のように最後まで高まり、やがて壮大に崩れる、すると作られたものはことごとく姿を消す。これこそ詩であろう」（一三五三番「雷のように最後まで高まり」）という作品も残している。崩壊は衰退ではなく、完成の次の高みと考えることができる。「最高に」（supreme）という最上級を意味する語が示すように、完成の究極に達すると崩壊し、それが次の創造へのエネルギーとなるのである。ディキンスンは物事の二面性を見ることができ、創造の開始と共に崩壊が進行していることを意識していた。

この詩の異なる原稿では、Continents の代わりに theories を、Boundaries の代わりに sophistries（詭弁）を使っている。詭弁とは一見正しそうに見えるが誤っている論理のことである。「役に立たない取引」と共に世俗的には否定的な意味を入れているが実際はそうではない。ポーラ・ベネットは芸術家である蜘蛛が織りなす蜘蛛の巣は想像力の産物なので、詭弁である（四四）と解説している。ほうき、取引といった俗的、日常的なものと、宝石や supreme という単語が示す、高貴さや権力が同時に見られる。二つの相反する領域のイメージが合体している点に、この作品のユニークさがある。

六年後に作られた一一六三番（「蜘蛛は夜、縫物をした」）においても、蜘蛛が巣を張る様子は縫物をする姿に例えられ、詩作を語っている。蜘蛛は夜、明かりもなしに白い弧の上で縫物をするが、ディキンスンが詩を書いたのも夜であり、自室で一人だけの空間を確保して書いた。「弧」は彼女が好んで用いた語であり、蜘蛛の巣には中心があり、そこから弧が広がっていくイメージが読みとれる。ヘレン・ベンドラーは「蜘蛛の巣の円周」（四一九）と解釈している。ディキンスンは円周という言葉を様々な意味で用いているが、その一つは天国へとつながる空間ととらえている。「私の仕事は円周です」と手紙（二六八番）で述べているように、円周は詩人として最も重要な概念だと彼女は考えていた。蜘蛛が張り巡らしている模様について、「ひだ襟は貴婦人のものか、小鬼の経帷子であるか自分で自分に語ること」と、この作品でも詩作は自分と向き合うことであり、自分以外の人に詩を理解してもらうことは困難であるという考えが出ている。「ひだ襟」は洋服のシャツ、ブラウスなどの襟の仕立て方の一つで、特に十六世紀半ばから十七世紀前半にヨーロッパ諸国において王侯貴族や富裕な市民の間で流行した。貴婦人は高貴さ、「ロマンチックな愛」（Leiter 49）を示す。もう一つの選択肢として「小鬼（Gnome）の経帷子」を選んだ点にディキンスンの独自さがある。小鬼は地中の宝を守ると信じられた地の精である。Gnome は神秘的な要素が入っているが、蜘蛛の持つ神秘さと重なる。『イメージ・シンボル事典』では蜘蛛の巣は「創造と発展の霊にかかわる『神秘の中心』を表す」（一三四―三五）と説明している。一八六三年、ヒギンスンへの手紙においてディキンスンは自分のことを Your Gnome と書いている（二八〇番）。さらに語り手の心に押し寄せる他者のような存在を小鬼と表現している（三〇三番「私は一人ぼっちになることはない」）。ひだ襟が何であるかは、自分自身に語る（inform）ことであると述べているが、inform は彼女が愛用していた辞書では、第一番目の意味として、to animate（活気づける）、to give life to 、to actuate by vital powers（生を与える、活力により行動させる）と記している。ディキンスンは言葉は使う時、その人の息吹が入り生き始めるのだと考えた。また活力がなければ生きていても生きていることにはならないと、活力を最も意義ある概念の一つとみなしていた。第一連各行の最後の単語は Night、Light、White、第二連は Dame、Gnome、inform、そして第三連は immortality、strategy、physiognomy と韻を踏むために、inform は選択された言葉でもある。「経帷子」は埋葬する死体を覆う布であり、死を示し、続く「不滅」へとつながる。「不滅」はディキンスンが生涯をかけて追い求めたテーマで、詩を書くことは死ぬべき運命のものを不滅にすることであると明言している。不滅を獲得する戦略は人相学であると、形式ばった三語「不滅」（Immortality）、「戦略」（strategy）、「人相学」（Physiognomy）を並べている。人相学は小鬼のイメージを引き継いで神秘的な学問であり、顔の容貌から人の気質や性格を判断することと、つまり「見えるものを通して見えないものをつかむ」（Leiter 50）ことである。ディキンスンは、内面と外面というとらえ方をしていて、物事は内面に重要で巨大なものがあり、詩人の仕事はその内面を見抜くことであると考えている。外面に相当する顔という単語を彼女は多くの詩で使っている。天国では人々はこの世とは違った顔になり、「永遠の顔」（八一番「彼女はそれに耐えた、やがて地味な血管が」）、「まぶしい顔」（三八九番「私に来なさいって！私のまぶしい顔」）になる。また天国を見る時、人々は天界の顔になる（二二九番「音楽家たちがいたるところで競い合っている」）。さらに「あらゆる環境は神の顔が示させる額縁である」（一一一三番「すべての環境は枠である」）。天国での顔の変化は、この世にいた時とは全く違う内面の変化を反映している。人相学という言葉を彼女が選択したのは、顔への関心とつながっていると考えることができる。戦略は目標達成のために入念に作られた計画を意味するが、科学的で合理的でない人相学とあえて結び付けた点に、ディキンスン独特の発想がうかがえる。

二　鳥

鳥は空へと飛んで行き見えなくなるので、あの世や神と結びつけられることが多く、ディキンスンもそのような使い方をしている場合が多い。空へと消えていく鳥と共に詩人も永遠の世界へ入る。あるいはそのような鳥を羨望の目で見つめるといった状況を歌っていることが多い。ここでは、それ以外の側面について考察することにする。

四〇二番（「コウラウグイスの声を聴くことは」）では、鳴き声がよい鳥として知られているコウラウグイスの声を詩として聞けるか聞けないかを話題としている。平凡な声として聞く人もいるが、詩人は神の存在を感じることができる。「耳の流行（Fashion）」が陰鬱に（Dun）聞くか、美しく（fair）聞くかを作り出す（Attireth）。Dunはこげ茶色、fairは白と、色のイメージも盛り込んでいる。Fashion、Attirethと服に関するイメージを重ねている。流行とは変化するものであり、その時の気分、内面がどのように聞こえるかを決定するのである。四五〇番（「外面は内面から」）では侯爵になるか小人になるかは支配している気分によると述べていて、「流行」は「気分」に相当する。ロバート・ワイズバッハは「聞き手の心の状態」（一六〇）と、ジュディ・ジョウ・スモールは「視覚」（六八）と解説している。「神秘な歌（Rune）になるか、無になるかは内面次第である」。チャールズ・アンダースンはRuneに詩や歌の意味を読みとっている（九九）。聞くことはまさに創造的な作業なのである。ディキンスンの感受性は神聖なもの、美しいもの、神秘的なものにより鋭敏で、それらが詩的空間を創造すると考えていたことがうかがえる。「自然はいつも精神の色を帯びている」（十一）と述べたエマソンの影響を受けているのかもしれない。ディキンスンの詩を理解できる人とできない人との対比と読むこともできる。後者を「懐疑主義者」と呼んで、曲は木の中にあると示した彼らに「いいえ、先生！あなたの中に！」と感嘆符を二度重ねて、厳しい口調で詩は終わっている。詩人であることは表現する技術を持つことよりも、第一に対象物を十分に味わい、対象物になりきり、体験することであるとディキンスンは考えた。

五〇四番（「鳥たちは四時に鳴き始めた」）では語り手は「私」として詩に二回登場する。音楽をイメージした早朝の鳥の声に語り手の感受性は高められる。鳥たちの大きくなっていく圧倒的な鳴き声を「力を計る（count）ことはできなかった」と表現し、彼らの内からのエネルギーを感じている。「小川と小川が自分たちをささげて、池を増大させる（multiply）ように声を使っていた（expend）」。四行目にcount、五行目にexpend、八行目にmultiplyと数学用語を三語用いている。鳥たちは、ほとんど目撃されることがなく、その音楽は喝采されるためでもなく、「宇宙や人間から離れた独自の恍惚のためであった」と、周りからの独立、秘密性が強調されている。

池はさらに増大して洪水となり、「六時までに音楽の洪水は終わる」。一二〇七番（「私には洪水を表すその言葉が」）では詩的想像力を掻き立てられる対象を洪水と呼んでいる。またヒギンスンへ宛てた三一九番の手紙では不滅のことを洪水の主題と呼んでいる。六時までには洪水は終わり、今まで登場しなかった太陽が現れて、鳥の声にとって代わり束を支配した。太陽はディキンスンの詩では、しばしば権力をふるう男性を示しているので、男性支配の世界に変化し、鳥たちは退散したとも解釈できる。最終場面では「導きとなった奇蹟は完成したように忘れられ」、完成と崩壊が同時に発生している。島崎陽子氏は次のようにこの詩を解説している。「円周への詩人の意識の過程が時間と空間のイメージを通して巧みに表れている。……達成はここでは詩人が詩的感受性の結果として成し遂げた恍惚である」（七一―七二）。小鳥の声は鳴き止んでも、語り手の心の中にはいつまでも記憶に残り反響している。存在しないものへの思いが深い感情を掻き立てるのである。恍惚はディキンスンにとって重要な概念であり、三通の手紙（九六〇番、九七六番、一〇一四番）に同じ次の言葉を入れている。「私からすべてのものを奪って下さい。でも私に恍惚は残しておいてください。すると私のすべての仲間より、私は豊かです」。

約二年後に創作された一〇九九番（「三時半に一羽の小鳥が」）も、音楽をイメージした早朝の鳥の鳴き声を題材としている。時間を導入している点も共通しているが、各連、三時半に、四時半に、七時半にと、より明確に時間の枠取りをしている。鳥の鳴き声を実験に見立てるという、科学に親しんだディキンスンならではの比喩表現が見られる。「三時半に一羽の小鳥が沈黙の空に用心深いメロディーの一節を提案した（Propounded）」。Propoundedという語は詩作過程を主題としている一二四三番（「あなたを採用しましょうか、と詩人は言った」）の冒頭で、頭に浮かんでいる複数の候補を、提出されている言葉（the propounded word）と表現している。Termは、メロディーの一節と共に専門用語という意味もあり、人間が発する言葉という意味をほのめかしている。一行目から三行目まで、「一羽の鳥」（a single Bird）、「沈黙の空」（a silent Sky）、「一節」（a single term）とS音を重ねて、朝の透明感、静けさを醸し出している。続く中間部は静けさと「注意深い」気持ちから一転して、激しいトーンへと変わる。鳥が鳴くことをテストから実験へと表現を入れ替えている場面では、次のように二語の権力を伴う動詞を用いている。had subjugated は「服従させた、征服させた」、supplanted は「策略または強引な方法でとってかわった」という意味である。ディキンスンの物事に対する接し方は実験である。「実験は私にとっては出会うものすべてで、核を含んでいるかどうかと考える。栗の姿は木の上では同じように見える。しかし内部の果肉がリスや私にとって必要なものである」（一〇八一番「実験は私にとっては出会うすべてのもの」）。この世に二つと同じものはなく、一つ一つ、その内部を見抜く試みが必要である。「実験は最後まで私たちを守ってくれる。その辛辣な一団は、原理に機会を与えないだろう」（一一八一番「実験は最後まで私たちを守ってくれる」）と主張し、すでに確立している原理ではなく、実験への信頼を示すことばを残している。また三九〇番の手紙では、「実験は恐怖を弱める刺激を持つ」と実験は精神的な支えとして述べられている。自明の理に頼るのではなく、自ら実験、観察し、得られた結果のみ信じることができるのである。実験に相反する言葉としてテストが使われている。テストは、たとえば製品が正常に作動するかどうか基準に照らし合わせて試すことである。実験により発見した「銀の原理がすべての他のものにとって代わった」と述べて、実験の成功が高らかに宣言されているようである。七時半には要素も手段も消えて、小鳥がいた場所は円周の中に入ってしまった。鳥の声が消えると円周が広がったのである。実在の物が終わる時、想像の世界が広がり、この世を越えた世界を感じるのであった。ジョアン・カービーは、「歌い手は去ってしまったけれど、円周は特別な歌と歌われた場所とのリンクを示している。歌は歌われた後も長く持続する。私たちが不在の世界は発話と共に反響し、その反響の中に一種の不滅を見出す」（六二）と解説している。ブレンダ・ワインアプルは「鳥とその歌は暗に示されている聞き手の記憶に反響し、それが彼女にとって円周の定義かもしれない。存在と不在の境界である」（一五五）と説明している。両者共に、音の反響を円周と結びつけている。

三　蝶

蝶は、卵、幼虫、蛹、成虫へと体の仕組みや形を変えていく完全変態である。その変化にディキンスンは驚きや戸惑いを感じ、自分の成長を見ている。一四二番（「上にある繭よ！下にある繭よ！」）は繭への問いかけで始まる。繭の中で何が起こっているのかは昆虫界でも大きな謎の一つである。その事実が「人目を盗む(Stealthy)繭よ、世の中がうすうす気づいている（suspect）ものをなぜ隠すのか」という部分に反映されている。suspectには「容疑をかける」という意味があり、語り手の繭への関心がうかがえる。「一時間もすると、すべての木に華やかに秘密は恍惚としてとまり、監禁に挑戦する」。繭の中にいる状況を監禁と表現して自由のないつらさを強調している。そしてその状況を打ち破ることを、「挑戦する」と表現し、勇敢な態度が見られる。閉じ込められた状態から解放された蛹はやがて蝶となり、草の上を華やかに飛ぶ。「一瞬尋問し、遺言検認判事よりも宇宙を知ることができる」。人の目を盗む（Stealthy）、容疑をかける（suspect）、監獄（imprisonment）、尋問する（interrogate）、遺言検認判事（surrogate）とわずか十二行に法律に関する語を六語も詰め込むという工夫がみられる。そのことにより、詩に威厳とユーモアを与えている。また詩の最初では繭は犯人のように扱われていたが、監禁から解放された蛹は、やがて蝶となり、詩の最後では訴える側と判事側へと立場が逆転している。法律用語の多用は弁護士であった父エドワードや兄オースティンの影響と考えられる。この詩では秘密性が強調され、周りから邪魔されることなく繭から蛹、蝶へと成長して、宇宙へと向かっている。

約三年後に創作された六一〇番（「繭から一匹の蝶が出てくる」）も繭から蝶への変化を扱っている。繭の中の暗闇から夏の午後という生の盛りに出てくる蝶はドアから登場する優雅な女性に例えられている。蝶と婦人はディキンスンにとって結びつくものであったようで、毛虫が蝶になる様子を「婦人よりも美しく、春に姿を現す」（一七一番「足のない毛むくじゃらのやつ」）と表現している。蝶はクローバーだけが理解できる計画（enterprise）で飛び回ると述べ、一般には受け入れられていないことを暗示している。enterprise には、「大胆で、困難で、冒険的な計画」という意味があり、普通であることを避けたディキンスンの詩作にも通じる。たとえば一般的な英語用法からの逸脱、大文字とダッシュの多用、逸脱した文法、造語などである。詩の題材も他の詩人が見逃す物を選んだ。蝶は群れとなって、「どこへ行くともわからず、目的のない円周を作る」。蜜蜂は勤勉であるのと対比して、蝶は怠けもので、空から彼らを眺めて軽蔑する。蜜蜂を扱っている九七九番（「足は紗の靴を履いて」）は「彼の仕事は歌（a Chant）、彼の怠慢（idleness）も歌（a Tune）」と歌っている。Chant には単調な話しぶりという意味があるため、ディキンスンは chant より、tune が自分の詩に近い感覚があると感じていたと考えられる。そして彼女は idleness という状況にあこがれていた。これは自分の意志のままに、自由に誰からも邪魔されることなく生活することを意味する。日没とともにすべては海の中へ消えた（Extinguished）。冒頭で婦人がドアから現れるのは、暗闇から出てくることを意味する Emerged が使われていた。それと呼応して、光などを消す Extinguished が最後に使用されている。批評家たちは存在していたものが消える最終場面を否定的な意味にとらえている。たとえば島崎陽子氏は「少しの絶望感と共に、詩人の喪失感」（六三）を読み取っている。ビクトリア・モーガンは復活という神の約束、人間の存在から天の存在への変容は消えている（一八九）と説明している。しかしディキンスンは海の底には不滅の世界が広がっていると考えていたこと、先ほど述べた「現れた」と「消えた」の呼応を考慮すると、再生へとつながっているという解釈も可能である。冒頭の婦人のたとえが詩全体を通して蝶のイメージを支配している。気の向くままに自由に飛び回り、自然を謳歌し、まじめに働く生き物たちを見下している。この詩以外にディキンスンの四三編の詩に蝶は登場するが、このような特性は持っていない。蝶を婦人と結びつけたことにより、独特なイメージを醸し出すことになったのである。

一一〇七番（「私の繭が締め付けて、色がせがむ」）においては、蛹が蝶になる過程が語り手の魂の成長と並行している。今までの二作品とは異なり、語り手が繭、蛹、蝶として登場する。「私の繭が締め付けて」束縛がきつくなる、それに対して、色はそこからの脱出をせがみ外の空気を求める。My Cocoon tightens—Colors teaze—と、Co と t の綴りを合わせて、両者の深い関係を強調している。「羽（Wings）のはえるおぼろげな力がまとっている衣（Dress）をいらなくする」。リンダ・フリードマンは、Wings と Dress の対立は、天空と地上、天使と人間、精神と体を強調している（一六八）と読んでいる。ディキンスンは今までの自分から脱皮して、羽に頼って歩くことは、詩人としての力を十分に発揮できると考えている（三八八番「普通の者にはなるまい、より以上になろうと私は言った」）。フリードマンはまた、衣は話し手の礼儀、女性であること、社会的役割を象徴している（一六八）と解説している。語り手は自然に繭から出られるのではなく、「蝶の力」と表現している。蝶は「輝かしい（Majesty）草原を与えられ（concedes）」、空を自由に飛び回る。Majesty には「女王としての威厳、尊厳」、concedes は「権利、特権などを与える」という意味がある。つまり草原は蝶に与えられた特別な場であり、天国へと通じる場を暗示して、続く最終場面の導入となっている。神や天国はその存在をほのめかすが、すぐに把握することは困難である。そして神からのサインは暗号で与えられるために気づき読み解かなければならないと、自らへ言い聞かせるような言葉で詩を終えている。蛹から蝶への成長の姿は、迷いや悩みの後には天国があるという希望を読者に抱かせる。

五五三番（「ダイヤモンドが伝説になる時」）では蝶は詩作をする際の想像力とかかわっている。語り手はブローチャやイヤリングを売り物にするために種をまき育てる。つまり宝石を磨き上げ、その価値をさらに引き出す。ここにはディキンスンが推敲を重ねて作品を作り上げる姿勢が反映されている。語り手の技術は進歩して素晴らしいものとなり、「夏の日」が示すように、成熟し、女王と蝶というパトロンが付いた。彼女らは技術を高める手助けをしてくれる存在と解釈することができる。

まとめ

蜘蛛が巣を張る、小鳥が鳴く、繭から蛹、蝶へと成長するという自然界に見られる素材をディキンスンは自分の姿を重ねながら、詩人の様々な面を織り込んだ作品を作り上げている。詩人の内にある目が両者の類似点を探り、そこからイメージや考えを発展させて、豊かに表現されている。ディキンスンの詩に対する考え方が生き物の行動に巧みに反映されているのは、的確で豊富な語彙の使用による場合が多い。

繰り返し強調されていたことは、秘密性、世間とは相入れない姿勢であった。このことはしばしば一つの作品の中で繰り返し表現されているため、いかにディキンスンが世俗を気にかけていたかということがわかる。世俗と詩人という相反する二つの視点が交じり合っている場合もある。世間とは独立した世界を確保してこそ、自由を得ることができ、自分を主張できる創作活動が可能になるのである。詩人の比喩表現として、小さな生き物たちを選んだ主な理由は、彼らの周りを気にせずに自由にふるまう姿に魅せられたからであった。詩人として自分の思いを表現したいという気持ちと、男性中心の時代、社会に生きる女性として周りを気にしなければならないという難しい立場を直接は表現できないために生き物に例えることにより、間接的に表現している。

考察した詩において、詩を創作することを言い換えた様々な表現を検討すると、彼女にとって詩作とはどのようなことであったか、より多面的にわかる。「作り上げる（rear）」は、時間をかけ、気持ちを込めて、よりよい詩を作ろうとする態度を示す。推敲を重ねて、時には何年もの年月をかけて詩を書き換えることもあった。大胆で冒険的な計画（Enterprise）、や実験（experiment）から彼女の革新的な態度がうかがえる。さらに、潜んでいる力を読み取ることや活気づける（Inform）は重要な概念であり、活力を意義ある人生に不可欠な要素の一つとみなしている。彼女の詩にはforce、power、vitalityといった言葉が頻出している。蝶を扱った詩においては、三段階、疎外・束縛、自由の獲得、天国への足掛かりという流れを見ることができる。時の経過に沿った詩人の内面での創作過程や成長を明らかにしてくれた。目で見ていたものが消えた時、聞こえていた音が聞こえなくなった時に、詩的空間が広がり、繰り返し心の中でビジョンがよみがえるのである。

ディキンスンは生き物たちに限りない愛情を示し、彼らの行動に大きな意義を見出している。そして「最も重要な住民である」（一七六四番「最も重要な住民は」）小さな生き物たちを常に人間よりも上位に位置付けている。彼らに愛情、尊敬、理想のまなざしを向けて、自分を潜ませることにより、詩人としての自己に向き合った。彼らに見た詩人の姿は、現実の自分というより追い求めている理想とする自己の場合が多かったということができる。

＊本稿は日本エミリ・ディキンスン学会、第三十三回大会（二〇一八年六月十六日、於京都女子大学）での口頭発表原稿を加筆修正したものである。

注

（1）"Dickinson's Bee Imagery: —Dream and Reality"『文学と評論』第三集・十二号　文学と評論社　二〇一七

引用・参考文献

Anderson, Charles R. *Emily Dickinson's Poetry: Stairway of Surprise*. New York: Doubleday & Company Inc., 1960.

Bennet, Paula. *Emily Dickinson: Woman Poet*. New York: Harvester Sheatsheaf, 1990.

Dickinson, Emily. *The Poems of Emily Dickinson*. 3vols. Edited by R. W. Franklin, Cambridge, MA: Harvard UP, 1998.

———. *The Letters of Emily Dickinson*. 3vols. Edited by Thomas H. Johnson and Theodora Ward. Cambridge, MA: Harvard UP, 1958.

Emerson, Ralph Waldo. *Essays & Lectures*. New York: Literary Classics of America, 1983.

Freedman, Linda. *Emily Dickinson and the Religious Imagination*. Cambridge: Cambridge UP, 2011.

Johnson, Greg. *Emily Dickinson: Perception and the Poet's Quest*. Alabama: The U of Alabama P, 1985.

Kher, Inder Nath. *The Landscape of Absence: Emily Dickinson's Poetry*. New Haven: Yale UP, 1974.

Kirby, Joan. *Emily Dickinson*. Hong Kong: Macmillan, 1991.

Leiter, Sharon. *Emily Dickinson: A Literary Reference for Her Life and Work*. New York: Facts on file, Inc., 2007.

Morgan, Victoria N. *Emily Dickinson and Hymn Culture: Tradition and Experience*. Surrey: Ashtage Publishing Limited, 2010.

Patterson, Rebecca. *Emily Dickinson's Imagery*. Amherst: The U of Massachesetts P, 1979.

Small, Judy Jo. *Positive As Sound: Emily Dickinson's Rhyme*. Ahthens and London: The U of Georgia P, 1990.

Vendler, Helen. *Dickinson: Selected Poems and Commentaries*. Cambridge, Massathusetts: The Belknap Press of Harvard UP, 2010.

Webster, Noah. *An American Dictionary of the English Language*. 2vols, New York and London: Johnson Reprint Corporation, 1970.

Weisbuch, Robert. *Emily Dickinson's Poetry*. Chicago: The U of Chicago P, 1972.

Wineapple, Brenda. *White Heat: The Friendship of Emily Dickinson and Thomas Wentworth Higginson*. New York: Alfred A.

Knopf, 2008.
アト・ド・フリース　山下圭一郎他訳　『イメージ・シンボル事典』　大修館書店　一九八四
島崎陽子　『ディキンスンとスティーブンス　アメリカの詩心』　沖積舎　一九九八
マイケル・ファーバー　植松靖夫訳　『文学シンボル事典』　東洋書籍　二〇〇五

ペイターのミケランジェロ論
――「甘く」見えざるものを何に喩えようか――

須田　久美子

一　謎めいた比喩

十九世紀の批評家・小説家ウォルター・ペイターの著書『ルネサンス』には、よく知られた比喩が多い。「吸血鬼のように彼女は何度も死んでいる」と、レオナルド・ダ・ヴィンチの『ラ・ジョコンダ』、通称『モナ・リザ』を吸血鬼に喩えたのは中でも有名である（九九）。ペイターは、『モナ・リザ』の中に「宿命の女」を見出し、彼女の微笑をさらに謎めいたものにした。マリオ・プラーツによれば、このペイターの喩えの影響はあまりに大きく、もし「モナ・リザの微笑がウォルター・ペイターの言った程には深い意味を宿していない」としても、そのように発言することは「冒涜的なたしなみの無い企て」と思われ、「長年おこなわれてきたこういう解釈を根こそぎにすることは」難しいほど、その比喩は浸透してしまったのである（三一）。また、著書『ルネサンス』を締めくくる「結論」には、『モナ・リザ』以上に問題視されるべき喩えがある。「この硬い、宝石のような炎でもって常に燃え続けること、この恍惚を維持すること、それが人生の成功なのである」（189）。「硬く、宝石のような炎」という謎めいた言葉を用いて人生の目的を説明している。人生の中で追い求めるに値する時間を「宝石のよう」とし、そのような輝かしい時間は「炎」のように一瞬で形を変えてしまう束の間のものであり、そうした刹那を絶えず追い求めよ、とのメッセージである。この文章を含めた「結論」は、刹那の快楽を追い求めることをことさらに吹聴するふさわしくない内容であると、物議を醸すことになる。実際、ペイターは、『ルネサンス』第二版では「若者を誤らせるかもしれない」という理由で「結論」を削除している（186）。人生を宝石、炎に喩えるやり方は若者に対して悪影響があると自ら認める形であるが、それが故に、この喩えのインパクトの強さが伝わってくる。論議を起こすこととなったこの謎めいた喩えの、「人生の目的」と、「硬く宝石のような炎」との間には、どんな繋がりがあるのであろうか。著書『ルネサンス』においてペイターは、様々な言葉を駆使して、数世紀を経た過去の芸術を眼前に蘇らせ、脈々と伝わるルネサンス芸術の価値に迫り、現在の鑑賞者と過去の芸術家の直接的な繋がりをもたらすべく語りかけるのであるが、こうした比喩もまた、彼によって選び抜かれた言葉であるのに違いない。ペイターが様々な過去の作品、芸術家を扱っているなか、本稿ではそのミケランジェロ論に注目するが、ここでもまた、喩えとして使われる言葉はなにか謎めいている。ダビデ像や最後の審判など、今も絶大な力で我々に迫ってくるこのルネサンスの巨人を、そしてその作品を、ペイターはどのように見つめ、どのような言葉を用いて眼前に蘇らせようとするのだろうか。

これら有名な作品の描写に際しては、通常の感覚を越える、普通では考えられない喩えも登場し、時には現実と言葉との間に乖離や飛躍が見られさえするのだが、むしろそこに、ペイターの芸術観に迫るヒントがあるように思われる。ミケランジェロ論において使われる言葉、ミケランジェロを形容する言葉の中に、その一見飛躍した言葉遣いの中に、ペイターの芸術家に向ける視線と芸術に向かう姿勢を見出してみたい。ミケランジェロを形容する言葉に着目する際には、ペイターと同時代にオックスフォード大学にいた人物でミケランジェロの伝記を書いているジョン・アディントン・シモンズとの比較の中で、ペイターの視点の新しさをも見ていきたい。

二　「力強い」芸術家

イタリア盛期ルネサンス時代の芸術家、ミケランジェロ・ブオナローティの作品といえば、フィレンツェ共和国の象徴として創られた『ダビデ像』、バチカンのシスティーナ礼拝堂に描かれた『最後の審判』など、力強い、大胆、大迫力といったイメージを我々は持っているのではないだろうか。さらにその人となりについても強烈なエピソードには事欠かず、激動の時代を生きた頑固で孤独な強烈な芸術家という姿が伝わり来る。パトロン達との複雑な関係、作品を生み出す際の常人を越えた集中力、奇異とも思える生活習慣などはよく知られている。ローマ教皇との頑固なまでの意地の張り合い、己の芸術に関する大胆かつ恐ろしいまでの矜持もよく知られ、天井画の製作過程で、他の画家達を解雇し、自らの目を傷めつけながら一人で描いたという話、また、『最後の審判』の中の裸体を批判した人物が、股間に蛇を巻きつけた姿で作品中に登場させられ、この人物が撤回するよう主張しても頑として聞き入れなかったという逸話は有名であろう。他人への不寛容、孤独癖は、裏を返せば自身の芸術への凄まじい拘りと集中であり、「服を着たまま、長靴を履いたままで眠り込むことがよくあった」といったような（Convidi 168）衣食住に対する無関心、構うものは芸術のみという、激しい芸術家の姿を伝える話は多い。

最晩年八八歳のときついには視力を失いながらも作り続けたといわれるピエタ像も、老いてなお一心に鑿をふるう、強烈な気性と意志の芸術家を想像させる。存命中に二冊の伝記が書かれており、ミケランジェロ七五歳の一五五〇年にジョルジョ・ヴァザーリ、七八歳の一五五三年にアスカニオ・コンディヴィの手によって出版されたものである。ミケランジェロと交流のあった二人による伝記は、強烈な個性をもった芸術家のイメージを保証するものであった。ミケランジェロを形容するのに、「テリビリタ」（凄まじさ）という言葉が出てくるが、これは力強い芸術家の面を表すものである。ともすればミケランジェロには、癇癪、気質の激しさ、理不尽な気難しさといったイメージがあったが、コンディヴィ、ヴァザーリ共に、そのイメージについては反論している。

ともかく、迫力ある作風、激しい気性の芸術家というイメージがミケランジェロについて回っていたことは確かである。コンディヴィの伝記は長らく英訳されていなかったが、シモンズの一八九三年版後にはすぐに三つの翻訳が出ている。また、ヴァザーリの伝記は十七世紀に英訳され、その後は十九世紀後半まで再訳はなく、その伝記に描かれた姿はミケランジェロを知るソースとして最重要視され続けていた（Østermark-Johansen 24）。

ところがミケランジェロの強き芸術家像に、より多面的なアプローチがなされるようになる出来事があった。それが手紙や詩の出版である。イギリスにおいて、ミケランジェロの芸術は長く議論の対象であったが、それらの出版を機にプライベートな面が注目されるようになったのである。この経緯について、ペイターは「ミケランジェロの詩」で以下のように解説している。

そしてこれらの（詩の）本当の研究は、この数年のうちで初めて可能になることとなった。ソネットのいくつかは手稿として広く流通し、ほぼミケランジェロ自身が生きているうちに学問的な論議の対象になった。しかし、それらは一六二三年、ミケランジェロの甥の子によって、初めて一冊にまとめられた。彼は多くを省略し、ソネットを部分的に書き換え、時には二つまたはそれ以上のソネットを一つに縮めたりし、原作の力や鋭さのいくらかは常に失われてしまうことになった。そのようにしてこの本はそのままの状態で、前の世紀においてはイタリア人自身にさえ無視された［中略］。しかし一八五八年、ブオナロティ家の最後の者が、フィレンツェ市局に一族の骨董品を遺贈した。それらの中にソネットの自筆を含む貴重な本があった。

学識あるイタリア人チェーザレ・グァスティ氏は、この自筆の本を、バチカンその他にある他の手稿と照合し、一八六三年に、論文とパラフレーズ付きで、ミケランジェロの詩の本当の版を出版した。(65)

ミケランジェロの甥の子が詩を書き換え、そしてその後、この詩が真の姿では日の目を見なかった経緯が綴られている。ミケランジェロのソネットがオリジナルな内容のままで出版されるのは、ペイターが言及したグァスティ版においてであり、このグァスティ版を初めて英語に翻訳したのが、ペイターと同様オックスフォード大学出身の、ルネサンスに関して精力的に執筆した作家ジョン・アディントン・シモンズである。シモンズによれば、自分こそがイギリスにおいて「ミケランジェロの自筆の出版以来、英語の作家はだれもミケランジェロの詩を扱わなかった」状況を変えたのである(*Sonnets* 13)。そして、後に執筆した『ミケランジェロ伝』においてシモンズが解説するように、ミケランジェロがルネサンスの大芸術家であることに変わりがなくとも、手紙や詩の出版物により彼のイメージがガラリと変わり、論点に幅がもたれるようになったのである。ペイターは、『ルネサンス』においてはシモンズが英訳したソネットを引用し、第三版以降では一八七八年のシモンズ版に言及し、ミケランジェロの詩の研究の現状を俯瞰している。ペイター自身もまた、ミケランジェロという芸術家への多面的な研究が始まった時代にあり、自身のミケランジェロ論は、イメージにおいて大きな変化があった大芸術家の新しい側面をクローズアップする試みの中にいるということである。「ミケランジェロの詩」というタイトルは、今まで注目されてこなかった詩を研究することの重要性を示唆している。

三　想像の中の「甘い」芸術

ペイターは論の冒頭で、従来の「凄まじき」「強き」ミケランジェロ像を覆す。

ミケランジェロの批評家たちは、時として、彼の天才の唯一の特徴は驚くべき強さだけにあるかのように語る［中略］。しかし、それら（本当の芸術作品）は、われわれに喜びを与え、魅了するということも絶対に必要なのだ。そしてこの馴染みのなさはまた、甘いものでなければならない――心地よい馴染みのなさである。（57）

これまでミケランジェロを形容するために与えられてきた「凄まじさ」や「力強さ」といった文句の対極の言葉を持ち出し、「甘さ」こそがミケランジェロの芸術を特徴づける最も重要な要素だと宣言する。そして、その「甘さ」について議論を展開していくのだが、「ミケランジェロの詩」の論においては、もっぱら詩を扱っているわけではない。詩は、中ほどの複数にわたるパラグラフで主に扱い、他は彫刻、絵画についてかなりの紙面を割いている。「詩」をタイトルに据えているものの、複数のジャンルの芸術を横断的に扱うことになる。

まずミケランジェロの主要な作品として、システィーナ礼拝堂の天地創造のフレスコ画に論及し、ペイター独自の主張である作品の「甘さ」を感じるための方法を示す。曰く、天地創造のアダムは、生命を持つに至る前段階にあり、正確に言えばまだ生きていない。つまり、このアダムは力強い人物として描かれるどころか、創造主に触れるには「指を持ち上げるにほとんど十分な力がない」のであり、「強さ」（strength）のない青年像だというのである（59）。ミケランジェロの絵画に抱く従来のイメージを払しょくし、「力のなさ」に思い至ることは、作品の「甘さ」を認識するのに不可欠な過程なのである。またペイターは、彫刻作品においても同様の方法で甘さを認識する道を見出す。曰く、ミケランジェロの彫刻には「加工されていない石」の特徴がある（59）。フレスコ画の力なきアダムのように、生命へと至る手前の状態であるという点において、無機質な、生命を帯びていないありのままの石の状態にこそ「甘さ」が漂うのであり、メディチ家礼拝堂の彫刻たちも、そしてかの有名なダビデ像も、これら「石の特徴」を残す作品には同様の「甘さ」が認識できるという。ダビデ像の頭部にある「まだ切っていない石の一片」（60）、すなわち、生命を吹き込む手前の硬く無機質な石には、実は生命へと至る萌芽が含まれているのであり、それを認めることで作品の「甘さ」が分かるのだと説く。

ミケランジェロに見出すべき「甘さ」について、ペイター自身、「そのような性質が正確にはどこに存在するのかと問われれると、最初は当惑するかもしれない」と、作品を見る側にとって単純な作業ではないことを認めている（57）。では、ペイターの言う「甘さ」は具体的にどのような形で現れ出てくるのであろうか。以下、彼のガイドに従って見ていこう。甘美さはすぐに目で見て分かる性質のものではなく、究極的には見る側の頭の中に投影されるものである。ミケランジェロは、「素敵な自然物」や「襞のある素敵な服」、「見目麗しい振る舞い」をもつ人物は描かず、「木や岩の冷たく原始的な影」や「厳格な人間性」を描くだけである。ところが彼は、「この世の暖かさや豊かさを連想させる力」をわれわれに浸透させ、それによってわれわれの心の内に生命を呼び起こすのである（60）。すなわち、力のないアダム、固い石が剥き出しのダビデの、その未完の状態に意識を向け、あとわずかで命が現れ出るその兆候を感じ取る中で、「甘さ」が感知できるのである。ペイターは、「こうして生命力を透視して暗示することにこそ、彼の甘さの鍵が見出される」と断言する（60）。そして、アダムもダビデも、その生命をもった完成形は、見る者の想像の中に存在することとなる。ペイターの視点を通せば、ミケランジェロの力強い迫真の作品は未完の状態を露わにしているのであり、ペイターはそこに注意を向けることで、見る側に作品が「甘く」映るプロセスを提示してくるのである。

ミケランジェロの詩を論じるにあたり、ペイターは絵画、彫刻の考察から始めているが、それは、これらの芸術形式において見る側の想像力を喚起しようとするペイターの訴えが、詩を解釈する上にも当てはまるからである。「ジョルジョーネ派」論では、絵画、詩、彫刻を同じに語ることはあるまじき批評であり、ある芸術形式を他の芸術形式には「翻訳不可能」だと述べる（105）。一方で、互いに他の芸術の状態に接近しているのは認められるがゆえに、絵から詩を感じることは可能であるし、互いに新しい力を与え合うとも述べている。異なる芸術形式間の相互作用を論じることは、あるひとつの芸術形式への理解を深めることに繋がるのであり、ミケランジェロの詩を論じるときにも、より深めるためにはその絵画や彫刻についての議論が不可欠であるということだ。

ミケランジェロの彫刻や絵画を「力強さ」という先入観をもって見ることを鋭く牽制したように、ペイターがミケランジェロの詩を解釈する上で最重視するのは、従来の思い込みから解放された視点に立って読むことであった。ペイターは、ミケランジェロの詩についての巷の批評を易々と受け入れぬよう繰り返し訴えるが、その背景には、詩が不当な形で解釈されてきたということがある。すでに述べたように、ミケランジェロの詩は十九世紀にようやく本来の姿を取り戻したのであるが、この背景には、ミケランジェロの同性愛を隠蔽したいという大甥の意図があった。ミケランジェロがローマの貴族であるトンマーゾ・カヴァリエリや、その他若者宛てに詩を書いていたことを暈したいがゆえに、男性形を女性形に書き換え、原型を改竄したのであった。ミケランジェロには晩年、ヴィットリア・コロンナという深い親交を結んだ女性がいたことは知られているが、あたかも詩が彼女に宛てて書かれたものであるかのように受け入れてきた批評は、断じて受け入れ難いとペイターは主張する。「古く因習的な批評は、一六二三年のテキストを扱い、ソネットの全部もしくはほぼ全部がヴィットリア自身に向けて書かれたと軽々しく想定してきた」と、ペイターはこれまでの批評を退ける（66）。テクスト改竄のせいで、激しい情念に悩まされる異性愛者としての詩人という姿を刷り込まれてしまっては、本質に迫れないと批判するのである。ヴィットリアへの恋や情念に悩む詩人という像を易々と受け入れ、その先入観で詩を読んでしまえば、激しい情念の迸り、激しい情念に悩まされる詩人としての解釈のみがひとり残ってしまい、本来そこに読み取るべきものを見失うと主張する。

ミケランジェロのソネットは激しい異性愛を主題とするものではない、とペイターが言うとき、引き合いにウィリアム・シェイクスピアの作品を暗示する。ソネットの改竄といえば、このイギリスの大詩人の『ソネット集』もまた批評家達によっていろいろと手を加えられてきた歴史をもつことが想起されるが、ここではペイターは、「恋人の嘆き」を引き合いに出し、ミケランジェロの詩をそれと同じように読んではいけない、と釘を刺すにとどめている(65)。ペイターは、過剰な感情の迸りのページの中に、「甘さ」があると主張する。ミケランジェロ自身が言う「甘い」と、ペイターがミケランジェロを評して言う「甘い」とは意味が全く別であることにも留意しながら考えを進める必要があるのだが、例えば、ソネット四〇番「甘き苦さ、我を動かす」という詩のフレーズを、ミケランジェロとヴィットリアとの交流で生まれた激しい感情だと解釈することは許されない、とする(66)。ソネットに「悲嘆の叫び」があるのは確かではあるが(65)、それはむしろ詩のアクセントとして存在するにすぎず、もともとソネットというもの自体が感情湧き出る「泉」として創られるものなのであり、そこに読み取るべきは詩人の激情ではないと述べる(67)。ヴィットリアとの出会いは、ミケランジェロを悩める詩人として創出するのではなく、年をとってから出会った二人の親交は穏やかな、ミケランジェロの激情を和らげるものであった。「悲嘆の叫び」があってもそこに目を滞らせるのでなく、苦さと甘さという両極端の感情の「我を動かす」ほどの「過剰の迸り」の間に「甘さ」が体現されているところに心を留めなければならないと説く。ヴィットリアは、ペイターにいわせれば、ミケランジェロを「甘くさせる」存在であるのだ。また、「わが愛に命を与えるものは、わが心ならず／あなたを愛するわが愛に、心はあらず」という詩からは、激しい情念ではなく、「独特なもの柔らかさ」を読み取れるのだ、と注意を促す（67）。詩人が創出した文字を短絡的に眺めるのではなく、彫刻や絵画作品に向けたのと同様の眼差しを、はっきりと描かれているわけではないところに向け、激しい情念の調和、詩人が至った穏やかな境地をソネットに感じよと主張する。ダビデ像の荒々しい石に「甘さ」を見るように、ペイターは、詩人としてのミケランジェロをも力強さ、凄まじさの観点のみから解釈するのを退け、激情を表しただけのように読めるその詩の本質を一見程遠い「甘い」という言葉で繰り返し形容する。そうすることによって、強きミケランジェロを別の視点から見、転換させ、彼の芸術作品の新しい解釈の可能性を引き出したのである。

四　狂人に喩えることなかれ

ペイターは、見る側が想像の中で補い再現する過程で作品の本質を感じとるというのが、ミケランジェロの芸術にアプローチする方法だとし、「力強さ」の中から「甘さ」という特質を抽出した。ペイターの新たなミケランジェロ像の創出は、一個人としてのミケランジェロの解釈にも反映される。ミケランジェロの詩を英訳したシモンズは、同じオックスフォードで学んだペイターとは縁の深い作家であるが、ミケランジェロという人となりの捉え方、解釈では、両者はかけ離れている。

シモンズは著書『ミケランジェロ伝』で、詩や手紙の出版のためにプライベートな面が注目されるようになって、ミケランジェロにネガティブな印象も付与されるようになったことを指摘する。ミケランジェロの「性質のもろさ」の指摘については、当時のコンディヴィとヴァザーリの伝記作家達は反論しているものの、私的な内容の暴露により、彼の代名詞「テリビリタ」（凄まじさ）という語が、「気性における情熱的な暴力性」という解釈の裏付けになってしまっていることをシモンズは懸念している（437）。また、「新しい心理学派」の登場により、「病的」なミケランジェロ像が生み出されていることも指摘し、そのようなネガティブな解釈について熱く反論する（438）。ミケランジェロの、「神経障害」「ヒステリー」と映る性質は、混乱し腐敗した時代が原因で引き起こされた、と擁護もする（441）。「気楽な」時代に生まれていたなら彼の精神はそれほど乱されなかったとし、シモンズは、不道徳な時代に翻弄された芸術家の姿を印象づけようとしている（443）。また、同性愛の要素がある点については、決してミケランジェロが「悪徳へと退廃」したわけでもなく（440）、病的なものではないと反論する。「ソネットをつくるなんて自分は年取って気が狂っている」というミケランジェロ自身の自白も、決して彼の病的さを証拠づけるものではないと述べる（439）。ミケランジェロは、動乱の時代、不道徳な政治に翻弄された天才なのであり、「偉大な彫刻家」かつ「ソネットの創作者」である彼のことを「普通の個人」と比較することと自体おかしなことなのであり、「天才を狂気と結びつけ」て解釈することはおかしいと反論する（441）。

シモンズは弁護の際に、心気症、幻覚、ミソジニー、ヒステリー、粘液質などの語を列挙するのだが、皮肉なことに、それら病いに結びつけられかねない喩えを持ち出してそれに反駁するほどに、それらの言葉がミケランジェロのうえに沈着し、反駁すべき解釈の可能性をかえって強めてしまうかのようである。シモンズが生きる時代がミケランジェロを病人、狂人に喩えようとするのなら、その時代が強要する喩えを用いて擁護することで、時代が用意したネガティブな解釈を逆に印象付けてしまうふしがある。あくまで、十九世紀が提示する尺度に沿ってミケランジェロを解釈し、分析することが避けられない。ミケランジェロは生前も死後も時代の犠牲者として解釈されるのであり、存命中は、彼の時代の腐敗に翻弄され、十九世紀になってもその時代がもちだす病的な尺度に翻弄されるのである。

家である。

一方、ペイターが創造するミケランジェロは、時代の尺度からはかけ離れ、完全に時代から切り離された芸術家である。

そのように彼はとどまる。フランス人が言うレヴェナント、すなわち別の時代から抜け出た幽霊として、彼のかすかな感受性に密接に触れるにはあまりに粗悪な世界にとどまるのだ。倦み果てた社会、人生、芸術、信仰すら芝居がかった中で、世界史の明け方を、人間の原初の形を、原初の世界が精神の力を孕むイメージを夢見ながら（71）

ペイターが解釈するミケランジェロは、「幽霊」（**revenant**）であり、ある時代に存在しながらも、そこに帰属しない人物なのであり、別の時代から十五世紀フィレンツェに生まれてきてしまった芸術家なのだ。それがゆえにミケランジェロは時代をさまよい、いつも「夢み」ているのである。ペイターの「幽霊」の喩えは、芸術家を時代から完全に切り離してしまった。「病人」に喩えることなかれと唱えるシモンズと、「幽霊」「夢見る人」に喩えるペイター、この両者の解釈の違いは、時代との距離感という点でも、大きく隔たっている。時代に飲み込まれて翻弄されるミケランジェロと、時代から完全に離れたところで夢見るミケランジェロは、まさに対極の存在である。芸術家の創作物を見たままに解釈するのでなく、作品そのものから離れていく解釈に至ったのと同様に、ペイターは、芸術家個人をも時代から遠くに切り離してみせる。

ペイターは、ミケランジェロに対して用いられてきた既存の喩えを踏襲せず、新たな喩えを持ち出し新たな解釈を与えることで夢見る人をつくり出し、その人となりに対する新たな視点を生み出した。また、作品に対しては、これまでの解説や洞察では、決して至ることができなかった「甘さ」を見いだす視点を創出した。従来のものとかけ離れた比喩を用いてミケランジェロの作品と人となりを遠く新たな地平へと飛ばし、力強い、病的なほど狂気の芸術家を、甘美で瞑想的な芸術家へと転身させたのである。

五　燃えるのは誰か

ペイターのミケランジェロ論は、はっきりとは描かれずとも、感じ取ることができる確かな「甘さ」の存在を主張した。ペイター独自の、「甘い」ミケランジェロ解釈は、時として批判を受けることもあったが、それは彼の批評家としての独自の芸術観に裏付けられている。『ルネサンス』の「序章」において、ペイターは芸術や詩に対する「普遍的な批評」を認めず、相対的である美をもっとも具体的な言葉で表すことが、「審美主義者」の目的であると述べる（xix）。「審美批評」では、芸術作品を付属物から引き離し、まず「自分自身の印象」を知り、芸術作品が「自分」にとって何であるかを明らかにすることを目指すのだと宣言する。ありのままの事実やこれまで積み上げられてきた論よりも、まずは見る側が己の内側で認識する美を最重視するそうした主観的アプローチからのみ芸術作品に対する批評が生み出されるのだと言う。ミケランジェロ論においても、見る側の視点を大切にし、従来の解説や洞察にはなかった新しい方向へ視線を向け、鑑賞者が作品の本質に迫り心動かす道筋を照らそうとする。斬新な比喩がその視線の向く先を暗示し、作品の新たな解釈のシンボルとなっていく。

そして、芸術の美に心動かす効用を、「硬い宝石のような炎で燃える」状態なのだとペイターは比喩するのである。シモンズは、『ミケランジェロ伝』の終わりにおいて、ミケランジェロを炎のイメージで語る。シモンズにとってミケランジェロは、炎の芸術家である。倦むことを知らず常に燃える芸術家である。ミケランジェロが穏やかな境地に至るとしたら、それは情念という「燃料を燃やし尽くした」後のことであり、そして、彼は決して「燃え尽きなかった」天才なのである（443）。一方、ペイターのミケランジェロ論は、燃える情念を抑制する甘美なミケランジェロを描いていたのであり、さらに、「結論」においては、真に燃えるのは芸術家ではなく鑑賞者なのである。芸術を通して燃えるのは我々なのだ。そしてその燃える炎は一瞬で過ぎ去っていく。その瞬間の再現は追憶の中でしかない。それでも、我々は常にその瞬間を求め続け、燃えるために生きていると、ペイターは言う。彼は別のエッセイにおいて、生きるに値する、つかの間の燃えるような瞬間を次のような言葉で語る。「突然の光は、ささやかな物の形を変える［中略］。ほんの一瞬で──その物は消える。純粋な効果なのだから。しかし、後には味わいが残る。そんなことがまた起こってほしいという切なる願いが。」（149）。美しさに心打たれる瞬間は束の間であるが、そんな感動の瞬間がまた起こることを追い求めることに、人生の目的を見出せる。永遠に続く、固定された美の時間は存在しえない。「宝石のように硬い」のに、それは炎なのであり、輝かしい実体があるようで、その輝かしさは、炎のように揺らめき、一瞬で形がなくなるのである。宝石のような瞬間は、「形がなく」、「手に触れられず」、「一場の夢」であり、「不完全」、「弱い羽毛」のようなものなのである（76）。そのような頼りない瞬間であったとしても、それが人生の目的なのであり、その弱さ、柔らかさにこそ、ペイターは芸術の美をみる喜びを見出す。一瞬だけ確かに存在する「硬さ」と一瞬で消える「柔らかさ」とが、同時に存在することが、芸術鑑賞の醍醐味なのである。ペイターは、ミケランジェロという過去の巨匠の作品を、想像の中で補完し再現する中で味わう道筋を鑑賞者に提言した。その儚き、一瞬こそが、三世紀の時を超え、過去に生きた詩人を生き生きと感じる時なのだ。目にとまることが難しいものを、ペイターは言葉を尽くして語り、比喩した。苦く甘い激情の中に「甘さ」を見、硬い宝石に羽毛の柔らかさを見る。そうして、我々自身が揺らぎ柔らかな炎を内に体験することで、過去の芸術家が「生きた詩人」として眼前に蘇る術を示すのである（75）。

引用文献

Condivi, Ascanio. *The Life of Michelangelo*. Trans. Charles Holroyd. London: Pallas Athene Pub., 2007.

Østermark-Johansen, Lene. *Sweetness and Strength: The Reception of Michelangelo in Late Victorian England*. Aldershot: Ashgate Publishing Limited, 1998.

Pater, Walter. *Renaissance: Studies in Art and Poetry*. Ed. Donald L. Hill. London: University of California Press, 1980.

Symonds, John Addington. *The Life of Michelangelo Buonarroti*. Champaign: Book Jungle, 2008.

———. *The Sonnets of Michael Angelo Buonarroti and Tommaso Campanella*. USA: Createspace Independent Publishing Platform, 2015.

プラーツ、マリオ　『肉体と死と悪魔』　倉智恒夫・土田知則・草野重行・南條竹則訳　国書刊行会　二〇〇〇

「終わりの始まり」におけるホプキンズのメタファーの実験

田邊　久美子

ジェラード・マンリー・ホプキンズが「終わりの始まり」（The Beginning of the End）というソネット連作を創作した一八六五年は、彼が「イタリアのフローリス」（一八六四―六五年）というシェイクスピアやテニスンに影響を受けた詩や、「詩語」（一八六五年）、「美の起源――プラトン的対話」（一八六五年）、「形而上学の起こりうる未来」（一八六七年）という、詩や美、形而上学に関するエッセイを書いたのとほぼ同時期であり、彼の詩における革命を実験的に表明した初期の作品である。このソネットは、ロマン主義における、ホプキンズが言うところの「連続的」要素の名残があるそれ以前の詩とは明らかに異なっている。この作品はシェイクスピアの時代のソネットを彷彿とさせ、一見すると互いに無関係であると思われる三連で構成され、空想の「突飛なパラレリズム」という彼のメタファーにおける理念を表そうとする試みが見られる。

ホプキンズはロマン主義を受け継いでいるが、違いは主に彼の空想概念、つまり、彼に最も深い洞察を与え、知覚できる自然界に自己を浸透させるという考えにあり、また、それを反映する彼の詩語にある。ロマン主義的想像力では主体が内省することにおいて、つまり、『抒情歌謡集』の前書きにおいて述べられた、「静寂の中で呼び起こされる感情」により、客体を変容しようと試みるのに対し、ホプキンズは彼の詩語において個々の客体を観想することから得られる霊感を表現しようと模索するのである。ホプキンズの空想論は、内省において変容されていない、原初の霊感を擁護する。彼は人間であると同時に神でもあるキリストの突飛なパラレリズムの性質を表す、霊感を与えられた空想によって、詩において突飛なパラレリズムを表現する。ホプキンズは詩語に驚きが見られないワーズワースやテニスンの詩における散文的表現を批判している。ホプキンズにとって理想の詩語、つまり、「霊感の言葉」はメタファーにおいて二重の意味を含んでいなければならず、それはキリストの突飛なパラレリズムの神秘を明かすものとなる。このように、彼は独自の空想概念を発展させている。ホプキンズのメタファーにおける実験は自分の詩語においてロマン派詩人の表現から袂を分かつ決意を十分に表明している。ホプキンズの詩語がロマン主義的空想や想像力の概念に影響を受けていることは明らかだが、コールリッジによるこれら二つの詩的能力のヒエラルキーを巧妙に反転させて、ホプキンズは突飛なパラレリズムにより隠喩表現を生み出す空想概念に焦点を置き、その試みにより彼の詩を合理的に理解するには難しいものにしている。本論では、ホプキンズが独自の空想概念を自分の詩において表そうとした初期の実験的作品として「終わりの始まり」というソネットを考察する。

「終わりの始まり」の第一部は、詩人の冷たい恋人に対する愛が薄れてきていることを示している。

私の愛は薄れ　すぐに消え去ってしまうはずだ
愛の状態がそんなに永続するなど保証は
しなかった。なぜなら、熱帯の樹木も、
冬が　その運の良い葉を落とすことがなくとも、

その樹液が四季にわたり持続するという特権を
持たないのだから。それはわたしにも言えること。
私の愛は、君への愛は薄れてしまった。
私は悲しむことも　あさましい断食もやめて、

起き上がり　また自分の仕事に取り掛かる
そして、思いがけぬ偶然でもない限り、忘れている。
しかし　ああ！　もし　その時　その愛の薄れが
他の人より天地の開きがあるほど高く
三倍以上も激しいものであるとわかるなら
あなたの情熱の失せた瞼も濡れることだろう。（第一部、一―一四）

第二部は「私は空想を養わねばならぬ」という詩行で始まり、唐突に占星術の議論がなされる。

　私は空想（Fancy）を養わねばならぬ。誰か
占星術を理解し信じる人はいないのか、
もしいるなら　古人同様　私も信じたふりをしよう、
そして　証明させてやろう　私の情熱が始まったのは
太陽により刻まれる最悪の時だったということを、

地に影響をもたらす天が　これまで示したこともないほどに
不吉な星の巡り合わせがあったということを、
歴史上のどんな惨事も

これほどの運勢の指示を受けてなされたことはなく、
また　占星術の書物の最もひどい一節にも　土星が
愛の女神の星と　これほど反対の位置を取ったことはないということを、
だが　私は私に与えられた特殊な運命を愛そう。
どこの占星術師も言う　占星術では　私の望みほど
天の恵みがないものを　見ることができないと。（第二部、一―一四）

第二部は占星術の理念と空想の突飛なパラレリズムの関係を示している。というのも、占星術は新プラトン主義に基づいており、天球に固定している星同士の位置関係や、大宇宙である天体と小宇宙である人間の間の対応という概念で中心となる、パラレリズムや固定性という理念を含んでいるからである。この理念は空想により感知される突飛なパラレリズムや、空想により観察される客体の固定性と対応している。新プラトン主義やグノーシス派などの神秘思想、宗教においては、生成消滅するもろもろの事象の背後に潜む超感覚的、超越的存在を直観すること、つまり、観想することにより神的存在である「一者」と合一すると考えられており、人間が一者と合一するためには自我を喪失する境地に達しなければならない。また、占星術は、ホプキンズが言うところの形而上学に基づく「新しいリアリズム」とも対応しており、これにより彼は十九世紀の実証主義に対抗しようとした。並行する構成や意味で成り立つソネット形式は、彼の空想の突飛なパラレリズムという理念に最も適している。空想を、他者（客体）により運命が決定される主体の運と見なすルネサンス期の占星術と結びつけることにより、ホプキンズはメタファーにおいて表される空想概念の発展を試みたのである。

ホプキンズの空想論は、明白な個性を擁護するものであるが、それは第二部を締めくくる言葉にも表れている。「だが　私は私に与えられた特殊な運命（distinction）を愛そう。」ホプキンズのメタファーの意味における、二つの対照的ではあるが関連する側面を表す「下部思考」と「上部思考」の区分から考察すると、distinction という語の下部思考は「全体が分割される部分の一つ。分けられた部分。明白に差異がある状態や事実。差異。区分するもの。目立った性質、印、あるいは、特性」（OED）であり、上部思考は「際立った名前や肩書」（OED）と考えられる。「私は私に与えられた特殊な運命（distinction）を愛そう」という一文は、自己の運命は全体としての大宇宙との照応関係によって決定されるが、部分としてのはっきりとした個を保持している、というホプキンズの自己に対する理念を示唆している。

このような考えは、コールリッジが述べたキリスト教の大聖堂の部分に関する言葉を想起させる。コールリッジは「全体を構成する部分を伴う調和の中に知覚される全体」としての想像力と、「際立つ個性を保持する」部分としての空想を対比させている。ここでコールリッジが空想より想像力を重視していることは明白であり、部分は「融解して全体に包含される」が、想像力から発する美は「荘厳な美」として賞揚されている。部分や装飾としての空想は「純然たる美」であり、大聖堂における部分にみられるが、「部分はそれ自体、研ぎ澄まされた個性を持ち、この個性は、その圧倒的な数と多様性によってのみ相殺される……」[1]

一方、ホプキンズにとって、目立つ個性を持つ各部分は、空想の突飛なパラレリズムによって他の部分と結びつかなければならない。彼の空想概念は、一八一八年一月二七日にゴシックの精神に関する講義でコールリッジが論じた、ゴシック建築が人間の精神に与える影響と関連している。コールリッジは古代の芸術作品とゴシック建築を比較している。前者が「気高い美、人間の自己という高尚な概念に対する感情を刺激する」のに対し、「ゴシック建築は見る者に自己の滅却の感覚を与え、見る者は観想の対象である作品の一部となるのである。」(2) コールリッジは明らかに、想像力の「荘厳な美」を連想させる「気高い美」を擁護しているが、ホプキンズは観察者を眩惑させ、ついには取り込んでしまうような部分の多様性を持つゴシック建築の「純然たる美」としての空想に共感している。瞑想と関連するロマン主義的想像力とは対照的に、ホプキンズの空想は観想と関連し、受難における自己の滅却を表している。ホプキンズははっきりした個性を持つ多様な細部（部分）に見られる反復されるパラレルなパターンを観想するが、その行為が空想における自己滅却の感覚を生むのである。このように、「目立つ印を持つ」際立った個としての主体と客体が空想の突飛なパラレリズムを通して互いに並行関係を結ぶというのがホプキンズの空想論における理想である。

これまで見てきたように、ホプキンズが突飛なパラレリズムを実践した初期の作品が「終わりの始まり」であるが、作品に話を戻すと、第二部の突飛な変化の後、第三部がこのソネット連作の締めくくりとなり、第一部の主題へと戻る。

私の情熱も終わりに来たとお判りでしょう
つまり　あなたは　蔑むのに好都合だった
騒ぎや叫びを恐れる必要はないのです
私の心は破産して　遣う涙もないのです。
そうでなければ　むなしく愛の高まりを望むより　わずかな愛さえも

なくなってしまったことに対して　この絶望の眼から
一層　激しい涙を流してしまうだろうということは
よくわかっているのです。しかし　今はもう疲れ果て　まもなく
かつての望みを思い出しても　ため息もつかなくなるでしょう。（第三部、一―九）

情熱（passion）という語が、「情熱の失せた瞼」（unpassion'd eyelids　第一部十四行目）、「私の情熱が始まった」（my passion was begun　第二部四行目）、そして、「私の情熱も終わりに来たとお判りでしょう」（I have come to passion's end　第三部一行目）に見られ、各部に意図的に配置されていることがわかる。情熱は主体と客体の、つまり、自己と他者の間の、相互作用に端を発するが、この詩においてホプキンズは空想（Fancy）と関連する客体・他者の作用を強調し、様々な状況においてそのことを描写しているのである。第一部では、詩人の愛の情熱が恋人により喚起されるが、彼の自己が他者に魅力を感じなくなった時に消えてしまう。第二部では、さらに広い視点から、小宇宙としての人間の自己（セルフ）と他者の間に生まれる情熱や不運な愛が、大宇宙、つまり、「大いなる他者」としての固定された星の配置によって初めから絶対的な影響を受けていることが示されている。このことは、第二部の「私の情熱が始まった」ことを受動態で表現していることからもわかる。第三部では、恋人同士の間で消えてゆく情熱が若い詩人の「懐疑的な失望」に唐突に結びつけられている。

　第三部に唐突に登場するこの若い詩人は、一八六四年と六五年の間にホプキンズが書いた手紙、覚書、作品から、テニスンの『イノック・アーデン』を読んだ彼自身のことを指しているようだ。一八六四年の覚書で、ホプキンズは詩語を三種類に分類している。[3] 一番下位に来るのが三流詩人の詩語であり、次が「パルナシアン」で真の詩人にだけ用いることができるが、霊感なしで書けるもので、この例として『イノック・アーデン』を挙げて

いる。そして、三つ目の「霊感の言葉」を最も高度な詩語としている。ホプキンズはパルナシアンについて、最初は霊感があり天才の印が見られたと思っていても、それに慣れてくると魅力を失い、単なるパルナシアンになるとし、その例として、ポープやその流れをくむ修辞的な詩人を挙げている。一八六四年九月の書簡で、ホプキンズはこの分類について、さらに詳細に説明している。[4] 彼は偉大な詩人と考えていたテニスンに対して、『イノック・アーデン』を読んでから懐疑の念を抱くようになったことを述べた後、先程と同じく詩語を三種類に分類し、第一の高度な詩が霊感の言葉で書かれた本当の詩であり、第二の種類が霊感の言葉が書かれる際の精神状態を必要としないパルナシアンであるとしている。ホプキンズは「パルナシアン」について次のように説明している。「もし詩人ならば、それを書いている自分を思い描けるのがパルナシアンであり、自分もその詩人のように書けただろうと感じ、そうしている自分を思い浮かべることができ、ただ違いといえば、実際にそうしようとしても、その詩人のパルナシアンを書くことができないということだけだ」。つまり、パルナシアンは、実際には無理であっても、読者にも書けそうだと思わせる類の修辞表現を指している。これに対し、第一の詩語である「霊感の言葉」の解説では、「霊感にあふれた見事な作品では、あらゆる美は不意打ちを食らわせ、新鮮な美はどれも、いかなる方法でも、これまで読んだものによって予告することも、説明することもできない」と述べている。

ホプキンズが霊感の言葉の例としてシェイクスピアのメタファーを挙げていることからも、この詩語の考察と同時期に書かれた「終わりの始まり」が占星術など十七世紀的イメージを用いて書かれているのは、シェイクスピア的な空想を霊感の言葉として自身の詩で模索しようとしたためであるということがうかがえる。そして、テニスンの作品に霊感の言葉の源となる空想が見られないとわかったときの詩人の懐疑が最後に示されているのである。

これでお判りでしょうか？　ここで　私がふと思いついた
譬えになるようなこととは何でしょう？
ある少年が熟読する詩人が　彼にとって　だんだんと
新鮮ではなくなり、また　理由がわからない時に感じる
懐疑的な失望と　喪失感のことです。（第三部、一〇―一四）

ここで示唆されているのは、このソネット連作が隠喩的対照を用いた自己言及的な作品となっているということであり、また、最後に示された主題が、これまで愛読していた詩人の作品に対する少年の情熱が薄れたときの絶望であるということだ。「熟読する」（pore）という語は観想の行為を示し、これにより主体の情熱が掻き立てられる。この詩の特に第一部における「情熱」（passion）という語の上部思考は「愛情」であるが、ホプキンズが示唆する下部思考は、「受動的であること」と「外部作用により影響を受けた状態。外的な力に屈すること」というその本質的意味である（OED）。第三部において詩人は対照を用いてこのソネットの真の主題を明かす（十―十一行目）。このように、各々が際立って独立しているように見えるソネット連作の各部が他とパラレルな関係を持ち、主体（詩を読む少年）と客体（彼が熟読する詩）の間の関係という主題を隠喩的にほのめかしている。「私は空想（Fancy）を養わねばならぬ」という詩人の言葉は第二部の始まりであると共にこのソネット連作の中央に意図的に配置され、自己に影響を与える「空想」としての大いなる他者である占星術に定められた運命の描写を加えているが、この配置が示唆するのは「空想」がこの詩の主題であるということである。最終的に、このソネットは詩を読むという行為に言及している点でメタポエトリーとしての本質をあらわにし、自己が観想

する対象に没入し、その結果、「情熱の終わり」(passion's end) にその行為から離れることを示しているのである。この詩において、隠喩的構造を持つホプキンズの空想は、語の本質における無意識的意味を模索している。このような「下部思考」、つまり、無意識における深層構造に注目して解釈すると、この詩におけるテクストの比喩構造が自己言及的であるということがわかる。この自己言及的構造を理解するには、読者が客体としてのテクストに没入し、その本質をつかみ取らなければならない。

ホプキンズが『イノック・アーデン』に読み取ったような霊感のない詩語は、マンネリズム、つまり、彼が言うところのパルナシアンとなり、「終わりの始まり」の第三部に登場する少年は、もはや「彼が熟読する詩人」に霊感を与えられなくなる。それは、その詩語が「優れた霊感の作品」において「あらゆる美が読者の心をつかむ」ような「驚き」が欠けているからだ。[5] このような考えはホプキンズのパルナシアンに対する見解に明白に示されている――「詩人が私たちを飽きさせるとき、それはパルナシアンのせいであると私は信じている」[6] これまで見てきたように、「終わりの始まり」はメタポエトリーとして、霊感により生まれる驚きのある詩語の本質を明かそうと試みた作品であり、霊感は詩人に空想の突飛なパラレリズムを与え、隠喩的対照により、このソネット連作の三つの部分における際立った転換を結び付けている。少年が熟読する詩人の作品を読んでいるときの彼の「情熱の終わり」は、テニスンのパルナシアンに対するホプキンズの幻滅を表すと同時に、空想と情熱(passion「受難」の意味も含む)を必要とする、自分自身の詩語で書く「霊感の詩」を確立しようとするホプキンズの決意であるとも読み取ることができる。

ホプキンズは、詩語においてメタファーや比喩と関連する空想を、対立要素を統合する「突飛なパラレリズム」という用語で表し、イメージをあいまいな全体性の内に取り込んで融解する想像力よりも、異なるイメージをパラレルに統合する空想を重視した。また、詩の創作の際の霊感が空想を生み、彼の理想とする「霊感の言葉」の源に空想の「突飛なパラレリズム」があると考え、特にメタファーにおける両義性が空想と関連することを指摘した。そして、比喩においてこのような空想が基礎となっていなければならないと考え、そのような作品を「霊感の詩」と呼んでいる。「終わりの始まり」において、ホプキンズは上部思考と下部思考を結び付けるメタファーや隠喩構造における空想の突飛なパラレリズム、つまり、対照によって、霊感の詩を創作しようと試みたのである。

注

（1）S. T. Coleridge, *Lectures 1808-1819 On Literature*, ed. R. A. Foakes, 2 Vols. (Princeton: Princeton University Press, 1987), 2: 400.

（2）同右

（3）Gerard Manley Hopkins, *The Journals and Papers of Gerard Manley Hopkins*, ed. Humphry House and completed by Graham Storey (London: OUP, 1959), 38.

（4）Gerard Manley Hopkins, *Further Letters of Gerard Manley Hopkins, including his correspondence with Coventry Patmore*, ed. with notes and an Introduction by Claude Colleer Abbott (London: OUP, 1938; 2nd edn. rev. and enlarged, 1956), 215-224.

（5）同右　二一七頁

（6）同右　二一八頁

参考文献

Coleridge, S. T. *Lectures 1808-1819 On Literature*, ed. R. A. Foakes, 2 Vols. Princeton: Princeton University Press, 1987.

Hopkins, Gerard Manley. *Further Letters of Gerard Manley Hopkins, including his correspondence with Coventry Patmore*, ed. with notes and an Introduction by Claude Colleer Abbott. London: OUP, 1938; 2nd edn. rev. and enlarged, 1956.

———. *The Journals and Papers of Gerard Manley Hopkins*, ed. Humphry House and completed by Graham Storey. London: OUP, 1959.

———. *The Letters of Gerard Manley Hopkins to Robert Bridges*. Ed. C.C. Abbott. London: OUP, 1970.

———. *The Poems of Gerard Manley Hopkins*. 4th ed. W. H. Gardner and N. H. MacKenzie. London: OUP, 1970.

———. *The Poetical Works of Gerard Manley Hopkins*. Ed. N. H. MacKenzie. Oxford: Clarendon Press, 1990.

———. *The Sermons and Devotional Writings of Gerard Manley Hopkins*. Ed. Christopher Devlin, SJ. London: OUP, 1959.

「本物」の日本小説
――朝顔嬢とヨネ・ノグチによる日本表象の試み――

有元　志保

一　「本物」へのこだわり

『日本少女の米国日記』（以下、『日記』）において、日記の書き手である朝顔嬢は、巷にあふれる日本を題材とした小説に苦言を呈する。

紳士のみなさま、あなた方の小説に出てくる日本人は、無節操なあいのこでしかないと言うと、お怒りになるかしら。

あなた方の書く日本人ときたら、いつも目は青く、毛深いのですもの。片足にアメリカの靴、もう片方の足に下駄をはいているなんて馬鹿げているじゃありませんか。

それを日本人だと言い張るのなら、私は大笑いするだけです。

私が読んだものに出てきた女主人公は、真冬の分厚い綿入りの着物の上に、軽い夏物の羽織を着ていたのですよ。

そんな東洋小説は、思い切って言わせていただくと、せいぜい茶番です。

少々お待ちくださいね、アメリカのみなさま！　まもなく朝顔が本物の日本小説をお目にかけますから。

(Noguchi, *The American Diary of a Japanese Girl*, 119-20. 以下、*AD*)

そう述べて、彼女はジョン・ルーサー・ロングの短編小説「蝶々夫人」を投げ捨てる。十九世紀後半から二十世紀初期にかけてのジャポニスムの潮流のなか、日本を舞台とし、日本人を登場人物とする小説や舞台作品が欧米で数多く生み出された。それらの作品では、日本は異国情緒に満ちた幻想的かつ未開の地として描かれ、幼気ながらもゲイシャを思わせる性的魅力を湛えた日本女性が登場する。『日記』はそうした日本表象の、実情との乖離に不満を抱いたヨネ・ノグチ（野口米次郎）によって書かれた。「本物の日本小説」を披露するという朝顔嬢の宣言は、ノグチの意気込みの表れでもある。

朝顔嬢は『日記』がジャポニスム小説と一線を画し、自身がジャポニスム小説の日本女性とは異なることを強調する。プッチーニのオペラの原作としても知られる「蝶々夫人」では、アメリカ男性ピンカートンが長崎を訪れ、芸者の蝶々さんと仮初めの結婚生活を送り、母国へ帰っていく。『日記』は日本人、なかでも西洋男性に見られ、語られる対象とされてきた日本女性が主体的に行動する点で、従来のジャポニスム作品にみられる構図を反転している。作品には明確なプロットがなく散漫な印象を与えるが、これはメロドラマ的展開を排し、実体験に基づいたアメリカ観察記を書きたいというノグチの意向による。その一方、『日記』は多くの点でジャポニスム作品との類似性を有している。本作品がジャポニスム、ひいては、西洋に主体性、東洋に従属性を付与し、後者を前者の欲望を満たす対象として恣意的に表象するオリエンタリズムの様式に逆らっているのか、それとも同調しているのかについては、議論が重ねられてきた。

日本と日本人のイメージを受け入れるにせよ拒むにせよ、それを意識する朝顔嬢の思考や行動は、他者の影響下にある。そして「本物」を志向しながらも、彼女の世界観や自己認識においては、さまざまなものの境界が曖昧になる。日本語に「L」と「R」の区別がないことを逆手にとって、「蝶々夫人」の作者ロング（Long）を「間違い氏（Mr. Wrong）」（*AD* 119）と呼ぶ彼女は、意図的に境界を撹乱して皮肉を効果的なものにしている。また、彼女は文化、ジェンダー、人種、階級などの境界を越えた比喩表現や模倣行為を繰り返す。その一方、朝顔嬢が意図しない形で何かのパロディを演じ、風刺の対象となることもある。『日記』の続編『御小間使朝顔嬢の書簡』（以下、『書簡』）では、自身の固有性の欠如に対する朝顔嬢、ひいては作者ノグチの不安が顕在化する。本稿ではまず作者と作品を簡単に紹介したうえで、日本と日本女性表象を分析し、ときに矛盾を抱えたそれらの背景にあるものを明らかにしたい。

二　野口米次郎と朝顔嬢のシリーズについて

野口米次郎は一八七五年（明治八年）に愛知県に生まれた。慶應義塾大学を中退後、十八歳で単身サンフランシスコに渡る。英語を学ぶために学校に通いながら、住み込みで家事労働に従事する「スクール・ボーイ」になるなど、職を転々とする。詩人ウォーキン・ミラーの元で英詩を書き始め、その詩はヨネ・ノグチの名で一八九六年にはじめて雑誌『ラーク』に掲載され、同年に『明界と幽界』にまとめられた。アメリカ東部を経てロンドンへ渡ったノグチは、一九〇三年に発表した第三詩集『東海より』で脚光を浴びる。翌年日本に帰国してからは、慶應義塾大学で教鞭をとり、英語と日本語の双方で詩作を続けた。東洋と西洋を横断して活動し、日本で最もノーベル文学賞に近い人物とも目されたが、第二次世界大戦後には戦争責任を追及される文学者の一人となった。

『日記』では十八歳の朝顔嬢が、叔父とともにアメリカ見物をする。渡米前と船中での日々を経て、西部に滞在したのち東部に至る約半年間を扱う。一九〇一年に一部が雑誌『フランク・レスリーズ・ポピュラー・マンスリー』に匿名で掲載され、翌年に全体が朝顔嬢の名で出版された。日本人によってアメリカで出版された初の長編散文とされる。一九〇五年には、本作品をノグチ自ら日本語化した『邦文日本少女の米國日記』(以下、『邦文日記』)が野口米次郎の名で発表されている。続編『書簡』はアメリカでの出版が叶わず、一九〇五年に日本で朝顔嬢とノグチの名を併記して上梓された。さらに、「日本少女のロンドンの一週間」(以下、「一週間」)が一九〇六年に雑誌『英語青年』にノグチ名義で連載され、未完に終わっている。

三　朝顔嬢と『日記』が表象する「日本」

朝顔嬢はアメリカ人の日本認識の不確かさに憤り、それを正そうとする。日本滞在経験のある元アメリカ領事夫人が収集した骨董品を見て、「中国の雑貨店」と評する彼女は、「日本の教えは、簡素であることのみ」として過剰な装飾を否定する(AD 62)。扇子や着物、歩き方やお辞儀など、オペレッタ『ミカド』や『ゲイシャ』によって広まった日本のイメージが現実に即していないことを指摘して、彼女はそれらの本来のあり方を説く。だが、過ちを正すためとはいえ、朝顔嬢が日本的なものとして挙げる事物の多くは、ジャポニスム作品と重複している。以下は『日記』の冒頭、日本の夜の描写である。

中秋の月は「ののの様」の黄色い後光のように輝いていました。瑞穂の国ではあらゆるものが——小さなアリまでも――甘美で霊感をもたらす美の光に浸っています。（中略）私たちの下駄は、空に上っていく調子のよいお祈りみたいな音を立てます。日本人は履き物によってさえ音楽を奏でるのです。玄関に提灯を掲げた家々は、千もの神様を大切にお守りする神社のように見えました。（*AD* 3-4）

「のの様」、「瑞穂の国」といった日本語を交え、書き手が日本人であることを強調しつつ、下駄、提灯、神仏が立て続けに登場する場面は、風変わりな日本の情景を再現したようでもある。ジャポニスム作品の読者になじみのある日本描写は、商業性を意識したノグチの配慮を感じさせる。先行作品との相違を鮮明にする『日記』だが、実際にはその影響なしには成立しえなかった。執筆当時の書簡は、ノグチが『日記』の商業的成功を熱望していたことを伝えている。当初、書き手につけられていた「おちょうさん」（Noguchi, *Collected English Letters*, 36. 以下、*EL*）という名も、「蝶々夫人」に対する強い意識の表れだろう。頻出する朝顔嬢の和装にも、日本のイメージの代表的存在である着物によって読者の興味を引きつけようという意図が感じられる。

『日記』の装丁と挿絵も日本のステレオタイプを喚起し、作品の商品としての価値を高めることに寄与している。編集者の意向によって挿絵を担当したのは、ノグチ同様に若くして渡米したエトウ・ゲンジロウであった。エトウが手がけたと思われる装丁は、本の背と角に竹を使った素材を使用し、全ページが鶴や松を描いた黄色い枠で縁取りされた、凝ったものとなっている。日本の花鳥や家紋が図案化された表紙の中心には、朝顔嬢の姿がこれまた縁取りされている。松や竹、提灯、障子、文机、茶器などに交じって、日本髪に着物姿の彼女は筆を片手に頬杖をついている。日本家屋の一室でくつろぐ日本女性を読者がのぞき見るかのような趣向は、朝顔嬢もまた、魅惑的な日本女性像を再生産する存在であることを暗示する。さらに、日本的なものが所狭しと配置された空間は、彼女が説く日本の簡素さとは程遠く、彼女自身も西洋人が収集する雑多な装飾品の一つであるかのような観を呈している。『日記』の一・六ドルという販売価格は、スクール・ボーイが週給一・五ドルだったとノグチが述べていることを考慮すると、安価とはいえない。朝顔嬢は、アメリカ人家庭の立派だが読まれることのない蔵書を揶揄するが、ジャポニスムを意識した外観により、『日記』もまた文学作品というよりも、装飾的な蔵書を彩る一冊として購入された可能性がある。当初、アメリカ人画家の挿絵を希望していたノグチだが、エトウの仕事におおむね満足したことが、彼の書簡からうかがえる。『日記』では、アメリカ社会の商業主義に辟易する朝顔嬢が、やがてそれに順応し、積極的に商業活動に関与する。その姿は「本物」の日本小説の追求と、商業性との折り合いを模索するノグチによる、自身の戯画化のようである。

さらに、『日記』の日本表象が西洋における日本のイメージと接近するのは、朝顔嬢、ひいてはノグチの日本観がそれらの影響を受けているためでもあるだろう。『日記』のアメリカ描写の鮮明さと比較して、先に引用したような日本の情景は、美しくもはかない。これは、ノグチが十七歳で出国後、一度も日本に戻らないまま、『日記』の雑誌掲載時には八年が経過していたことを考え合わせると、合点がいく。そのあいだに彼にとっての「日本」が、部分的ではあれ想像に基づいた存在となり、彼がアメリカ人の日本観をある程度内面化したとしても不思議ではない。そのことを示すために、作品に繰り返し登場するモチーフである竹を取り上げたい。『日記』の装丁にも用いられる竹は、東洋を代表する植物の一つである。朝顔嬢は日本を「私たちの竹の国」(*AD* 8)と呼び、出国前には竹の葉擦れを「さよならの声」(*AD* 4)ととらえる。竹によって日本を象徴する一方、朝顔嬢は西洋の事物を、竹を用いた比喩で表現する。帽子を飾るダチョウの羽や、スープに入った牛の尾、サーカスで振るわれる鞭の音など、さまざまなものが竹と結びつけられていく。だが、『日記』の続編『書簡』には、冗談まじりではあるものの、「竹がどんなふうに見えるか忘れてしまった」(Noguchi, *The American Letters of a*

Japanese Parlor-Maid, 159. 以下、*AL*）という朝顔嬢の告白がある。竹を介してあらゆるものが際限なくつながっていくような錯覚さえ起こしていた読者は、彼女の認識の土台の不安定さに戸惑うことになる。

朝顔嬢の自然観にも、必ずしも日本的な素地があるとはいえない。彼女の自然への親近感は、多用される自然の擬人化に顕著に表れる。渡航の船上、荘厳な海に圧倒された彼女は星を見上げ、「あの小さな星は、空に浮かぶ船の甲板で孤独に震えているように思えました。星と私は泣きました」（*AD* 14）と記す。自然への畏怖と親しみが共存するアニミズム的世界観は、西洋人が東洋に見出そうとする前近代的な自然と人間の調和を想起させる。実際、朝顔嬢が希求する自然との一体性や、それを表現する際の無の思想は、ノグチの詩の特徴でもあり、東洋的と評された。だが、亀井俊介によると、ノグチの詩想は日本人的というよりも、かなりの程度アメリカで発展したものである。ノグチに大きな文学的影響を与えた存在として、彼が一時期寄寓したミラーが挙げられる。ノグチ自身が認めるように、『日記』の後半、朝顔嬢が詩人ハイネの山小屋に滞在するエピソードは、彼の体験に基づく。孤高の生活を送る詩人の元で、朝顔嬢は簡素や沈黙を重んじ、自然と交感する生活を満喫する。作品内の時間軸を逆行して、彼女の自然観や詩情はアメリカで培われているといえる。

とはいえ、作者の日本との物理的、精神的な隔たりゆえに、『日記』が日本について客観的に語ることを可能にしている面も無視できない。朝顔嬢が盗み読む叔父の雑記には、アメリカのジャポニスムへの言及があるが、浅薄な日本受容に興じるアメリカ人だけでなく、金のために興行で拙い芸を披露する日本人にも彼は否定的である。しばしば指摘されることだが、イメージは発信する側と受信する側の双方が形成する。日本のイメージの氾濫には西洋人だけでなく、日本人にも責任の一端がある。ユーモアを交えた朝顔嬢の日記の内部に置かれた、滑稽味を排した叔父の語りは、ノグチの冷静な視線が日米双方に、さらには『日記』執筆と出版にあたり、少なからず読者に迎合した彼自身にも向けられていることを示す。

四　日本女性像の反転と踏襲

ノグチが朝顔嬢を『日記』の書き手としたのは、宇沢美子が分析するように、表象される当の対象の女性自身が語ることで効果的に「「東洋小説」の西欧男性中心主義を批判しうる」（宇沢　一七五）と判断したためだろう。『日記』の書籍出版時にはその名は作者名としても用いられ、彼女の存在と発言には一層の信憑性が加えられている。ジャポニスム作品でおなじみの、幼稚で拙い英語を発する日本女性とは異なり、朝顔嬢は教養と、完璧ではないものの十分な英語力を備えている。「昔の野蛮さを好む日本の「紳士」は、いまだに娘たちを商品だと思っている」（*AD* 7）、「日本政府には仲人をみな牢屋に入れることをお勧めします」（*AD* 82）と述べる彼女は、女性を従属的な立場に置く日本男性や社会をも軽妙かつ辛辣に批判する。自由恋愛に憧れ、自転車に乗る朝顔嬢の姿には、十九世紀後半以降に論争を生んだ「新しい女」像が重なる。

多分に西洋的な男女観をもつ朝顔嬢であるが、日本への帰属意識は強い。『日記』には明治天皇の皇后美子への献辞があり、朝顔嬢は天皇誕生日に「君が代」を歌い、万歳を繰り返す。雪が静かに降りしきるさまを見て、日清戦争時に目撃した日本兵の真夜中の密やかな行進を連想する彼女は、そのときの興奮を回想する。日本人の近代的な国家意識や愛国心は、日本を西洋にとって距離的、時間的に離れた異国と見立てることで、その野蛮さや残忍さをも刺激的ながら無害なものとして読者の娯楽に供するジャポニスム作品になじまない。なかでも愛玩の対象ともされる日本女性とは、結びつきがたいテーマである。世紀転換期の日本は急速な政治、経済的発展を遂げ、日清戦争、さらに『日記』出版の二年後に開戦する日露戦争を経て、帝国主義的競争に参入していく。それにともない西洋のジャポニスムは衰退し、黄禍論さえ影響力を持ち始める。朝顔嬢の愛国的感情や行動は、ジャポニスム流行の末期に近づく時代性を反映している。

このように、『日記』は日本女性のステレオタイプを覆すが、それを活用してもいる。十九世紀末にアメリカに渡った日本移民の大半は男性で、当初ノグチもそうであったように、多くは低賃金労働者とならざるをえなかった。貧しい移民としての日本男性はアメリカ人にとって目新しくなく、差別の対象ともなったが、彼らが目にする機会の少ない日本女性は、ジャポニスム作品の影響もあって魅力的なイメージを保っていた。『日記』にノグチではなく朝顔嬢の名が冠されたことは、そのことと無関係ではないだろう。ノグチは作者の人物像が、作品の売れ行きに及ぼす影響を考慮していたに違いない。

読者の反応をうかがうかのように、朝顔嬢は従来の日本女性の枠組みから脱却を試みても、そこから決定的に逸脱することはない。彼女の言動は、進歩性と保守性を合わせもつ。「老嬢は、壊れた時計や赤ん坊の亡くなったあとの揺りかごのように哀れを誘う」(*AD* 81)と述べる朝顔嬢は、女性の人生の意義を、結婚し家庭を守ることと考えている。エイミー・スエヨシらが指摘するように、当時、女性の権利拡大を快く思わない層は、ジャポニスム作品の日本女性に懐古的な魅力を見出していた。朝顔嬢の急進性は、保守性とともにユーモアやパロディによって相殺され、伝統的な女性像を好む人々にも許容されうるものとなる。「新しい女」のように、朝顔嬢はブルマー姿で自転車に乗ってみるものの、それらは借り物にすぎず、うまく乗りこなせずに茂みに突っ込む。チェスの勝負で叔父を賭けの対象にする彼女は、男性同士が女性を交換する伝統的な構図を覆すかのようであるが、勝負に負け、今度は自分自身を賭けて、ふたたび負けてしまう。

『日記』はときおり朝顔嬢を性的に客体化する。裸婦画を見て動揺し、羽織をかぶせるほど初心な彼女だが、自分の美しい足を誰かに見せたいと思っており、その願望が実現するかのように、彼女の衣服がはだけ、男性に足を見られる場面は複数回にわたる。写真屋で『ゲイシャ』の女優の写真を見せられた朝顔嬢は、だらしなく前を開いた着物の着方に呆れるが、これに先立って、着物に着替えようとしている彼女を、友人エイダが訪問するエピソードがある。この場面には挿絵があり、朝顔嬢は洋服の上に、前をはだけた着物を羽織った姿でエイダを迎えている。全身を披露するかのように、彼女の右手は緩やかに横に伸び、左手は開いた胸元に添えられている。着物姿で写真屋の男性の被写体となり、挿絵においては誘いかけるような流し目をエイダと読者に送る彼女は、見られ、欲望を向けられる対象としての日本女性像を喚起する。

朝顔嬢とアメリカ男性オスカーとの関係でも、日本女性像の強化と反転は繰り返される。画家であるオスカーの絵のモデルになったり、彼に抱えられてロバに乗ったりと、朝顔嬢は受け身な姿勢もみせるが、二人の淡い恋愛は、彼女がロサンゼルスを発つことでいったん終わりを迎える。別れの場面は「蝶々夫人」やピエール・ロティの『お菊夫人』の結末における男女関係を逆転し、パロディ化している。別れを惜しみつつも、「悲劇的な空気が漂ってきた」(*AD* 69)と合いの手を差しはさむ朝顔嬢は、悲劇の主人公とは程遠い。

ローラ・F・フラニーは、日本女性は一部のノンフィクションやロティの物語では気まぐれで浅薄、ロングやオノト・ワタンナの作品では誠実で献身的、思いやりのある存在として登場すると述べ、「ノグチの『日記』は、このように二極化した日本女性描写に、より現実的なバランスの取れた性質を与えている」(Franey xi)と評価する。確かに、矛盾を内包した人物造形は、かえって朝顔嬢が実在するかのような効果を生じているが、一貫性を欠いた彼女の思考や行動には、ノグチの彼女との不安定な距離感も影響を及ぼしている。朝顔嬢の年齢や旅程が示すように、彼は彼女に自己の経験を追体験させる。出自や教養、美貌に恵まれ、差別にも屈しない彼女は、ノグチの理想的な分身といえる。半面、彼の書簡における「こんなものを書くからといって、恥じる必要はないと思う。これ(『日記』)は芸術なのだから」(*EL* 53)、「これを読んだ人はみな褒めてくれるけれど、僕の一番良い作品とは思わない。ただの少女の日記で、すべての鍵は娘らしい独創性にある。これはヨネ・ノグチではなく、日本少女だ」（*EL* 68）といった発言は、女性として書くことを恥じる意識を浮き彫りにしており、彼が朝顔嬢と精神的な隔たりを置いていることを示している。ノグチはあるときには朝顔嬢との一体性を強め、またあるときには彼女を客観的に眺める。批判する主体としての彼女の立場は、しばしば批判の対象へと転換され、風刺の対象となったときの朝顔嬢からは、女性に対するノグチの保守的な価値観も透けて見える。忘れっぽさやお世辞、余分なおしゃべり、文法の誤りを女性らしさとみなす朝顔嬢は、日本女性に付与されることばの不確かさというイメージを肯定し、自らの語りをも弱体化させてしまう。『日記』から「一週間」までの朝顔嬢を描いたシリーズが、ノグチの創作のなかで例外的に散文であり、西洋において伝統的に女性に許容されてきた日記と書簡というジャンルを採用していることも、単なる偶然とは思われない。

女性を他者とする視点をもちながら、ノグチは『日記』において女性を装う。日本人の表象する日本にこだわる彼が、この点では本質主義をとらないのは興味深いが、彼のジェンダーアイデンティティの曖昧さが、ジェンダーの越境を容易にしているようである。女性的とも評される外見をもつ彼が、アメリカで名乗った「ヨネ」は、日本では女性名と認識され、アメリカでもエドワード・H・ハウスによるジャポニスム小説『ヨネ・サントウ』の表題、および女性主人公の名前に採用されている。アメリカでのノグチの交友関係がバイセクシュアルであったことは、複数の研究者が指摘している。『日記』は朝顔嬢と女性たちの頻繁かつ過剰な身体的接触を描くが、朝顔嬢を異性として欲望の対象ととらえつつ、彼女に同性愛的な願望をも投影するノグチの、複雑なジェンダーアイデンティティの反映をそこにみることもできるのではないか。

五　「本物」でないことへの不安

ノグチが『日記』出版時に女性名を使用した理由の一つとして、宇沢は家事手伝いという「女々しい」スクール・ボーイの職に就かざるをえなかった彼の自嘲を挙げる。ノグチの自伝『英米の十三年』や『ヨネ・ノグチ物語』には、彼が雇い主から「チャーリー」、「ジョン」などと勝手に名前をつけられ、尊厳を奪われた屈辱的な思い出が綴られている。朝顔嬢はノグチが体験した経済的困難を免れているが、社会的弱者や動植物に言及する際にはしばしば敬称をつけ、彼らに精神性を見出す。声なきものに親しみを示す一方で、中国人労働者を「チャーリー氏」、ケシの花を「ケシ嬢」と呼ぶ彼女は、相手の名を尋ねたり、固有の名をつけたりするわけではない。

朝顔嬢の認識において、周囲の人やものの多くは代替可能な存在である。変化を好む彼女がそれらに示す愛着は、一時的なものにとどまる。彼女は他者と自己を重ね合わせる想像を好み、ときには実践するが、その対象はリスやタバコ屋の売り子からアメリカ大統領、日本神話のイザナギまで多岐にわたる。対象をめまぐるしく変えながら遊戯的な模倣を楽しむ朝顔嬢だが、自身もまた、固有の価値のない存在なのではないかという不安を抱えている。続編『書簡』は全編を通して、小間使いに扮した朝顔嬢が上流家庭で働くという一つの模倣行為を扱う。奉公先の敷地内に置かれた地蔵を見た彼女は、「この腕の取れたお地蔵さんのように、自分が古びたものの残骸から掘り起こされ、見世物にされている骨董品であるかのように」(*AL* 55) 感じる。彼女を雇った一家は日本びいきであるが、流暢な英語を話す彼女に対し「日本ものお芝居の女優みたいに、片言の英語を話すのならよかったのに」(*AL* 116) と夫人が述べるように、ジャポニスム作品の愛好者である。朝顔嬢は、ジャポニスム作品において西洋人が演じる「まがいもの」の日本女性の不完全な代用品なのである。

個としての流動性に興じ、かつそれを不安に感じる朝顔嬢は、鏡に執着する。彼女は繰り返し鏡に映った己の姿を見つめ、とりわけ他者を模してはその変化を確認する。朝顔嬢の周囲では、さまざまなものが鏡となって彼女を映す。夜中に月光が部屋に差し込み、床に四角い鏡ができると、彼女はその傍らでオスカーからの手紙を読む。彼の名を呼んで泣くその姿は、オスカーを思うだけでなく、悲恋に苦しむ主人公を演じているようでもある。一方、朝顔嬢の夢のなかで、日本に帰った彼女の頭上に出現する鏡は、変化への不安を象徴する。

人力車引きが通りを曲がると、お寺の門の向こうから大きな仏像が私を疑わし気に見ました。私が朝顔だとわからないとは、なんて腹立たしい！

見て！　たちまち空が鏡に変わりました。

おやまあ、自分が豊かな金髪に覆われているのが見えました。（中略）

「私は本当にアメリカ娘になってしまったの？　なんてこと！　お母様はなんと言うかしら？」　母のおびえた目が私に向けられるのを想像しました。

私は泣きました。どんなに泣いたことでしょう！　（AL 99-100）

日本女性のイメージを好むアメリカ人を満足させない朝顔嬢だが、日本ではもはや日本人と認識されない。日米どちらにおいても「本物」とみなされない朝顔嬢の立場には、在米日本人としての、さらには、創作者としてのノグチの不安を読み取れる。『日記』では朝顔嬢が何度も詩や小説を書こうとするが、それらは他作品の影響を受けている。テニスンの「安逸の人々」を意識して同じ題で詩を書き始めた彼女は、「無礼な詩人がずっと前に同じことを言っているかもしれない」（AD 16）と案じる。いつも書きかけては途中でやめてしまう彼女の唯一の完成品といえる『日記』も、少なからずジャポニスム作品の影響下にある。朝顔嬢が文学的才能に乏しく、独創性が欠如した書き手のパロディであるならば、その風刺はノグチにも向かいかねない。『日記』出版以前に、彼は自身の詩がポーの剽窃か否かをめぐり、新聞雑誌上での論争を経験している。『日記』執筆にあたっては、彼は二人のアメリカ女性から原稿の添削を受けている。そのうちの一人、のちにノグチとのあいだに彫刻家イサム・ノグチをもうけるレオニー・ギルモアに対し、彼は英語だけでなく内容も自由に手直ししてほしいと頼んでいる。『日記』の文体はときにたどたどしいが、若い日本女性の書いたものとしての信憑性を高める役割を果たしている。しかし、ノグチの依頼内容や、『日記』よりもさらに拙い彼の手紙の文章から、その文体はかなりの程度、彼以外の者の手によって作られたと推測できる。他方、『日記』を日本語化した『邦文日記』には不自然な表現が目立ち、意図的と思われるものを除いても『日記』との文意の相違が散見される。翻訳にあたり、「元来自分の著書故、意味の間違つて居る點は断じて無いのである」(『邦文日記』序言)というノグチの言明は、日本を十一年離れていた彼の母国語に対する自信のなさを、かえって際立たせる。彼の文体の模索はその後長く続き、その苦悩は『二重國籍者の詩』などを生み出すこととなる。

『日記』はいくつもの点においてジャポニスム作品の日本表象を、より現実に基づいたものに修正することに成功している。しかし、本作品もまたさまざまな影響の下に構築されており、氾濫する日本のイメージへの反論として書かれながら、むしろ動的で包容性のある日本や日本女性表象の例となっている。冒頭の引用のように、朝顔嬢は西洋人の手になるジャポニスム作品を「あいのこ」と呼んで揶揄したが、皮肉にも『日記』はアメリカで「グロテスク」(Marx 136)、日本では「あいのこ」(堀　二五)とも評された。『日記』は「本物」とは何か、そしてそれを定義する権利が誰にあるのか(あるいは、誰にもないのか)を読者に問いかけている。

引用参考文献

Franey, Laura E. "Introduction." *The American Diary of a Japanese Girl*. By Yone Noguchi. Philadelphia: Temple UP, 2007. vii-xix.

Marx, Edward. "Afterword." *The American Diary of a Japanese Girl*. By Yone Noguchi. Philadelphia: Temple UP, 2007. 131-152.

Miss Morning Glory. *The American Diary of a Japanese Girl*. New York: Frederick A. Stokes Company, 1902.

———. Yone Noguchi. *The American Letters of a Japanese Parlor-Maid*. Tokyo: Fuzanbo, 1905.

Noguchi, Yone. *The American Diary of a Japanese Girl*. Eds. Edward Marx and Laura E. Franey. Philadelphia: Temple UP, 2007.

———. *Collected English Letters*. Ed. Ikuko Atsumi. Tokyo: Yone Noguchi Society, 1975.

———. *The Story of Yone Noguchi*. London: Chatto and Windus, 1914.

Sueyoshi, Amy. "Miss Morning Glory: Orientalism and Misogyny in the Queer Writings of Yone Noguchi." *Amerasia Journal* 37:2 (2011): 2-27.

———. *Queer Compulsions: Race, Nation, and Sexuality in the Affairs of Yone Noguchi*. Honolulu: Hawaii UP, 2012.

宇澤美子　『ハシムラ東郷——イエローフェイスのアメリカ異人伝』　東京大学出版会　二〇〇八

内田魯庵　「世界的に承認される亜細亜の詩人」　『詩人ヨネ・ノグチ研究二』　外山卯三郎編　造形美術協会出版局　一九六五　一一五—一一八

亀井俊介　『新版　ナショナリズムの文学——明治精神の探求』　講談社　一九八八

野口米次郎　『英米の十三年』　春陽堂　一九〇五

———　『二重國籍者の詩』　玄文社詩歌部　一九二一

———　『邦文日本少女の米國日記』　東亜堂書房　一九〇五

羽田美也子　『ジャポニズム小説の世界——アメリカ編』　彩流社　二〇〇五

堀まどか「野口米次郎『日本少女の米國日記』の日米における評価」『日本女子大学大学院の会会誌』二二　二〇〇三　二〇一—二七
山口ヨシ子「「マダム」・バタフライをこえる試み——ヨネ・ノグチの「ミス」・モーニング・グローリー」『表象としての日本——移動と越境の文化学』日高昭二編　御茶の水書房　二〇〇九　一三三—一七一

The American Diary of a Japanese Girl 表紙

"O HO, JAPANESE KIMONO!"

Ⅲ　二十世紀以降

T・S・エリオットの「比喩論」とその特質・実作『荒地』考

村田　辰夫

「比喩」の問題を見るとき、そこには「発生論的」見解と「形態論的」見方があると思う。だが、いずれにせよ、「比喩」は類似思考である。事実認識ではない。「走っている犬」は、犬が走っていることの事実認識描写。「あの植物は薔薇だ」も同様だが、ここには同時に、認識論上の論理的命題がふくまれる。これらの記述に対し「わたしの思いは走っている犬のようだ」（直喩）や「わたしの思いは薔薇の花」（隠喩）は、主部、述部の異種類間に跨っての認識表示である。こうした異種類間の類似思考、これがこの小論の眼目で、第一部ではエリオットの唱える「比喩論」の特性を考察し、第二部では「実作」、『荒地』の中でのその実践手法の現れ方をみる。その際、彼の評論、実作の表層の奥にある一つの「地層」、従来から注目されているようでありながら明示されていない一つの特徴的「一断面」を呈示する。

一　「客観的相関物」説

まず始めに、極めて一般的な「比喩」の定義を確かめておこう。手元の『文学便覧』を見ると「一つの対象をそれとは別のものと意味上、同一視し、先の対象を次にくるものの一つ、もしくは、それ以上の特質と結びつけて描出したり、最初のものを第二のものと繋いだあと、それに対し情緒的または想像的特質を付与するものである」（Holman 313-4）。I・A・リチャーズの用語、tenor（主旨）とvehicle（媒体）が挙げられている。エリオットにあっても、こうした基本的な形態は、次に見る「ハムレット」論でも潜在し、そのなかで、この「劇」のtenorとハムレット王子の言動、vehicleが乖離しているが故に「失敗作」（SE 144）であると言い、直後に、両者はかくあるべきだと、彼の「比喩論」である「客観的相関物説」を提示する。

芸術形式で情緒を表明する唯一の方法は、「客観的相関物」を見出すことによってである。別言すれば、その「特定の」情緒の様式を示す一組の対象や状況、または連続する出来事を見出すことによってなされるのである。つまり、外的事実、それは感覚的経験に行き着いていなければならないが、それが与えられたとき、その情緒が直ちに喚起されるといったものを見出すことによってである。（SE 145）

ここで言われていることとは、単にこの「ハムレット」論だけに限られるものではなく、エリオットの「比喩論」の基礎的見解と見ることができる。そして、この見解は、筆者が先に挙げた「比喩」の「発生論的」言辞であることに注意が向く。記述されている趣旨は明確だが、「用語」が幾分抽象的だから誤解する向きもあろうが、こうした表現の傾向は、エリオットの論説に、多かれ少なかれ、付きまとう。彼が文学活動開始当初に自らの文学的立場を宣言したと見られるあの「伝統と個人の才能」において、「没個性詩論」を提示する時に「わたしが攻撃しようともがいている見解は、たぶん、魂の本質的統一に関する形而上の理論と関わるものである」（SE 19）と言ったり、「本論は、形而上学あるいは神秘主義の限界線の手前で立ち止まることにする」（SE 19）と言ったりする。すなわち、自らの文学上の主張の背後には形而上学的な思念があることを示唆する。だが、彼はそれを明示しない。それでは、その形而上学的な思念とは一体どのようなものであったのか。そこには、時系列的に見て、彼の文学活動以前に哲学的経歴があったことが注目される。具体的には、彼がハーバード時代に書いた哲学博士号請求論文とその中で記されている観念論である。さらにまた、それと同時期に学習していた印度・佛教思想の「唯識論」である。本稿では、この後者の事象を重視する。なぜなら、それは第二部で見る『荒地』の実作とも深く関連して、彼の「比喩論」の実例を示しているからである。

エリオットにとって「比喩」の根底にある「認識行為」は「直接経験」の域内にあり（KE 15）、知覚の「対象」は、その「認識」のなかで現れる「相」（あるいは）「像」である。対象は、その「対象の相性」により定着される。だから、「成立せしめるものの『量』は、対象の認識の『果』に内在する、ゆえに、両者は別体ではない」（KE 15-6）。この見方では「見る主体」自体は独立存在しない。先のエリオットの言辞で言えば「魂の本質的統一」の否定である。そして、これが彼の「没個性詩論」の根底にもある考え方である。これはまた、佛教の「無我」思想（自我・魂の自立・自足・独立存在の否定）にも通じる。ここでは認識の際の「視点」はあるにしても、実体的な認識者が対象を能動的に作用しているのではない。対象の「相」を対象から受納するから「対象を認識する」のである。これをエリオットの哲学書の言葉でいえば「実在的なものは大いに観念的であり、観念的なものは、大いに実在的である」（KE 57）、である。この見方は印度・佛教の唯識論者の基本姿勢にも通じている。この系統の考え方では、例えば、比較的後期の佛教の哲人、ダルマキールティ（和名、法称）は、認識を「成立せしめるもの」と「せしめられるもの」の「関係」を、「知」自体が含む二つの局面と説き、「対象」については、「知を決定する対象写像」とそれを「決定する知」の「間」に「現象」するものと見て、この場合の二相は同時にあるものであって、そこには矛盾はない、すなわち、「知覚の果」とそれを「成立せしめるもの」とは別体ではなく、相関しているものである（correlative）と見ている（戸崎 一七二―三）。突如、ダルマキールティなどの名を挙げて、印度・佛教の「唯識論」を提示したので、筆者の牽強付会と思われるかもしれないが、この見解は、同系統の、それ以前の哲人、龍樹（ナガルジューナ）の『中論』や世親（ヴァスバンドゥ）の『唯識二十論』などでも説かれているもので、エリオットは、こうしたものをハーバード院生時代に、ブラッドリーの認識論を論じる時期より少し前に学び、当時ハーバード大学で教壇に立っていた姉崎正治博士の講義で聴いていたのである（当時のエリオットの自筆講義録は、現在、ハーバードのホートン図書館に保管されている）。

ここで上述の印度・佛教の「唯識論」と目下の焦点「客観的相関物説」との類似点を改めて示唆するが、より一層エリオットの身近に迫るものとして、彼の博士号請求論文、現在の『F・H・ブラッドリーの哲学における認識と経験』（一九一六年に書かれ、上記の印度哲学学習の影響が色濃く纏わりついているが）を見る前に、「対象」あるいは「客体」の用語について、誤解のないよう、一般的な見解を見ておこう。「客観的相関物」（objective correlative）のobject(ive)の訳語とも関係する。objectには「対象・客観・客体」などの訳語（意味）がある。それは、subject「主体、主観、自我」の対極にあるものとして、一般的には、理解されているが、エリオットの認識論（主客の実体論ではなく、一元論的観念論）では、「対象」は「志向」の「対象」として表れる「客観相」なのである。

> 対象は一定のものではない。対象は、場の要求に応じて動揺している。また、そのなかの要素が観念的なものとして取り扱われたり、実在的なものとして取り扱われたりするのに応じて揺れ動いている。だが、それらの要素が、分析されて関係になると、最後には、明らかに、どんなものもみな、時間そのもののなかにはあるが、時間のなかにない、ということが分かる。（KE 101-2）（傍点、筆者）

では、その「場」とは何か。彼は言う、「直接経験または感情（feeling）である」と（KE 30）。そこは「区別と関係が発展する以前の一般的状態」（KE 16）を意味する。この「直接経験だけが実在」だとエリオットは感得し、これが「観念的構成体に先行する」（KE 16）ことを強調する。エリオットはこの見解を「客観的相関物説」においても維持している。すなわち、この説での「客観的相関物」は「外在的事実、すなわち感覚的経験に行き着いていなければならない」と。

こうして、「客観的相関物説」の背後には、エリオットがハーバード時代に学んだブラッドリーの「直接経験」とその中で働く「観念」の動きについての見解があったのだが、これがまた、エリオットが学生時代に学んでいた『パタンジャリーのヨーガ哲理』（佛教のヨーガ学派の原典）に通じ、また、この摂理を受けた佛教学者、世親（ヴァスバンドゥ）（ヨーガ学派の創始者）は、この「直接経験」の心域を「阿頼耶識《あらやしき》」と呼び、この学派が分析する精神内部の八段階（「八識」）の最深部にある「主客未分の状態の意識」が貯えられている「場」と見做し「蔵識」と比喩的に表現されているのであるが、エリオットは、これを借用し「伝統と個人の才能」で「詩人の心」（poet's mind）の在り方を述べる際に、こう言う。「詩人の心は、実際、数え切れないほど多くの感情や語句やイメージの貯蔵庫である。それらのものは、新しい複合体を形成するために結合しうる全ての微粒子が一緒になるまで、そこに依然として留まっているのである」と（SE 19）。この心域で働く「詩人の心」の動きこそが詩作品を生み出すのであると。これと同じ観点が「客観的相関物説」では、詩論的に、見られているのである。

「客観的相関物説」に戻ろう。この「説」の中にある correlative（相関性）の用語は『認識と経験』では、認識の際に働く「観念」の特質と極めて密接に繋がる。そこでは「認識の相対性と認識の媒介性」（KE 169）と述べられているものである。この「相対性」こそが「客観的相関物」説の核心部分をなす考え方である。同時に、また、この「媒介性」は「伝統と個人の才能」のなかで、「詩人の心」の働きを「触媒」（SE 18）に喩えるあの言説にも繋がる。これは、時系列的に見て、エリオットの文学論説の背後に潜む竜樹の「空・中・仮」の三相を基本とする認識論『中論』の「中」、すなわち、認識の媒介性、「識転変」（vijñāna-pariṇāma）を意味する点にも注目しておきたい。こうした言辞は「客観的相関物説」と掛け離れているように見えるかもしれないが、この小論の中核はここにあり、こうしてエリオットの比喩論「客観的相関物説」の背後には、ブラッドリーの観念論、そしてその背後には印度・佛教思想の唯識論が潜んでいたのである。これはエリオットの学習経歴の事実であり、この見た目、異種系列のものの「合体の様態」、これこそがまた次に見る「実作」、『荒地』のなかでの「比喩」のあり方として顕現するのである。以下はその実体を見る。そこには、表面には見えない、看過されがちな「地層」が見られるのである。別言すれば、エリオットの比喩の一つのあり方が現れているのである。

二　『荒地』

――「良い詩人は、通常、時間的に離れ、あるいは、言語の違う、または興味を異にする作家から、借用するものである」（「フィリップ・マッシンジャ論」より）（SE 206）――

ここで取り上げるのは『荒地』（一九二二年）。ここでの「比喩」のあり方は、エリオットの他の代表的作品の全てにおいても見られる現象だが、特に「客観的相関物説」発表の時期、一九二一年と最も近く、また、その特質が極めて顕著に現れているからである。すなわち、『荒地』を読んだ読者なら誰しも、エリオットがそこで表示する印度・佛教の事象を見逃すことはなかろう。I・A・リチャーズ流に言えば、『荒地』の「趣旨（tenor）」

を表すときに、印度・佛教思想の言辞が「媒体（vehicle）」として使われているのである。それは、第三節の「火の説教」、第四節の「水死」、第五節の「雷神の言葉」、そして詩の最終行の「シャンティ、シャンティ、シャンティ」、というサンスクリット語の祈りの言葉、エリオットの「自注」によれば、「知的理解を超えた平安」を意味する言葉へと繋がるものである（CPP 80）。

一般的に、詩の題名というものは詩の「主題」（subject）、リチャーズ風にいえば、「主旨」（tenor）を表す。『失楽園』、『神曲』しかり、短詩では「水仙」（ワーズワース）、「虎」（ブレイク）も同様だが、そこで示されている「名辞」自体は一つの「表示」であって、何かのものと何かのものとの類似や比較「比喩（metaphor）」的表象ではない。その名辞が「意味」する一種の「象徴」（symbol）的なものである。勿論、「象徴」は、その表象が内部に含む意味とその「表象」が関連する意味上の関係性を内包するから「比喩」の一種に挙げられはするが、ここで見ようとしている「異種間の表象」の相関的「比喩」とは別である。卑近な例でいえば、「大和魂」と「桜」の象徴的関係のあり方は、「二つの鏡面」に同時に写る「二つの像」の内面的意味の一致であるが、今ここで見る「比喩」は、一方の「鏡の一面」に写る「映像」と、他方の「鏡」に写る別の「映像」との間の相互類似性を「合わせ鏡」風に見ているのである。この二つの「映像」の「相関性」を比較、考量しているのは「詩人」である。エリオットの言葉で言えば、その「相関関係」を考察しているのである。「主旨」と「媒体」の関係でいえば、「主旨」に対し、その「媒体」が「主旨」の「客観的相関物」になっているかどうかを見ているのである。この第二部で見ようとしているのは、『荒地』のなかで使われている具体的な「媒体」である印度・佛教的言辞が作者の意図する「主旨」とどのように関連し、どのように「主旨」を反映しているかである。そしてまた、そこに見られるエリオットの手法の一つの特質を示そうとしているのである。

『荒地』の「主題」・「主旨」は、詩の第一節の「追憶と欲情」（CPP 61）の撹乱状態であり、「心の沈静」（CPP

74）がそれに対応する「媒体」だが、前者の事象は、作中、矢継ぎ早に列挙されている。そこには「自注」で挙げられている（CPP 76）、J・L・ウェストンの「聖杯伝説」や『金枝篇』の「植物祭」、さらには「漁夫王物語」などの「イメージ」があるが、これらは全て並列的、同質的で、「比喩」が秘める三次元的飛躍の「昇華性」はない。比較される（主旨）と比較する（媒体）との相互間の立体的、飛躍的な類似関係（比喩の本質）はない。この点の「対比」を見ると、作中の印度・仏教的事例は、まさに異質、越境的で、そこでの「相関性」が指摘されているのである。「比喩」本来の特性の呈示である。エリオットの言辞で言えば、印度・佛教的詩行は「主旨」の「客観的相関物」になっているのである。その「相関物」が具象的なものでなく、抽象的なものであるから、「比喩」として見え難くなっているから、比喩的特性が見逃されがちとなり、ただ注釈的な指摘で終わりがちなのである。

改めて言う。『荒地』の主題は「追憶と欲望」の「荒地状態」からの脱出である。作中の作者の言葉で言えば、荒廃した国土を「せめて自分の土地だけでも秩序づけよう」（CPP 74）と、願い、歌う詩である。そして最後に「知的理解を超えた平安（シャンティ）」を祈願する形で詩は終る。言うならば「荒地的風景」を片方の鏡に映し、もう片方の別の鏡に「印度・佛教からの言辞」を写し、この両者を「合わせ鏡」風に見ているのである。そして、その「相関性」を比較、考量しているのである。ここにあるのは「並列」「併記」ではない。「相互照合」である。これこそが「比喩」の本質である。エリオットの示す「印度・佛教的言辞・事象」は、「荒地的風景」と「合わせ鏡」風に見られている「客観的相関物」なのである。誤解を呼ばないよう警戒しながら言えば、「弁証法的視野」の展開である。一見、異物に見える二つのものが一つの統合力によって結合されているのである。この「相関的統一」、そこに働いている「観念」の「活動力」（KE 56）、これこそが、エリオットの「観念論」の真髄である。そして、これこそが彼の「感受性」の原点となっているのである。しかしてまた、これが印度・

佛教思想の「唯識論」にも通じているのである。この点を、本論ではエリオットの「詩学」の一つの特徴として注視しているのである。

再度、作中の具体的な詩行に目を向けよう。様々な「荒地」の場景を例示した後、第三節で「火の説法」が第四節の「水死」を経て、第五節の「雷神の言葉」に繋がってゆく。この第三節では「タイピスト嬢の情事」や「エリザベス女王とレスター伯の船遊び」「三人娘の性体験」の「荒地」の様が描かれ（CPP 68）、その後で、「それからわたしはカルタゴに来た」（CPP 70）と、聖アウグスティヌスの『告白』からの言葉が出る。そして「わたしのまわり到るところに恥ずべき情事の大釜がふつふつと音をたてていた」（CPP 79）とブッダの「燃える、燃える、燃える、燃える」の言葉が出て、「火の説法」となっているのである（CPP 67）。エリオットは言う「此処で挙げた東洋と西洋の禁欲主義者の代表例二つは詩のこの部分の究極的表現をなすもので、たまたま並べただけではない」と（CPP 79）。次節の「水死」では、佛教でいう「苦海（サムサーラ）」の状態が描出され（CPP 71）、その後、第五節で「雷神の言葉」、「ダ」音が三度繰り返され、それがそれぞれ「与えよ」「相憐れめ」「自制せよ」という『ブリハッド・アーラニヤカ・ウパニシャッド』に出る寓話の教訓であることが示される（CPP 80）。さらに言うなら、この最後の「自制せよ」の表示のところでは、「操る者の手捌きに／従って進む」（CPP 74）という船の様子が出るが、これがまたエリオットがハーバード時代に読んだブッダの『スッタニパータ』（邦訳『ブッダのことば』）からの「比喩」の援用となっているといったエリオット特有の融合術が見られる。こうした詩行の後に、「ぼくは岸辺に坐って／釣りをした／背後には乾いた平原が広がっていた／せめて自分の土地だけでも秩序づけておきたい」と詩人の本心が披瀝される。かくして、ここにあるものは、「荒地」の場景と「比べて」極めて「対照」的なものであるが、決して単なる並列ではなく、一方のものがあるが「ゆえに」、他方が生まれるその関係は、どちらから見ても一方通行的でなく「相関的」である。「合わせ鏡」の「像」が交互に、一つの「視野」で見られているのである。エリオットが「客観的相関物説」でいう「相関」とはこの点のことである。したがって、ここに彼の「比喩表現」の真髄が見られると見る。

詩は、その後、当時の詩人の心境を反映するかのごとく、ヒエルモの狂乱（CPP 75）（これは「象徴性」を帯びた比喩表現の一種）が示され、最後にサンスクリット語の「シャンティ」、エリオットの自注による「知的理解を超えた平安」を祈念する語が提示され、詩は終る。これらの全ては、正にエリオットが「形而上詩人論」で言う（SE 283）手法の表れ、「詩人の心の働き方によって、ある程度の異質の素材が強いて一つに結合され，それが詩のなかで同時存在するのである」というそのものの現れである。一口にいえば、二者間の相互関係の発見である。表面上は「一対の衝立」だが、画像が「二相」である。「比翼の鳥」でもある。翼が一つの鳥が二羽並んで、一羽のようになって飛んでいるのである。「形而上詩人論」の論説では、エリオットはダンやチャップマンなどの具体例を挙げて説くが、基盤となっている認識論的形態は「客観的相関物説」と全く軌を一にする。ここに、こうして、われわれはエリオットの「比喩論」と「実作」との相互照合性を見る。そしてまた、この実像の下に潜む「地層」には、エリオットが「形而上詩人論」で触れる「感受性の統一説」とその逆の「感受性の分裂説」がある。この後者を、エリオットは、十七世紀に始まるとし、ミルトンやジョンソンを批判する際に使うが、この点を哲学分野から見ると、この時期こそが、あの「われ思う、が、故に、われあり」（コギト・エルゴ・スム）のデカルト流自己主体的二元論の出る時であり、「われわれは、それから立ち直っていない」（SE 287-9）と、エリオットはこの種の立場を非難する。この「自己中心主義」的な思念や情念こそが、ここ『荒地』では「記憶と欲望」の乱れとなり、ひいては、広くエリオットの「ロマン主義」批判へと発展するのだが、その主張の背後には、ここで、しばしば指摘してきた「ブラッドリー的観念論」、あえてまた、加筆すれば、独我論（KE 141-52）に陥る「自我的観念論」ではなく、観念自体を「媒介性と相関性を司るもの」（KE 169）と見る観念論に立脚しているのである。これが、また、本論では、比喩論としての「客観的相関物説」として展開されているのである。そしてまた、これが、この『荒地』という実作で、顕現しているのである。本論はこの点を示唆しているのであるが、こうした「文学論」に加えて、本論では、これらのエリオットの見解の背後には彼がハーバード時代に学習した印度・佛教の「唯心論」があったことをも提示しているのである。さらにくどいようだが、エリオットが「形而上詩人」の中で「異質のもの」を「統一する（unite）」と言う際に、この「統一」の「語」を避けて、**yoke** なる語（SE 283）（具体的には、牛馬の轅《ながえ》の端につけて牛馬を御する横木）を、エリオットは、ハーバード時代に学んだジェームズ・ウッズの『パタンジャリーのヨーガ哲理』にある「ヨーガ」（yoga）（心的結合力）を融合して用いている。この「ヨーガ」なる語は、この系統を引く「唯心論」の根本的理念を表す「相関性を統一するもの」として「象徴的表象」となっているものである。エリオットは、極めて巧みにその「用語」を用いて「主客を結合するもの」や、その「相関性を統一するもの」として、この「比喩」論、「客観的相関物説」でもその要諦を示すものとして使っている。こうして見ると、エリオットの場合の「比喩論」は、その思念の大本を「観念」に足場を置いた、「発生論」的見地からの展開であったことが分かる。彼の「比喩論」は単なる「形態論」的、あるいは「修辞学」的なものでは御し難いものであることが分かる。ここにエリオットの「特質」がある。この基盤が、ひいては一方で「客観的相関説」として現れ、また一方では、『荒地』の実例となって現れていたのである。エリオットの詩作品が何か難解、奥儀的に見えたりするのは、こうした「比喩論」に根拠する発想法的な基盤によるものであるといえよう。そこには、この表面の地層の奥にある一つの「断層」ともいえる印度・佛教思想の「唯識論」があり、また、それと密接に関連するエリオットの博士論文の主題、ブラッドリーの「観念論」があったことを指摘し、その「断面図」を提示したのである。彼の「比喩論」の深部にはこうした一つの特徴のある「地層」があったことを本論は観察したのであるが、これは『荒地』だけでなく、エリオットの他の作品にも通じることを最後に付加して本論を終りたい。

引用・参考文献

Eliot, T. S. *Knowledge and Experience in the Philosophy of F. H. Bradley*. London: Faber and Faber, 1964.（略語 KE）

———. *Selected Essays*. 3rd enlarged ed. 1951. London: Faber and Faber, 1986.（略語 SE）

———. *The Complete Poems and Plays of T. S. Eliot*. London: Faber and Faber, 1909.（略語 CPP）

———. *The Sacred Wood: Essays on Poetry and Criticism*, London: Methuen, 1935.（略語 SW）

Holman, C. Hugh. *A Handbook to Literature*. 3rd edition. New York: Bobbs-Merrill, 1972.

Sharma, Chandradhar, *Indian Philosophy: A Critical Survey*. London: Riders, 1962.

エリオット、T・S『F・H・ブラッドリーの哲学における認識と経験』村田辰夫訳　南雲堂　一九八六

戸崎宏正「ダルマキールティの認識論」平川彰編『認識論と論理学』（講座大乗佛教　第九巻）春秋社　一九九六

中村元訳『ブッダのことば――スッタニパータ』岩波書店　一九九八

村田辰夫『T・S・エリオットと印度・仏教思想』国文社　一九九八

———.「T・S・エリオットと『ウパニシャッド』」『アレーテイア』No.31　二〇一六

———. "The Indic Eliot in 'The Hollow Men'", *South Atlantic Review*, Vol.81, Summer 2016. 191-209.

———.「T・S・エリオットの "the poet's mind" と詩作品」『アレーテイア』No 32　二〇一七

ジョージ・オーウェルの作品における象徴と本能
―『一九八四年』で描かれる思考停止の人間―

田辺　翔平

はじめに

イギリスの作家であるジョージ・オーウェルは著書『一九八四年』において、人間を自然界の生物に喩えた描写を行っている。『一九八四年』の世界に住む人々に対し、主人公のウィンストンは次のような印象を抱いている。

あの昆虫（beetle）のような人間がどの省にも繁殖しているのは何とも奇妙だった。小さくてずんぐりした男たちは、ごく若い時から太り始め、小さな足で素早く歩き回り、小さな目のついた、謎めいて太った顔をしている。これこそが党の支配下で最も繁栄しそうなタイプであった。(69)

beetle-blind は近眼の人を意味し、black beetle はゴキブリを指す言葉であるように、英語において昆虫という単語にはネガティブなニュアンスが含まれている。『一九八四年』の社会においては、人々は本能となった習慣によって生活しなければならなかったと描写されており(5)、この本能的に動き回る人間を昆虫に喩えて、その社会の異常さを表現している。オーウェルが執筆した小説の中で、本能(instinct)という語が用いられていないのは、動物を比喩としてロシア革命を描いた『動物農場』のみである。この小説のみに本能という言葉が用いられなかった理由として、ここでは動物たちをより人間に近い次元でオーウェルは描いたからであると考えられる。その一方で『一九八四年』では、人間に対してより低次元の生き物を比喩として用い、特に彼らの本能的な行動を描くことにオーウェルは関心を寄せている。本稿ではオーウェルが人の本能についてどのように考えていたのかを解明することで、彼が「昆虫のような人間」を描いた意図を明らかにしたい。

一　本能の働き

オーウェルは作中において、本能に対し五つの役割を与えている。まずオーウェルは、本能を無意識と同意語の意味で用いており、これは社会規範の影響を受けているという特徴がある。『一九八四年』の中では、次の文章で用いられている。

「ミセス」は党がいくらか反対している呼称だった――誰に対しても「同志」と呼ぶように求められていた――けれどもある女性達に対しては、その呼称を本能的に使ってしまう。(24)

二つ目の本能の役割は、人に道徳的な行動を促すものである。『一九八四年』において、ウィンストンの目の前でジュリアが倒れた際、彼女をいたわる彼の心情が次のように描写されている。

奇妙な感情がウィンストンの心をかき乱した。彼の目の前にいるのは自分を殺そうとした敵であり、同時にそれは、苦痛にあえぎ、骨折をしているかもしれない人間でもあった。すでに彼は本能的に彼女を助けようと前に歩み出していた。(121)

これと同様に、母性愛の本能が、ウィンストンに注がれる母の愛情として描かれており(340-41)、『一九八四年』において、その温かみのある家庭に対比させられる社会の冷酷性を際立たせる働きがなされている。

三つ目の本能の役割が、自己の安全を保とうとする本能である。これは道徳的行動を促す本能と同様に、作中の一部で肯定的に扱われている。空腹感や不潔な物への嫌悪感といった自己保存の本能は、大人になったウィンストンにその社会の異常性を教えるという役割が与えられている。ウィンストンはまわりの社会について次のように感じている。

現在の平均的な人間の生活が、革命前のものより良くなっているというのは事実かもしれない。実際はその逆であるという唯一の証拠は、自分の骨の中からの無言の異議申し立てであり、その本能は、今住んでいるところの状況が耐えられない程ひどく、他の時代はこれとは違っていたはずであると感じていた。……現実において衰えて陰気な都市には、飢えた人々がぼろぼろの靴をはいて行ったり来たりし、当て板をあてて補修された十九世紀の家は、いつもキャベツと臭い便所のにおいが漂っている。(84-85)

キャベツやトイレの臭いなどに対して精神的な拒絶反応を起こす本能的な感情と共に、さらに危険を察知する能力もオーウェルは描いている。『一九八四年』においてロケット爆弾が落ちてくるのを、プロールと呼ばれる下層階級の者達は本能的に察知できるとしている（96）。

しかし、『一九八四年』において自己保存の本能のもっとも重要な働きは、ウィンストンが心理的に耐えられない存在である鼠による拷問を受けた際に、恋人のジュリアを裏切るという形で示されている（329）。ウィンストンの恐怖感は鼠に象徴されている。この鼠を用いた拷問の目的について、党中枢メンバーのオブライエンはウィンストンに対して「抗うことのできない本能」によって彼を屈服させると述べている（327）。さらにウィンストンは幼少の時、彼の母は愛情を注いでいたにもかかわらず、彼は飢餓感から妹の食事を盗むなど、母の期待を裏切る行動に出てしまう描写があり（188）、この自己保存の本能が引き起こした過去の記憶がウィンストンを苦しめることになる。

四つ目の本能の働きは、依存する対象を求める心理作用である。過酷な現実に直面した場合、人はどのように動くのかという問いに対するオーウェルの答えの一つが、人は依存できるものを求めるという心理であった。ウィンストンは『一九八四年』の過酷な社会で暮らすなかで、ジンを飲むことに依存し、それにより精神的な安らぎを得ていた。さらにジュリアが現れたことで、性愛にも依存するようになった。この時のウィンストンの心理について、「単なる一人の人間への愛だけでなく、動物的な本能、つまり単純ななりふり構わぬ欲望こそが、党を粉砕する力である」と描写されている（144）。ジュリアとの情事は党を破壊することに結びつくものではないにもかかわらず、ウィンストンはジュリアとの情事に日々依存するようになった。そして最後にはビッグ・ブラザーのカルト的な教義に依存することに陥っている。

オーウェルは評論「リア王、トルストイ、道化」において、人間の暴力的な気質は宗教的回心の経験によって必ずしも取り除かれるわけではないと述べている。そしてオーウェルは、生まれ変わったという錯覚が、その人間の生来の悪徳をより一層のさばらせるようになる可能性があると主張している（295）。ビッグ・ブラザーに依存したことでウィンストンの葛藤が解消され、彼は救済された形となっている。しかし、彼はビッグ・ブラザーのもとで無意識の中生きる「昆虫のような人間」となったのであり、無意識のうちに依存できる対象を求めることの危険性が『一九八四年』の中で描かれているのである。

五つ目の本能の役割は、人に無意識の行動を促す作用である。オーウェルは評論「なぜ私は書くのか」の中で、自分は長編の自然主義小説を描きたかったと述べている（3）。人の自由意思を認めず、環境と遺伝に支配される人間を描く点が、自然主義小説の特徴として挙げられる。オーウェルは抗えない衝動を人に与える力の解明に重点を置き、その無意識の力によって主人公が破滅するストーリーを描こうとした。このような結末は、『ビルマの日々』において見ることができる。主人公のフローリーのプロポーズを拒絶して彼を自殺に追い込んだ際のエリザベスの心理について、次のように述べられている。

> エリザベスが分かっていることは、フローリーが恥をかき、一人前の男の値打ちがなく、らい病患者や狂人を嫌うように自分は彼を嫌っているということだけだった。本能は理性や私欲よりも根強く、呼吸を抑えられないように、彼への嫌悪感を抑えることは不可能だった。（291）

ここでは、本能が理性よりも強力な力であると述べられている。この本能は危険なものを回避しようとする自己保存の能力としてもあてはまるが、このフローリーが危険な男であるというエリザベスの予感は妥当なものではない。このような無意識のうちに妥当性を伴わない行動に至らせる心理的圧力としての本能をオーウェルは描いている。フローリーはエリザベスに、ビルマ人は白人よりも優れているという自分の考えを共感させようと試みる（121）。この時のフローリーの感情について次のように述べられている。

「いいえ、退屈なことは分かっています。我々在印イギリス人はいつも退屈な連中だと思われています。実際そうです。でもどうしようもありません。実は、何というか、我々の身体の中には、おしゃべりに駆り立てる悪魔がいます」。……フローリーはどうしようもなかった。この国での彼の生活がどのようなものであったかを彼女が理解し、さらに彼女に解消してもらいたいと願っている孤独感の本質を理解してくれることが非常に重要だった。（184-85）

ここではエリザベスに自分の信念を理解させることで同調者を得て、その信念と社会環境との間の不協和を低減させようとする心理的圧力を、フローリーは悪魔と呼んでいる。同様の悪魔という表現はオーウェルの評論「なぜ私は書くのか」において、作家を執筆に駆り立てるものとして登場し、その悪魔とは本能のことであるとオーウェルは主張している（7）。この本能という概念は彼の小説『空気を求めて』においても登場する。主人公のジョージはたまたま競馬で手に入れた一七ポンドを本能的に銀行に預け、それが後に彼が生まれ故郷へ逃げ込む際の資金となる（5）。つまり本能という概念に対して、主人公が自己の信念と相いれない社会的状況から逃れようとする要因を生み出す役割が与えられている。

このような自己と社会との溝を解消しようとする心理は、認知的不協和の理論で説明することができる。認知的不協和とは、アメリカの心理学者レオン・フェスティンガーが提唱した用語であり、個人が事前に認識していた認知と、新たに加えられた認知との間に矛盾が生じた状況を指している。彼の著書『認知的不協和の理論――社会心理学序説』によると、この不協和が起きた場合、不協和を解消、あるいは低減しようとする心理的な圧力が生じるとされている(18-19)。オーウェルはこの無意識の心理を、悪魔による精神的圧力といった否定的なものとして描いているのである。

さらに本能に加えて夢という概念にも、不協和を解消させる要因を作り出す役割が与えられている。『一九八四年』の中で、ウィンストンは、党中枢メンバーのオブライエンが語りかけてくる夢を見たことから、その光景を実現しようと行動を始める(30)。認知的不協和の理論から見た場合、知的な外見をしているオブライエンに共感してもらうことで不協和を解消しようとするウィンストンの心理が、夢となって表れたと解釈できる。しかし、この夢を見たことでウィンストンはオブライエンが味方であるという誤った判断を下してしまう。さらに、誰が党によって秘密裏に捕まり、誰が生き残るのかについてのウィンストンの本能的な推測も、ことごとく外れていたことが後に判明する(70)。そして最終的に「昆虫のような人間」の一人であったオブライエンによって、ウィンストン自身もその仲間入りを果たすことになる。

オーウェルはこれら五つの本能の働きを作中で描くことで、人は道徳的な行動をとることができる一方で、無意識のうちに妥当性のない行動を取ってしまう原因には、本能の作用があることを示したのである。

二　本能と政治

本能的な判断に基づく行為を、オーウェルは特に政治の分野で問題にしている。イギリスの首相ウィンストン・チャーチルは回想録『我が半生』において、南アフリカ連邦の首相であるルイス・ボータが、彼に第一次世界大戦が近づいていることを警告した出来事に言及している。この時チャーチルは、ボータの「誤ることの無い本能」(unerring instinct)が彼自身に戦争を的確に予知させたとして、彼の能力を称賛するために本能という言葉を用いている（255）。

しかし、オーウェルは評論「ライオンと一角獣」において、なぜ一九三一年から一九三九年の間に、イギリスの政治家たちは、「誤ることの無い本能」によって必ず間違いを犯したのであろうか、と疑問を呈している（69）。この評論の中でオーウェルはチャーチルと同様の「誤ることの無い本能」（an unerring instinct）という表現を用いて、本能に基づく判断がイギリスの政治をドイツとの融和政策などの誤った方向に導いたと主張している（72）。妥当性を保持していない精神的な圧力としての本能を認識しているオーウェルは、本能に基づく判断を政治において行うことに対して危機感を抱いていた。

本能によって社会が築かれるという構図は『一九八四年』に取り入れられている。物語の世界について説明している作中人物エマニュエル・ゴールドスタインによる『寡頭制集産主義の理論と実践』の書の結末において、その政治体制を生み出した動機が述べられている。その動機とは、オーウェルが評論において問題視していた「誤ることの無い本能」と同様の意味の表現である、「疑問の余地のない本能」（the never-questioned instinct）であると明言されている（247）。オーウェルは民衆が本能に追従した社会が招く悲劇を描くことで、本能に基づく政治を批判しているのである。

オーウェルが本能に対して否定的な要素を強調した要因については、当時の時代背景が関係していると考えられる。アメリカの歴史家カール・デグラーは著書『人間の本質の研究』において、本能を人種差別と結び付けて言及している。人類学者のフランツ・ボアズとアメリカの社会科学者達による、ナチスの人種差別理論に対する反人種差別の活動が、一九三〇～四〇年代に社会科学の分野において、遺伝や本能といった言葉が使われなくなったことに影響を与えたとデグラーは述べている（203）。これは、本能という言葉を人種差別と結び付けて考える風潮が当時存在していたことを示している。

ナチスの指導者アドルフ・ヒトラーは自身の思想を口述筆記させた『わが闘争』において、「自己保存の本能」と似たニュアンスを持つ「種の保存本能」（die Instinkte der Erhaltung der Art）（Hitler 168）という言葉を次のように用いている。

国家はいまだかつて平和な経済によって建設されたことがなく、それが英雄的徳の領域にあるか、狡猾な老獪さの領域にあるかは知らないが、つねにただ種の保存本能によってのみ建設されるのである。すなわち前者がまさしくアーリア人の労働国家、文明国家を作りだし、後者がユダヤ人の寄生者国家を作った。（ヒトラー 一六二）

ここで彼は「種の保存本能」のみによって国家は築き上げられると主張している。ヒトラーは一九四二年五月一四日に、「たとえば猿は、よそ者が入ってくれば共同の敵として相手が死ぬまで攻撃する。猿にあてはまることなら、人間にはもっとあてはまるはずだ」と述べている。この発言を基に、ドイツの歴史家ヨアヒム・フェストは著書『ヒトラー最期の一二日間』において、ヒトラーを生涯にわたって前進させた凶暴な牽引力となったのは、強者の権利というダーウィニズム的スローガンであったと指摘している（一九七―九八）。

その一方で、自然科学者のチャールズ・ダーウィンは著書『人間の進化と性淘汰』において、本能に対して極めて肯定的な態度をとっている。彼は、人間は下等動物と同じ感覚を持っており、自己保存、性愛、母性愛などの本能も動物と共有していると述べている（446）。さらにダーウィンは、本能こそが道徳心の根源であり、これによって「汝が人から欲する事を汝が行え」という道徳律が導かれ、この道徳心が人間と下等動物との分かれ目であると主張している（495）。

しかしダーウィンの意図とは裏腹に、ヒトラーに代わりホロコーストを主導した人物であるアドルフ・アイヒマンは自身の裁判中、自分はドイツの哲学者であるイマヌエル・カントの道徳規範に従って全生涯を生きてきたと強調している。彼は裁判の中でカントの定言命法のほぼ正しい定義を述べ、自分の意志による道徳の基準は、常に普遍的な法の基準になり得るものでなければならなかったと述べている。その一方でアイヒマンは、自分がユダヤ人を絶滅させるという最終的解決を行っている時はカントの道徳規範に従うことをやめていたが、この時自分は自分の行為の主ではなく、自分は何も変えることが出来ないという考えによって自分を慰めていたと告白している。この二つの態度は矛盾しているものの、哲学者のハンナ・アーレントは、カントの哲学において普遍的な法を生じさせる原理である実践理性が、アイヒマンにとってはヒトラーの意志に置き換わっている点を指摘している(135-37)。アイヒマンは自分には何も変える力がないとして、自由意思を否定している。これと同じく、『一九八四年』におけるウィンストンの結末も、彼は精神の全てをビッグ・ブラザーにゆだねて自由意思を否定したことによって、「自己保存の本能」といった無意識における衝動を頼りに生きる存在になったことが示唆されている。

オーウェルは当時蔓延しつつあった「誤ることのない本能」という妄想が生み出す悲劇を、「昆虫のような人間」が暮らす世界として描くことで、本能に基づく政治に歯止めを利かせようとしたのである。

三　言語と思考

このような事態を打開するためにオーウェルが強調していたのが、思考を意識的に働かせる必要性であった。思考を働かせていない状態における問題をオーウェルは『一九八四年』の中で描いている。ウィンストンが味方であると誤認したオブライエンの邸宅を訪れていくつもの質問を受けた際、彼から「党の力を粉砕するために殺人を犯す覚悟や、子供の顔に硫酸をかける覚悟があるか？」と問われている。この時、ウィンストンはほかの答えにつられて無意識のうちに「はい」と答えてしまう（199-200）。ここでは、意識的に思考を伴わさなければ、知らず知らずのうちに思考が他者によって誘導される危険が示されている。

さらにオーウェルは評論「政治と英語」において、伝えたいことがありながらそれを表現できないために、正確さが欠如した文章が社会に蔓延していると指摘している。その具体的な要因としてオーウェルはまず「死にかけた隠喩」を挙げている。オーウェルの言う「死にかけた隠喩」とは、新たに生み出された視覚的なイメージを喚起して思考を助ける隠喩と、「鉄の決意」のように明瞭さを失わずに日常語となった死んだ比喩の、中間に位置するものである。その例として、「やり方を変える」という意味で用いられる「順序を変えて鐘を鳴らす」(ring the changes on) や、「擁護する」を意味する「こん棒を持ち上げる」(take up the cudgels for) といった比喩は、単に自分で文章を作り出す手間を省いてくれるという理由で用いられていると彼は述べている。「私はこう思う」と言うかわりに、「私の見解によれば、それは正当化できないわけではない想定である」という決まり文句を言う方が簡単であり、これにより具体的な概念が抽象的なものに溶け込んでしまうとオーウェルは主張している（129-34）。

これと同類の事例が、ホロコーストを主導したアイヒマンの裁判の中で見られた。アイヒマンは、自分は官庁用語でしか話せないと裁判において謝罪するほど、会話の中で同じ決まり文句を繰り返した点を、彼の会話の特徴としてアーレントは指摘している。例えば、アイヒマンは「決まり文句」（redensarten）や「スローガン」（schlagworte）と言う意味で「翼のある言葉」（geflügelte Worte）という語句を頻繁に使っている。これは「古典作家からの有名な引用句」を指すドイツ語の口語体である。またトランプゲームにおけるしっぺ返し戦術を意味する kontra geben という表現を「抵抗した」と言う意味で用い、これは裁判官を困惑させている。アーレントはこれらの婉曲な比喩表現が用いられたのは、アイヒマンはこれら以外の言葉で自分の考えを表現する語句を思い浮かべられなかったのが原因であると見ている。さらにこのことが彼の想像力を失わせ、他人の立場に立って考えるといった思考する能力も失わせたとアーレントは考えている（48-49）。

オーウェルは「政治と英語」の中で、人は具体的な対象について考える時には、最初に言葉なしで考え、その次に心に思い浮かべたものに当てはまる正確な語を探す、という望ましい手順を自然に踏むことが出来ると述べている。しかし抽象的なことについて考える時には、最初から言葉を使う傾向があり、意識的に努力して防がなければ、既存の慣用句が殺到して思考の代わりとなり、そこで表される言葉の意味は不鮮明なものになるか、改変してしまうとオーウェルは主張している。これを防ぐには、まず初めに心に言いたいことをイメージや感覚を通して明確にし、その上でそれに当てはまる言葉を選ぶことが望ましいと彼は述べている（138-39）。

ドイツの哲学者ゴットロープ・フレーゲは論文「意義と意味について」において、通常の仕方で語句を使用する時、「宵の明星」と「明けの明星」の意味は金星という同一のものであるが、それぞれの表現が指し示している意義は同じではないという例を用い、言葉の意味と意義の違いを区別する必要性を指摘している（八）。この区別が曖昧になった社会の中では、「戦争は平和なり」といった矛盾したスローガンがまかり通る恐怖をオーウェルは描いている。このスローガンは、架空の戦争しか行われなくなった世界を指してそれを平和という概念で比喩的に言い表しているが、これは言葉の意味と、言葉が指す内容のずれから矛盾した表現となった例である。

『一九八四年』においてウィンストンは、彼の近くで話をしている男について、次のように感じている。

話しているのは男の頭ではなく、発声器官なのだ。彼の口から出てくるものは単語から成り立っているが、本当の意味での発言になっていない。それはアヒルの鳴き声のように無意識に発せられる騒音だった。(63)

アヒルの鳴き声に喩えられる思考を伴わない言語しか使えず、考えることが出来なくなった「昆虫のような人々」の社会を、オーウェルは『一九八四年』の中で描くことで、その社会の到来を阻止しようとしたのである。

引用文献

Arendt, Hannah. *Eichmann in Jerusalem: A Report on the Banality of Evil*. New York: Viking Press, 1963.

Churchill, Winston. *A Roving Commission: My Early Life*. New York: Charles Scribner's Sons, 1930.

Darwin, Charles. *The Origin of Species: By Means of Natural Selection or the Preservation of Favored Races in the Struggle for Life & The Descent of Man, and Selection in Relation to Sex*. New York: The Modern Library, 1936.

Degler, N. Carl. *In Search of Human Nature: The Decline and Revival of Darwinism in American Social Thought*. Oxford: Oxford UP, 1991.

Festinger, Leon. *A Theory of Cognitive Dissonance*. Stanford: Stanford UP, 1957.

Hitler, Adolf. *Mein Kampf*. Müinchen: Zentralverlag der Nsdap, 1927.

Orwell, George. *Animal Farm*. 1945. London: Secker & Warburg, 1987.

———. *Burmese Days*. 1934. London: Secker & Warburg, 1986.

———. *Coming Up for Air*. 1939. London: Secker & Warburg, 1986.

———. "Lear, Tolstoy and the Fool." 1947. *The Collected Essays, Journalism and Letters of George Orwell*, Vol.4, edited by Sonia Orwell and Ian Angus. London: Secker & Warburg, 1968, pp. 287-302.

——. *Nineteen Eighty-Four*. 1949. London: Penguin, 2000.

——. "Politics and the English Language." 1946. *The Collected Essays*, Vol.4, pp.127-40.

——. "The Lion and the Unicorn: Socialism and the English Genius." 1941. *The Collected Essays, Journalism and Letters of George Orwell*, Vol.2, edited by Sonia Orwell and Ian Angus. London: Secker & Warburg, 1968, pp.56-109.

——. "Why I Write." 1946. *The Collected Essays, Journalism and Letters of George Orwell*, Vol.1, edited by Sonia Orwell and Ian Angus. London: Secker & Warburg, 1968, pp.1-7.

ヒトラー、アドルフ『わが闘争』平野一郎、将積茂共訳　黎明書房　一九六一

フェスト、ヨアヒム『ヒトラー最期の十二日間』鈴木直訳　岩波書店　二〇〇五

フレーゲ、ゴットロープ「意義と意味について」『言語哲学重要論文集』松阪陽一訳　春秋社　二〇一三　五―五八頁

現実と夢
――ミュリエル・スパークとT・S・エリオット――

松本　真治

一

ミュリエル・スパークの晩年の作品『現実と夢』には、明らかにT・S・エリオットの影響が見られる。この小説の主人公、六三歳の映画監督トム・リチャーズ（エリオットも家族や友人からは「トム」と呼ばれていた）のせりふには「この世紀はどんどん老いぼれていく。すっかり老いぼれだ。老いぼれて、老齢のありとあらゆる欠陥だらけだ。とりわけ、エリオットが『衰えゆく力の悪あがき』と呼んだものだ。いたるところで見られるさ。ぞっとするよ」（*Reality and Dreams*［*RD*］41; ch.5）とある。この「衰えゆく力の悪あがき」というフレーズの意味について、スパークは「肉体的な限界や、特に男性の場合はしばしば性的不能によっていらだちを覚えたり、腹立たしく思い、そのため老人は無理をして失敗するということです。老人は力において無理をするのであり、実際以上に力を持っているように見せかけて迫るのです」と説明している（McQuillan 223）。トムの発言は自分自身のことを語っているわけではないが、トムにも「衰えゆく力の悪あがき」の兆しは見えなくもない。

元々トムは短気な性格であるが、トムは映画の撮影中にクレーンから落下し、肋骨十二本と腰の骨を骨折するという重傷を負い、奇跡的に一命を取りとめるが、撮影を継続することができなくなり、そのためにいらだちをつのらせる。新しい監督のもと、新しい構想、新しい題名で制作が再開されることを知らされると、トムはそのすべてに対して拒否を示すが、トム自身は台本、題名、監督の決定に関しては何の権利も持ち合わせておらず、トムの態度は老人の悪あがきとも受け取れる（もっとも、ひと月も経たないうちに新監督は降板となり、トムが監督として復帰）。また、トムは先妻カティアと別れ、クレアと再婚しているが、それにもかかわらず常に愛人がいる。「私はすぐに惚れてしまうんだ、しかもたびたびね」（*RD* 18; ch.2）と自認するように、事故から半年後、トムは撮影中の映画に出演している女優で三八歳のローズに魅かれて愛人関係になるが、トムのセックスの持続時間が短くなり、それに比例してローズの演技がますます悪くなるともいわれ、これも老人の悪あがきかもしれない。

「衰えゆく力の悪あがき」はエリオットの詩劇『寺院の殺人』からの一節であるが、この引用もさることながら、『現実と夢』においてはエリオットの初期の詩「J・アルフレッド・プルーフロックの恋歌」の果たす役割が大きい。トムは、なじみのタクシー運転手デイヴの車に乗って、あてどもなく夜の街へと出かけるが（"Tom *cruised* around with Dave"［*RD* 80; ch.8; emphasis added］には、映画俳優トム・クルーズも意識されているか）、「瞑想のクルージング・セッション」（*RD* 136; ch.14）と呼ばれる二人の夜のドライブの場面では、「さあ出かけよう、君と僕と……」という「プルーフロックの恋歌」からの一行がリフレインとして合計六回挿入される。（*RD* 64, 67; ch.7; 75; ch.8; 117, 125; ch.12; 133; ch.13）。スパークが執拗なまでにこの一行を繰り返すその意図は何であるのか、本論では『現実と夢』と「プルーフロックの恋歌」の関係について論じてみたい。

二

レイモンド・チャンドラー作『長いお別れ』の主人公、私立探偵フィリップ・マーロウは、「プルーフロックの恋歌」の一節「僕は年をとる……僕は年をとる……ズボンのすそをダブルにして、はいてみよう」は何を意味しているのかとたずねられて、「何もないね。しゃれた文句というだけさ」と答える（Chandler 601; ch.49)。『長いお別れ』と同じように「さあ出かけよう、君と僕と……」というリフレインも、小粋な表現として使われているだけであろうか。プルーフロックが「君」と連れだって夕暮れ時に出かけようとする姿と、トムがデイヴと夜の街に出かけようとする姿が重なり合うのは確かであるが、そのような表層的な次元に留まるものではない。「さあ出かけよう、君と僕と……」という斜体字の一行は、小説の語り手のことばでもなければ、トムがデイヴに向かって実際に発話することばでもない。トムの内的独白として突如として小説の語りに割り込み、デイヴと夜の街に繰り出すトムの気分が、エリオットのプルーフロックの気分と重ねられていくのであるが、トム＝プルーフロックという単純な図式ではない。トムがプルーフロックという仮面を借りようとする試みは、スパーク自身の「プルーフロックの恋歌」解釈という問題にまでつながりうるもので、その予感をもたらすのは、「瞑想のクルージング」中のトムとデイヴの会話に、「プルーフロックの恋歌」が話題として持ちあがる場面である。デイヴの義理の兄弟について話をしているところに、突然リフレイン「さあ出かけよう、君と僕と……」が挿入され、何の脈絡もなく、突然トムはデイヴに「プルーフロックの恋歌」について質問する。

さあ出かけよう、君と僕と……

「こんな一節を知ってるかい、詩人のT・S・エリオットさ

『さあ出かけよう、君と僕と
手術台の上でエーテル麻酔をかけられた患者のように
夕べが空に広がるとき……』だが」

「いいえ、そんなのは聞いたことありません」


「なんて意味だと思う?」

「もう一度言ってください」

トムは詩を繰り返した。

「この人らは夕方、散歩に出かけようとしていて、その場にはいない三人目の誰かについて話し合おうとしているんです。この二人はその三人目の人物、患者について話をするんですよ」

「そいつを詳しく調べる、バラバラにするってことかい?」

「そんなところですね。どんな意味だか知らないいんですか」

「誰もほんとうにわかっちゃいないさ」(*RD* 67; ch.7)

デイヴの解釈が珍解釈であることは指摘するまでもないが、ここで興味を引くのはトムの最後のせりふである。『長いお別れ』で、マーロウが「プルーフロックの恋歌」に関して質問を受ける場面には続きがあって、「もうひとつあります。『あの部屋では、女たちは行ったり来たりする/ミケランジェロのことを話しながら』ですが、何か思いつかれますか」との問いかけに対し、マーロウは「ああ、そいつは女のことをよく知らないってとこだな」と答える（Chandler 601; ch.49）。いかにもハードボイルド小説の主人公マーロウらしいせりふであるが、エリオット読者には、これが意外と当を得たプルーフロック解釈であることが理解されよう。「恋歌」と銘打たれていても、プルーフロック（そしてエリオット自身も）はまともに女性に対して向き合うことのできない臆病者であるからだ。同様のことが、トムの「誰もほんとうにわかっちゃいないさ」というせりふにもあてはまる。

トムの言いたいことは、文字どおり自分自身を含めて誰もほんとうのところがわかっていない、とも解釈できるし、また、トム自身は理解しているが、教養のないデイヴの珍解釈を無下に笑うわけにもいかず、デイヴに同情した反応かもしれない。これ以上にトムのことばに深い意味を持たせなくても、小説の文脈としては十分成立しており、ストーリーを楽しむうえでは何ら問題はない。しかしながら、詩のように一言一言のイメージを丁寧に拾い上げて読むこともスパークの小説の場合は十分可能であろうし、スパーク本人も自身の小説は「詩人によって書かれた散文」と認めるところである（"Sinister Affair" 158）。トムの「誰もほんとうにわかっちゃいないさ」というせりふを多義的に聞くならば、トムの声を借りてスパーク自身の「プルーフロックの恋歌」解釈を反映させているとも考えられる。「プルーフロックの恋歌」に登場する「君と僕」の正体については、種々解釈の分かれるところであり、この詩が本当に理解されているのか、という問いかけはあながち的外れではない。

三

トムは、なじみの運転手のタクシーに乗って、夜、出かけるようになった。トムが欲していたのは、ただ移動することであった。彼らは、あてどもなく夜の通りに車を走らせていくだけで、そこで繰り広げられるドラマの多くの参加者たちを驚かせるのであった。運転手のデイヴは西インド諸島からの移民の二世で、トムには完全な共感的理解を示していた。デイヴは、なぜトムがセックスとは一切関係なしに夜の歓楽街をさまよいたいのかは知らなかったが、デイヴは聖書の教えに敬虔に従う既婚者だったので、歓楽街をさまよいながらトムが宗教的な内省を口にするのを大いに楽しんだ。(*RD* 64; ch.7)

トムとデイヴがどのようにして親しくなったのかはわからない。成功をおさめた映画監督にして、裕福な妻クレアとウィンブルドンの豪邸に住むトムは、かつての友人はといえば、W・H・オーデン、グレアム・グリーン、ルイ・マクニースといった文人である。義理の兄弟はピザ・バーをクビになり今は失業中というデイヴは、トムにとっては明らかに異質の友であることはまちがいない。「費用はかかるが真の友であるタクシー運転手のデイヴが運転席にすわり、車の往来をすり抜けていく。大金持ちではあるが、きわめて民主的なトムはデイヴの横にすわる」(*RD* 75: ch.8)といわれるように、社会的階層の違いにもかかわらず、トムは後部座席ではなく助手席に並んですわるという構図に象徴されるように、デイヴはあくまでも対等な立場の「真の友」なのである。

「クルージング」という表現にはナンパ相手をさがすという意味もあるが、トムはセックスとは一切関係なしに夜の街をさまよう。しかしながら、トムがセックスに無関心というわけではなく、その真逆である。自宅療養中も、看護師ジュリアに対して「この薬を飲むとインポテンツになるのかい?」「セックスができなくてさみしいよ」(*RD* 49; ch.5)と言う(トムの娘婿の兄ラルフは三十代前半であるが、失業が原因でインポテンツ状態)。トムには常に愛人がいることは、先妻との娘コーラも後妻クレアも先刻承知で、クレアはトムが失業中の夫を持つ妻に言い寄り、その半数は成功しているということまでも知りえている(一方、クレアにも愛人がいる)。このようなトムと、妻と三人の子どもを持ち「聖書の教えに敬虔に従う既婚者」といわれるデイヴは異なるであろう。

トムとデイヴをつなぐものは何か。『現実と夢』は「彼はたびたびこう思った、われわれはみんな、神の見る夢の一つに出てくる登場人物なのではないかと」（*RD* 7; ch.1）という語りではじまる。この「彼」とはトムのことで、神を信じるトムが「宗教的な内省」をすることは不思議ではなく、この点でデイヴとつながる。たとえば、夜の家電量販店に若いがそれほど裕福そうではない客たちが群がっているのを見て、彼らが失業者のように見えるところから、トムは「マタイによる福音書」第二十章に言及する。誰にも雇われず市場に立っていた者たちについて、「イエスによれば、彼らも一日の労働をした者たちと同じ賃金をもらう資格があるのだ」とトムはデイヴに言う（『現実と夢』で書きたかったことは「余剰人員解雇（redundancy）」のことだとスパークは語る［McQuillan 223］）。しかしながら、トムとデイヴの間で交わされる会話が常に「宗教的な内省」ということではなく、それが二人の関係を築くうえで、とりわけ大きな役割を果たしているわけではない。むしろ、トムとデイヴの友人関係が成立する謎を解く鍵は、デイヴのトムに対する「完全な共感的理解」に収斂されていく。そして、このトムとデイヴの二人の関係性が、エリオットの「プルーフロックの恋歌」と関わっていくのである。

四

『現実と夢』においては、トムとデイヴという二人の人物が実在するという構図はきわめて明瞭であるが、明瞭であるがゆえに、トムとデイヴの二人を「プルーフロックの恋歌」の「君と僕」にたとえる行為は、エリオットからスパークへの影響だけではなく、スパークからエリオットへの影響を生み出す。つまり、トムが自分自身とデイヴの二人をプルーフロックのいう「君と僕」に見立てようとすることで、プルーフロックの「君と僕」

の解釈に一石を投じることになるのだ。プルーフロックの語りは劇的独白であり、プルーフロックの「君」とは「僕」（すなわちプルーフロック）の分身、分裂した自我の片割れであるという解釈が優勢ではあるが（Cf. Langbaum 190-91; Dickey 125-26）、二人の正体にまつわる解釈は種々議論の的となってきたものである。「君」の解釈としては、「分身」以外にも「読者」という説もあれば、「対話者、友人」という説もある（安田　一二八―三〇）。[1]また、「君」（“you”）はプルーフロックの内なる恋人であり、「ある人」（“one”）で表される外なる恋人（サロンの女）と対照される存在であるという解釈もある（宮内　二三〇―二三）。有力な分身説にしても、分裂した自我とは何であるのかに関して、明確に見解の一致を見ているわけではない。「君と僕」の正体にまつわるこれらの議論を逐一吟味することはしないが、スパークの視点からエリオットの「君と僕」について考えてみたい。デイヴの存在（すなわち「君」）は対話者、友人であるが、ここで問題にしなければならないのは、デイヴがどのような対話者であるのかという点である。

エリオットは批評家クリスチャン・シュミットに宛てて、この「君」は「語り手があの時話しかけている友人か連れにすぎず、たぶん男性。そして、少しも感情的な中身は持ち合わせていない」（Smidt 85）と告げており、これが「君」の対話者、友人説のもととなっている。ここで注目したいのが「少しも感情的な中身は持ち合わせていない」という箇所であり、デイヴはこれにあてはまるのかもしれない。カウンセリングで使われる用語としての「共感的理解」はカール・ロジャーズの提唱した“empathic understanding”であり、スパークの原文では“sympathetic understanding”（*RD* 64; ch.7）である（あえてsympatheticと表記したのか。sympathyとempathyの厳密な区別も難しい。“sympathetic understanding”という用語もある［Meneses and Larkin 3-6］）。ロジャーズの「共感的理解」とは、カウンセラーが「クライアントが抱いている感情や伝えたいことを正確に理解し、クライアントと共有すること」であり、カウンセラーがクライアントの内的世界に深く入り込み、クライアント自身が気づいていないことを明らかにすることもあるといわれる（Rogers 11）。デイヴがトムに対して「完全な共感的理解」を示すのであれば、トムにとってはデイヴは実質的に「少しも感情的な中身は持ち合わせていない」ということになろう。デイヴはトムの立場に立ってトムの内的世界を理解しているということであり、そこにはデイヴ自身の感情的なものが入り込む余地はない。プルーフロックの分身説を唱えるラングバウムは、プルーフロックが語る行為は究極的には自分自身について何かを知りたいがためであると言う（Langbaum 191）。同様にトムがデイヴと「瞑想のクルージング」に出かけるのも、トムが自身のことを知りたいがためではなかろうか。「プルーフロックの恋歌」は「僕」すなわちプルーフロックの独白であり、「君」と「僕」とのやり取りは見られず、「君」の存在はきわめて希薄である。友人説を唱えるシュミットは、「君」は劇的独白を成立させるための脇役であると言う（Smidt 85）。デイヴとトムの関係性が「共感的理解」であるとすれば、現実的にトムとの間で会話が行われていたとしても、実質的にはトムが自身のことを知るためにデイヴと会話をしているにすぎず、デイヴはトムにとって〈よきカウンセラー〉なのであって、その意味ではデイヴは脇役であり、その存在も希薄なのである。

　トムにとってデイヴが貴重な対話者であるということは、その会話の内容からも察することができる。トムはデイヴに、フランスのキャンプ場で見かけたハンバーガー売りの娘からインスピレーションを得て、彼女をもとにした映画を作っていることを話す。貧しいハンバーガー売りの娘に巨額の金がころがりこむが、それが一体誰からなのか、また何故なのかは一切わからないという設定で、そこで彼女は一体どうするのだろうか、をトムはあれこれと空想している（空想は映画の世界だけにとどまらず、入院中は薬や注射の影響もあり、裕福な妻クレアを殺し、妻の遺産をフランスで見た実在のハンバーガー売りの娘に与えるという妄想をしたり、弁護士に遺言の書き換えの依頼もしていた）。「プルーフロックの恋歌」では「一瞬にして入れ替わる決断と修正のための／時間が一瞬の中にある」（*CPP* 14）というように、プルーフロックの頭の中では様々な考えが目まぐるしく展開する。同様にトムの頭のなかでも、ハンバーガー・ガールが大金を手にしてからのことが無限に空想される。（一）最初は驚くが、やがてその出所も気にせずに新しい生活をはじめる、（二）やはり金の出所が気になって、とびきり高額の探偵を雇って、大金を与えた主を探す、（三）彼女の魅力が大金をもたらしたと勘違いする（実際は美人ではなく、見苦しくない程度のスリムな若いハンバーガー売り）、（四）友達全員に言うか、一部の友達にだけ言うのか、（五）税金上の問題、法律上の問題、（六）将来、性的に代償を支払わなければならないのかと思うと、財産をあきらめるべきか裁判で戦うかでノイローゼ寸前になる（七）家族や男友達など、みんなが彼女の金をねらっていると想像し、けちになる、（八）いい結婚をするかもしれない、等々。そこでトムはデイヴにハンバーガー・ガールがその大金をどうするのだろうかとたずねる。

「そんな金をどうしたらいいのか彼女がわかると思うかい。これから学ぶんだろうか」とトムはデイヴにたずねた。

「それはその娘しだいですね」とデイヴは言った。「どうやら旦那は、その娘には個性や人格があって、すでにそれらが機能していることをお忘れになっているようですね、その娘がハンバーガーを皿にのせて出す姿を旦那が見るよりもずっと前からですよ。その娘は、すでに一個の人格を持った人間だったんです。どうするかは彼女しだいですね」

「この娘の魅力は、過去がないってことさ」とトムは言った。

「じゃあ、その娘はリアルじゃないですね」

「そう、リアルじゃない。今のところはまだね」

手術台の上でエーテル麻酔をかけられた患者のように……（*RD* 77-78; ch.8）

デイヴの対応の巧みさは、トムの要求する答えを的確に提供していることである。トムはハンバーガー・ガールが大金をどうするかについてはすでにあれこれと思いをめぐらせているのであって、デイヴの考えを特に聞きたいわけではない。デイヴにしても、トムがハンバーガー・ガールについて思索していることは先刻承知のことなのか、あえてデイヴが自分のアイデアをトムに伝える必然性を感じていないのか、である。トムがデイヴに望んでいることは、映画の中でのハンバーガー・ガールの大金の扱い方に関して決めかねていることを知ってもらいたい、共感してもらいたいということであろう。この場面の最後には、「プルーフロックの恋歌」からの一行が挿入されている。映画監督トムがこれからどのような人物に仕立てようかと思案しているハンバーガー・ガールは、医師の前でこれから手術を受けようとする手術台の上の患者と同じようだとも読めなくはない。しかし「プルーフロックの恋歌」のコンテクストでは、あれこれと思いをめぐらせるが、実際には行動できないプルーフロックの無気力な状態が「手術台の上でエーテル麻酔をかけられた患者」で表されているのであるから（いわゆるエリオットの唱える「客観的相関物」）、同じように今はまだ思いをめぐらしているだけのトムもプルーフロックと同じ心境にあり、その気持ちをデイヴに分かち合ってもらいたいのである。

トムとデイヴの「瞑想のクルージング」はずっと続くものではなく、デイヴ襲撃事件をきっかけに、デイヴ自身が前面に出ることでトムとデイヴの関係は解消されてしまう。デイヴは単なる対話者ではなく、トムに「共感的理解」を示す特別な対話者でなければならない。なぜならプルーフロックと同様に（Dickey 125）、トムも自分自身の考えに夢中になる性格であるからだ。デイヴはケヴィンが自分を撃った犯人であり、その理由はトムがケヴィンの妻で女優のローズを寝取ったからだと考えている。そこで、トムがローズと愛人関係を再開させてまもなく、ローズは危険だ、ケヴィンはまだローズの夫であり、もう一度撃たれるのはご免こうむりたい、ついてはトムを車に乗せて連れていくことはもうできないとトムに告げる。これに対しトムは反論するが、デイヴは最後に「好きなように判断したらいいですが、私が撃たれたのは旦那に対する警告なんです。しかも、まだ犯人は捕まっちゃいない。ケヴィン・ウッドストックが犯人だと思います。好きにさせてもらいますね、トム」と言い放ち（*RD* 146; ch.14）、これ以降デイヴは再び登場することはない（デイヴが「トム」と呼ぶ場面はここだけ）。

デイヴがトムに「共感的理解」を示すことによって、別々の個人ではあるが、限りなくデイヴはトムの内的世界を理解する。このようなスパークの設定を念頭に置いて「プルーフロックの恋歌」の「君と僕」を考えてみるなら、「君」が対話者、友人であろうが、自我の分裂であろうが（さらには読者もか）、その境界線はあいまいになってくる。なぜなら、必要とされているのは、語り手の話に耳を傾けてくれるだけではなく、語り手の内的世界をそのまま受け止めてくれる聞き手の存在なのだから。

五

トムとプルーフロックは本当に重なり合うのであろうか。髪の毛も薄くなり、手足もやせた、さえない外見の中年男のプルーフロック（四十歳くらいだとエリオットは言った［Bush 241］）に比べて、六三歳のトムの外見は「背は高く、端正な顔立ち」（*RD* 71; ch.8）であるといわれる。プルーフロックが夜の街に出かけようとする理由には根源的に性の問題があるが、プルーフロックはまともに女性に向き合うことさえできない。トムがデイヴと夜の街に繰り出したとしてもセックスは一切無関係であり、トムは女性のことで思い悩むことはなく、女性に関しては行動の人である。そして両者の違いは、それぞれの作品のエンディングにも見ることができる。

『現実と夢』では、後妻クレアとの娘マリゴールドはケヴィンを使ってトムの乗るクレーンに細工をして、トムを転落させようとするが失敗。ハンバーガー・ガール役であったジャンヌは、マリゴールドからクレーンについてあれこれと吹き込まれ、薬で頭の麻痺していたジャンヌは勝手にクレーンに乗り込み、転落死。その後、マリゴールドはアメリカへ旅立ち、物語は終わる。エンディングは、次のような詩的なものとなっている。

クレアは、みんなに飲み物を注いでまわった。トムとコーラは二人とも、彼らを支えるクレアの力強さと勇気を感じていた。ここ、夢と現実、現実と夢の間の中間地帯で。(*RD* 160; ch.16)

ついで「プルーフロックの恋歌」のエンディングであるが、

僕たちは海の部屋で立ち去りかねていた
赤や茶色の海藻をまきつけた人魚のそばで。
やがて人の声にめざめて、僕たちは溺れる。(*CPP* 17)

『現実と夢』と「プルーフロックの恋歌」のエンディングを並べてみると、両者にはどこか似通ったものが感じられるが、同じではない。『現実と夢』では、トムは夢と現実の間の中間地帯で、先妻との娘コーラ(マリゴールドとは異なり、美しい容姿を持ち、トムのお気に入り)とともに、妻クレアによって支えられているという姿が描かれる。また、デイヴの存在は途中で立ち消えになり、デイヴ不在のまま小説は閉じられる。「プルーフロックの恋歌」では、詩の途中で立ち消えになっていた「君」が「僕たち」("we")という形で復活する。女たちのいる部屋に到着したプルーフロックは、現実から離れ、人魚のいる海の部屋という夢想の世界に逃げ込むが、人間の声にめざめて溺れてしまう、つまり現実の世界に引き戻されるのである。プルーフロックは夢と現実の間にとどまることはできず、その結果として現実世界で感じる気持ちはやるせなさである。一方、夢と現実の間にとどまるトムの内的世界は、プルーフロックとは異なり、ある種の満足感、幸福感を漂わせるものになっている。プルーフロックの場合、「僕たち」という「君」と「僕」の一体化は、現実に引き戻された「僕」(プルーフロック)の内的世界を「君」にも共感してもらいたいがためであろう。プルーフロックの海の部屋のごとく、妻クレアと美しい娘コーラとともにいて満足感、幸福感を感じているトムにとって、自分の内的世界を誰かに共感してもらう必要はないのかもしれない。

トムの世界観は小説の冒頭で語られるように、人間は「神の見る夢の一つに出てくる登場人物」でしかないというものであり、また「そう、われわれの見る夢は実体がない。だが、神の見る夢は違う。神の夢はリアルなのだ、恐ろしいほどリアルだ。神の夢は肉で膨らみ、血が滴るのだ。トムは思った、私自身の夢は影だ、私の主張もすべてが影だ、と」(*RD* 64; ch.7)ともいわれる。トムのこの世界観はプルーフロックの世界観と矛盾をきたすわけではない。プルーフロックの見る人魚の夢は、プルーフロックにとってもそうであるが、トムにとっても所詮は実体のないものであろう。また、現実は神の見る夢であり、それは血の滴るきわめてリアルなものであると考えるトムは、プルーフロックの感じる現実のリアルさを認識しているはずである。トムとプルーフロックを隔てることになっているのは、プルーフロックが夢から現実に引き戻されているのに対し、トムは夢と現実の中間にとどまっている点であり、トムにとってはこの中間地帯こそが居心地のよい場所だということである。だとすれば、トムはいかにして現実と夢の間の中間地帯にとどまることができているのであろうか。

トムは、映画の撮影スタッフに対して「われわれがやっていることは、リアルであってリアルでない。われわれが住んでいる世界では、夢が現実であり、現実が夢なのだ。われわれの世界では、すべてが夢からはじまるのだ」（*RD* 157; ch.16）と言う。いうまでもなくトムが話しているのは映画の世界のことで、この世界こそが現実と夢の中間地帯である。映画は単なる夢想ではないが、かといって現実のものでもない。そしてこの世界こそトムが心地よさを感じる場所である。たとえば、ハンバーガー・ガールにしても、あれこれと空想しながら彼女のキャラクターをリアルなものへと作り上げていくことがトムにとっては心地よいのであって、ギャラや撮影方法等について文句をつけてくる実在の女優ジャンヌにはうんざりしている。ただ、映画だけが現実と夢の中間地帯であるというわけではない。デイヴとの「瞑想のクルージング」も、空想ではないがどこか現実世界とは隔たりを感じさせるもので、現実と夢の中間地帯であったのかもしれない。同様に、夕暮れ時にプルーフロックが「君」と出かける行為も同じであろう。ここで重要なのは、「瞑想のクルージング」があてどもなく走り回ることであるように、空想がめまぐるしく展開するように、リアルであってリアルではない状態を続けるためには、動き続ける行為でなければならないということである。トムとデイヴの「瞑想のクルージング」も再びケヴィンに襲撃されるかもしれないという現実によって固定され、プルーフロックは人間の声という現実によって固定されてしまうのだ。『現実と夢』のエンディングのトム、クレア、コーラの三人にしても、夫妻には互いに愛人がいるという現実、コーラはただ美しいだけで、実社会で役立つ才能は何もなく、男運にも恵まれていないという現実によって固定されないがために、幸福な三人の構図が成立している。

エリオットは優柔不断な中年男のプルーフロックを使って、「プルーフロックの恋歌」という空想と現実の世界を描いた。スパークはこの「プルーフロックの恋歌」の枠組みを利用し、エリオットと同名で老年にさしかかったトム・リチャーズに「衰えゆく力の悪あがき」をさせることで夢と現実の世界を描いているが、エリオットとは異なる次元へと読者を導いていく。スパークは、トムとデイヴをプルーフロックの「君と僕」にたとえることで、「プルーフロックの恋歌」のコンテクストを意識しながら『現実と夢』を読み通すことを読者に要求するが、『現実と夢』のエンディングはどのように解釈すべきなのであろうか。読者の期待を裏切り、必然的にプルーフロックと同じ結末になるとは限らない、ということであろうか。なぜなら、所詮、現実は神の見る夢なのだから。

注

（1）安田氏はさらにシュミットの「女人説」があると言うが、シュミットは“you”がサロンの女の一人のようにも思えることを認めながらも、結局は親友であると解釈している（Smidt 84-85）。

引用文献

Bush, Ronald. *T. S. Eliot: A Study of Character and Style*. 1984. OUP, 1985.

Chandler, Raymond. *The Long Goodbye*. 1953. *The Big Sleep, The High Window, The Lady in the Lake, The Long Goodbye, Play Back, Farewell My Lovely*, Heinemann, 1977, pp.403-614.

Dickey, Frances. “Prufrock and Other Observations: A Walking Tour.” *A Companion to T. S. Eliot*, edited by David E. Chinitz, Wiley-Blackwell, 2009, pp.120-132.

Eliot, T. S. “The Love Song of J. Alfred Prufrock.” 1915. *The Complete Poems and Plays of T. S. Eliot*, Faber, 2004, pp.13-17.

Langbaum, Robert. *The Poetry of Experience: The Dramatic Monologue in Modern Literary Tradition*. 1957. Chatto and Windus, 1972.

McQuillan, Martin. “‘The Same Informed Air’: An Interview with Muriel Spark.” 1998. *Theorizing Muriel Spark: Gender,*

Race, Deconstruction, edited by McQuillan, Palgrave, 2002, pp.210-229.
Meneses, Rita W., and Michael Larkin. "The Experience of Empathy: Intuitive, Sympathetic, and Intellectual Aspects of Social Understanding." *Journal of Humanistic Psychology*, vol.57, no.1, 2017, pp.3-32.
Rogers, Carl R. *On Personal Power: Inner Strength and Its Revolutionary Impact*. 1977. Robinson, 2016.
"A Sinister Affair: Muriel Spark in Conversation." *The Economist*, vol.321, no.7734, 23 Nov. 1991, p.158.
Smidt, Kristian. *Poetry and Belief in the Work of T. S. Eliot*. Rev. ed., Routledge, 1967.
Spark, Muriel. *Reality and Dreams*. 1996. Penguin, 1997.
宮内弘『英詩の文体論的批評――イェイツ、ラーキンを中心に』京都大学学術出版会　一九九八
安田章一郎『エリオットの昼』山口書店　一九八四

アレゴリーとしての誘惑
――ジョイス・キャロル・オーツの「どこ行くの、どこ行ってたの?」における女性主体――

松井　美穂

ジョイス・キャロル・オーツの短編「どこ行くの、どこ行ってたの?」(以下「どこ行くの」と記す)は、アメリカのスモールタウンに住む、十五歳の少女コニーが体験するイニシエーション物語と解釈されてきた。音楽や、自分の見た目や、男の子のことなど、その母にいわせれば「くだらない空想(trashy daydreams)」(26)で頭がいっぱいのコニーが、夏休みのある日曜日、家族とともに親戚の家にバーベキューに行くことを拒否し、自宅に一人残っていると、見知らぬ男アーノルド・フレンド(Arnold Friend)が友人とともに金色のコンバーチブルに乗って現れる。その男は、言葉たくみに彼女をドライブへと誘う。最初は誘いのことばに曖昧な反応を示したコニーだが、彼の様子は次第に暴力的になり始め、最終的には彼女はそれを受け入れ、家を出て行くことになる。

物語は、コニーが誘いのことばを拒否するために閉じこもっていた家のドアを開け、そこから出て行く場面で終わり、その先彼女がどこへ行ってどうなるのかは明確には描かれていない。しかしながらコニーを誘惑するアーノルドが悪魔的な人物として描かれていることから――ジョイス・M・ウェグズが指摘する通りアーノルド・フレンドのイニシャルA・FはArch Fiendすなわちサタンのイニシャルと同じであるし、またサタンと似た特徴を持っている（102-103）――、通常このエンディングは、性と暴力と死の世界へコニーが参入することを意味し、彼女は悪魔によって誘惑され破滅する犠牲者と解釈されてきた。

このアーノルドにはモデルがいる。オーツもしばしば言及しているが、この短編は実際にあった事件からインスピレーションを得て書かれたものである。それは、一九六四年から六五年にかけてアリゾナ州トゥーソンで起きた、二十代前半の男チャールズ・シュミットが十代の少女三人を暴行して殺害したという事件で[1]、その残虐さから当時、頻繁にメディアによって取り上げられた。この殺人鬼シュミットとアーノルドの間には、例えば、男性としては背が低いのでブーツに詰め物をしていた、金色の車に乗っていたなど類似点が多く、コニーもアーノルドによって誘われて少女たちと同じような運命にいたると考えられている。

このように「どこ行くの」は、一人の少女が「無垢」から「経験」の世界へと移行するイニシエーション物語であるが、そこには悪魔による誘惑というモチーフが内包されている。マリー・M・O・アーバンスキが指摘する通り、オーツは「写実的な描写で小説の真意を隠しながら、イヴの誘惑という宗教的アレゴリーの枠組みを用いて、現代における実存的イニシエーションのテーマ――運命は外部によって定められているのだという認識にいたる若者というテーマを描いている」のである（75）。

ここで改めて問題にしたいのは、少女の性を通したイニシエーションをオーツは「悪魔による誘惑」という形で描いたということである。先述の通り、物語は、語り手がコニーは見覚えのない土地へ行こうとしていること、そして本人もそれを認識していることを告げて終わっており、誘惑の結果は具体的には書かれていない。一方、誘惑のプロセス、つまり逡巡から受諾へといたる彼女の心理の変化はかなり綿密に描かれている。とするとオーツは性と暴力の体験がコニーに与えた、あるいは、与える影響よりも、そういった局面にいたった時のコニーの内面に関心があったと推察できる[2]。実際、オーツ自身の説明によると、「死と乙女」というタイトルだった初期の原稿における物語の焦点は、誘惑する悪魔的人物におかれており、その内容は、虚栄心（her own vanity）のために悪魔の誘惑にのってしまう無垢な少女の話であったが、その後、カリスマ的魅力をもつ殺人鬼は背景に退き、十五歳の無垢なる犠牲者の方が前景化され、物語の真の主人公となったという（"*Smooth Talk*" 68）。

誘惑というモチーフの元型はもちろん、旧約聖書の創世記第二章に記されている蛇（サタン）によるイブの誘惑と、堕罪によるアダムとイブの楽園追放にある。それ以来、キリスト教を基盤とした家父長制文化におけるフィクションでは、「誘惑に弱い性」（Gillis 133）としての女性が、繰り返し描かれることになる。では現代作家オーツは、改めてこのような「誘惑」というアレゴリーをストーリーに組み込みながら、少女の性的な体験とその時の彼女の内面を明らかにすることで、いったい何を描こうとしたのだろうか。

ここで筆者が改めて注目したいのは、この「誘惑」に内在する、「意志」や「主体性」の問題である。この点から「どこ行くの」を検討する前に、アメリカにおける「誘惑小説」の起源、十八世紀末に書かれた誘惑され破滅する女性たちの物語をみていきたい。なぜならそれは、「誘惑」と女性主体の関係を考察する視点を与えてくれるからである。

アメリカ小説の起源は「誘惑」のモチーフと深く絡み合っている。十八世紀末のアメリカの小説の黎明期においては、イギリスの誘惑小説サミュエル・リチャードソンの『パメラ』の影響のもと、アメリカ最初の小説ともいわれるウィリアム・ヒル・ブラウンの『共感力』、スザンナ・ハズウェル・ローソンの『シャーロット・テンプル』、ハナ・ウェブスター・フォスターの『コケット』などの「感傷小説／誘惑小説」が出版され、多くの読者を得ることになった。共通するプロットは、若い女性が男性に誘惑され、破滅し、多くの場合、自殺するか、妊娠して出産後死亡するというものであり、その本来の（表向きの）目的は教訓にある。ブラウンは『共感力』

の「まえがき」で、この小説は「誘惑がもたらす危険な結末をあばき出し、女性教育の利点を明らかにし、また推奨するものである」と宣言する[3]（7）。あるいはローソンは物語の中で、語り手として、親が認めていない愛の声には耳を傾けず、意志を強く持ち、誘惑から自由になれるように祈ることを読者、特に中流階級の若い女性に助言する（26）。

『コケット』はイライザ・ウォートンという牧師の娘が、周りがすすめる牧師ボイヤーとの結婚に満足できず、一方で道楽者のサンフォードともつきあい、その結果、ボイヤーに捨てられ、サンフォードの子供を身ごもり、子供を死産して自らも死ぬという物語である。よく知られているように、『コケット』も実際にあった事件をモデルにしている。それは、植民地時代にもさかのぼる名家の出身で教養もある女性エリザベス・ホイットマンが、誘惑されて妊娠し、一七八八年七月に、こっそりと旅館で子供を死産し、本人も産褥熱で亡くなったという事件である。最初は身元不明で新聞に発表されたこの事件はすぐにスキャンダルとなり、さらに身元が判明すると、ジャーナリストや牧師がこぞってその事件を「若い女性への良い教訓話」として利用し、道徳的なアレゴリーとしての「エリザベス・ホイットマン・アレゴリー」が流布することになる（Davidson 141）。ホイットマンの事件は、『共感力』でも言及されているが、ブラウンはホイットマンが堕落した理由は、彼女が「ロマンスと小説の熱烈な読者で、そういった間違った情報から男性像を作り上げた結果、自惚れた（vain）放蕩娘となり、結婚を数々申し込まれても、自分の空想の中の理想にあった男性がいるのではないかと思い、断った」からだと説明している（23）。

このように誘惑小説とは、ドナ・R・ボンタティバスの言を借りると、「女性が定められた役割をこえるという罪をおかし、その罰として、侵犯の産物たる赤ん坊を産んだすぐ後に死んでしまう」（5）という、女性の罪と罰のアレゴリーである。そもそも十八世紀のピューリタニズムを基盤とした家父長制社会では、女性には自分の意志で恋愛や結婚の相手を選ぶ権利はなく、「流通貨幣のように、父親の元から結婚という契約を通してもう一人の男性である夫の元へと手渡されない限り、尊重されることはない」のである（進藤　三八）。つまり、女性に求められる意志とは、女性としての規範・役割を守る意志であり、規範外のことを自由に決める意志は持つことができなかった。

誘惑小説はこのように、表面的には女性を矯正するための教訓話として機能する。しかし女性の破滅を描くために、なぜこれらの小説は共通して誘惑というモチーフを用いているのだろうか。誘惑とは、イブの誘惑のように、善か悪か、規範を守るか守らないかという選択の問題である。ということは、そこには規範外の選択肢が必ず存在し、それを選ぶには規範に捉われない主体の自由意志が必要である。つまり、「誘惑」というモチーフを利用する限り、そこには誘惑されるものの自由意志、あるいは主体性というものが必ず問題として浮上することになるはずである。そうであれば、これらの作家たちが女性の誘惑事件を小説化したのは、女性の主体性や意志に関心をもっていたからだといえるのではないだろうか。

もちろん、すでに批評家は誘惑小説における女性の主体性の問題に注目している。巽孝之は『シャーロット・テンプル』においては、破滅する乙女シャーロットのみならず、他の欲望に忠実に生き破滅する、あるいは破滅させる登場人物たちもみな、「自分たちなりの立場から共和制ならではの主体の探求を実現しようとしたのではなかったか」（九三）と指摘する。例えばシャーロットを誘惑に導く女性教師ラ・ルーは、母親の教えを忠実に守り、誘惑者たる青年モントラヴィルからの手紙を開けようとしないシャーロットに対し、「それじゃあ、あなたは一生ずっと自立しないでいるつもりなの。ほら、手紙を開けて、それを読んで、自分で判断するのよ。もしその手紙をお母様に見せたら、結果はわかるでしょう、学校から出されて、厳しい監視のもとに置かれることになるのよ」（28）と助言するが、こういったラ・ルーの言動は「共和制女性ならではの自己認識に立脚し新時代の主体形成を促すもの」とも解釈できる（巽　九四）。

エリザベス・ホイットマンをモデルとした『コケット』のイライザは、純朴なシャーロットに比べるとより自己主張の強い女性で、結婚においても女性には許されない自由意志を貫こうとする。彼女は、自分は男性にとって魅力的であると自負し（12-13）、実際、様々な男に言い寄られる。そういった楽しみを重視する彼女にとって「結婚は友情の墓場」であり（123）、母や友人からみると理想的な相手であるボイヤーとの結婚は、節制が重視され、快楽のない家庭に入るということを意味する。結婚とは彼女にとって「家庭という檻」に幽閉されること以外のなにものでもない。そして彼女は「理性」による判断ではなく、想像力がもたらす快楽の魅力に従い、家庭という「拘束（constraint and confinement）」（126）や世間の監視下におかれることを拒否するが、このようなイライザの価値観は、結婚こそ徳ある女性の最終目標であると考えられた時代においては「極めて異質なもの」であるといえる（内堀　二三九）。さらにいえば、イライザは社交の場で、女性にはふさわしくないとされる政治の議論にも参加している（139）。こうした自由意志を持った女性たちは、教訓小説のプロットの上では破滅を免れることができない。しかし小説が、選択を迫られて逡巡する女性たちの内面を探求するとき、そこには、抑圧に抵抗する女性主体の痕跡が必然的に記されることになる。

コニーの家庭は、一九六〇年代の普通のアメリカの中産階級の家庭である。十八世紀のピューリタニズムを基盤とした家父長制社会と比較すれば、コニーの家庭や、彼女をとりまく社会には、はっきりとした宗教的、家父長的抑圧はなさそうにみえる。たとえば、コニーの家庭はおそらく父が働きに出て母は専業主婦という典型的な二十世紀半ばの核家族であろうが、その父は「仕事でほとんど家にいなく、帰宅しても、新聞を読みながらご飯をさっさと食べてあとは寝るだけで、わざわざ家族といろいろ話そうとすることもない」のである（26）。無関心なのはコニーの父親だけではない。コニーは親友と時折、三マイル離れた町のショッピングプラザまで遊びに行くのだが、それを車で送り迎えしてくれる親友の父は、夜十一時に迎えに来ても、彼女たちがその間何をしていたのか――実際は、男の子に誘われないかとうろうろして、誘われると男の子とドライブを楽しんだりしていたのであるが――わざわざ聞くことはない。

少なくともここでオーツが描く一九六〇年代の父親たちは、もはや娘たち――恐らくはかつてのような流通貨幣としての役割は有していない六〇年代の中流階級の娘たち――の自由意志やセクシュアリティを管理あるいは監視したりはしない。しかし、だからといって彼女たちが本当の意味で自由を謳歌できているのかどうかは、注意しなくてはいけない。例えば、コニーたちは自由に遊んでいるかのように見えるが、車を運転できない、あるいは持っていない少女たちは、父親に送ってもらう以外にほとんど移動の自由がない。だから、夏休みの間にすることといえば、週に何度か遊びにいく以外は、家で男の子たちのことを夢想して過ごすくらいしかないのである。エレイン・ショウォールターが指摘する通り、小説の中で車を運転しているのは男性だけであり、コニーは「いつも、車でやってきて彼女を連れ去り、どこか他の場所へと連れていく男に支配されている」、つまり「女性には行為主体性も、移動手段も、車もない」(Showalter, Introduction 17) のであり、その意味ではコニーも家庭に、社会に緩やかに幽閉されているといえる。

では、十八世紀においては道徳的助言者であった母はどうであろうか。コニーの母親は無関心な父親に代わり、絶えずコニーに小言をいう。母親は、コニーのようにかわいくはないが真面目で堅実な姉をほめそやし、姉とは対照的に見た目ばかりを気にし、ふらふらしているコニーに「自分のことを何だと思ってるの?自分のことがかわいいとでも思ってるの?」(25) などと、文句をいう。それにうんざりしたコニーは、「お母さんなんか死んでしまえばいいし、あたしだって死んでしまいたいぐらい。そうすれば何もかも終わりだわ」(26) と考える。このことばは、後に展開するコニーの誘惑の「危険な結末」を考えれば、その伏線ともなる意味深いものではあるが、しかしこの時点ではもちろん彼女は母の言動を束縛であるとみなしていないし、「死」を真剣に考えているわけでもない。実際、本当のところ母は自分の若い時と同じように「かわいい」コニーの方を姉よりも気に入っている、とコニーは考えており、そういった意味では、母も見た目を基盤とするコニーのアイデンティティ形成に一役買っているといえる。

また、コニーの周りには、キリスト教的価値観の影響も見えない。そもそもコニーの家族は日曜日だからといって教会にはいかない。その代わりに家族はバーベキューに出かけ、コニーは誘惑にあうのである。キリスト教に代わってコニーが信仰する宗教は、オーツがいうところの「ポップなティーンエイジ・カルチャー」(*"Smooth Talk"* 72)である。ウェグズが指摘するように、コニーを取り巻く若者文化を叙述する際には、「堕ちた宗教的イメジャリー」(100)が頻繁に用いられる。

彼女たちは、駐車している車や、流している車で迷路のようになっているところを通って、明るく照らされ、ハエのたかるレストランの方へ行った。その顔は、喜びと期待にみちて、まるで、彼女たちが心から望んでいるどんな安息の地も祝福も与えてくれる、闇夜に浮かびあがる神聖な建物に入っていくかのようだった。二人はカウンターに座った。足はくるぶしのところで交差させ、気持ちは高揚してきゃしゃな肩には力が入り、そんな状態で、音楽を聴いていた。それはあらゆるものをとても素敵なものにしてくれた。音楽はいつでも、教会の礼拝の時の音楽のように、背後にながれていた。何か頼れるものとして。(27-28)

このように、夜になると男の子との出会いを求めて訪れる「ハエのたかる」ドライブイン・レストランは彼女たちにとっての「安息の地(haven)」であり、退屈な日常生活、家庭生活からの「避難所」となっている。そして、かっこいい男の子に声をかけられ、ドライブに連れて行ってもらったりするのが、彼女たちにとっての「祝福（blessing）」である。背景に流れる音楽は礼拝の音楽のごとく鳴り響き、その音楽はあらゆるものを「とてもすてきな／善なるもの（so good）」にし、「頼りになるもの」として存在する。つまり、ウェグズが指摘するとおり、このレストランは「教会のグロテスクなパロディ」となっている（100）。そしてこういった若者文化が擬似宗教として、彼女の生を「すてきな／善き」もの、意味あるものにしてくれるのである。いってみれば、十八世紀の誘惑小説の女性主人公は、小説やロマンスの読みすぎにより想像力をたくましくさせて誘惑に導かれてしまうが、二十世紀半ばのコニーはポピュラー音楽や映画が提供する心地良いロマンスによって想像力を膨らませ誘惑を招いてしまう。

このようなコニーはグッド・ガールでもなければ、特にバッド・ガールでもない、普通のアメリカの少女である。要するに十五歳のコニーの世界には、自分の意志とか主体性とか、死の恐怖、善悪や罪、自分のアイデンティティは何なのか、といったような人間の実存に関わる「深刻」な問題は未だ存在していなかった、といえる。

しかし、このような茫漠としたコニーの自我の世界に、突然ある日曜日、悪魔が現れる。とはいえ、未だ「無垢」なる世界にいるコニーには、それが誰であるか認識する力はない。であるからアーノルド・フレンドが車に乗って突然コニーが一人でいる家にやってきた時、最初に彼女が気にしたことは自分の見た目である。そしてひどい格好かもと心配しながら「やだわ、どうしよう（Christ. Christ）」（31）と口走り、自分が相手に関心を持っていることや、喜んでいることを知られないように無愛想に喋ろうとする（32）。このように突然ドライブに誘いに来た男は、善と悪の区別もないコニーにとって、レストランで誘ってくる男の子たちと同じように彼女に祝福を与えてくれる存在であったのであり、この時点ではアーノルド・フレンドはコニーにとっての、退屈な日常や家庭からどこかへ連れ去ってくれる救い主（Christ）であったといえる。

だが、その救い主は徐々にベールを脱ぎ始める。コニーはしばらく、なんとなく怪しい男だと思いながらもドアの敷居に立ったままアーノルドとの対話を続けていくが、やがて、彼は暴力的な様子を見せはじめ、そしてとうとう自分の目的は性的なものであることを告げる。その時、コニーは初めて激しい反応を見せる。

「……逃げなきゃとか、何かのそぶりを見せなきゃとか思わなくてもいいくらい君をぎゅっと抱きしめるんだ。そうなったら君は何もできないだろうからね。そして君の中に入っていくんだ、あの秘密の場所にね。そして君は俺に従い、俺を愛するようになる――」

「やめて！　あんた狂ってるわ！」とコニーは言った。彼女はドアから退いた。まるで何か恐ろしいことを耳にしたかのように、それは私にむけて言われたことじゃないわといったかのように、彼女は手で両耳を塞いだ。（40）

性的なことばを投げかけられ、コニーは思わずドアから離れ、家の中へ向かおうとするが、それは、ロマンチックな男の子との夢のような関係しか頭になかったコニーが、初めて自身のセクシュアリティの意味を知り、それが「何か恐ろしいこと」につながることを認識したことを示す身振りであるといえる。コニーにとってそれまでの男の子との関係は彼女を幸せにするものであり、自身のセクシュアリティを罪や悪といった概念と結びつけることはなかった。しかしここで彼女は、車に乗って彼女を誘いにきた男は救い主（Christ）ではなく、悪魔であり、これは単なる誘いではなく、こえてはいけないものをこえることになる（crossing over）（Oates, "*Smooth Talk*" 69）誘惑であることを感知する。この後、「警察を呼ぶわよ」というコニーのことばに、背が高く見えるように細工されたブーツをはいているため、よろめいたアーノルドが、「ちくしょう（Christ）」ということばを発すると、コニーは「あのひとの顔は全部仮面（マスク）なんだわ」（41）と考えるが、このことばは、彼女が救い主と悪魔を取り違えていたことを認識し、善と悪の区別のない世界から、善と悪の違いの認識へと移行したことを暗示している。

もちろんオーツはコニーの性的な目覚めを通して、一九六〇年代というアメリカの性道徳がキリスト教の枠組みから解放された／つつある時代においても、やはり女性がその役割を逸脱し、セクシュアリティの規範をこえることは悪、罪なのであり、こえた先には処罰がまっているというピューリタニズム的な見解、あるいはアレゴリーを提示しようとしているのではないであろう。[4] そうではなくて、一見宗教的な規範の枠外にいるようにみえるコニーが、自分がセクシュアリティと罪を深層においては結びつけているということを自己認識した、と解釈すべきではないだろうか。つまり、自分のセクシュアリティを自己の狭い世界、あるいは彼女の空想の世界においていて考えるのではなく、宗教や社会といったコンテクストから初めてコニーが考える契機となっているのである。たとえ父親が娘の行動に無関心であっても、未だ家父長的な女性規範が支配的な社会にあっては、女性のセクシュアリティや主体性は自己以外の力によって規定され、抑圧されている。そういった、表面的な自由の背後に隠れる抑圧、先述のアーバンスキのことばを借りれば「外部から定められた運命」といったものをここで初めてコニーは感知したのである。

そういったコニーの内面との出会いは、彼女の自我に微かではあるが変化をもたらす。コニーはアーノルド・フレンドの誘いの本当の意味に気がつき、悪魔から一度は退き、「警察を呼ぶ」と抵抗を試みるが（41）、最後に家から出てアーノルド・フレンドが待つ方へと向かっていくことになる。しかし、コニーは決して無力なままに誘惑に屈したわけではない。アーノルドはコニーがドライブに一緒に行かないのであれば、家族はどうなるのかわからないが、もし来るのであれば家族は無事だろうと彼女を説得／脅迫する。この時コニーは「もう二度とお母さんには会わないんだわ」、「もう二度と自分のベッドで眠ることはないんだわ」（46）と思う一方で―これは、以前は軽く口にしていた「死」が今や目の前に実存的な問題として差し迫っていることをコニーが認識していることを示している―、「考えなきゃ。何をすべきか理解しなきゃ」（46）と思案する。おそらくこの時コニーは初めて、自分の行動に関する「選択」の問題に直面することになったのであり、自分の行動の意味を問うことになったのである。そして最後に、アーノルド・フレンドの「自分で立つんだ」ということばを聞いて、コニーは立ち上がり、家から出て行くことになる。

「あいつらを傷つけたくないだろう」とアーノルド・フレンドは続けた。「さあ、ハニー、立ち上がるんだ。自分の力で立ち上がるんだ」

彼女は立った。（47）

ここでのコニーは、家族がどうなるかわからないと脅されて、操り人形のようになって誘惑に屈したとも見えるし、と同時に自らの意志で立ち上がって出て行ったともとれる。オーツ自身はこの彼女の、家族のために自分を犠牲にする行為を、以下のように説明している。

コニーは浅はかで、自惚れていて（vain）、愚かで、楽観的で、運命づけられている―しかし、物語の終りに予想外の英雄的な身振りをとることができたのだ。……言葉巧みな（smooth-talking）誘惑者は彼女に、もし自分に従うなら家族に危害は加えないぞ、と約束し、そして彼女は従ったのである。（"*Smooth Talk*"

とするとコニーは悪魔／死に誘惑される無力な乙女、ではなく、自分の意志で自分のすべきことを選択した可能性が残されていることになる。そして、その家族のために犠牲になるという行為は、同時に家族を離れる／捨てるということになるのであるが、それは自分がそれまでに依存していたものと訣別し、あらたな自己を獲得する契機となることを意味するともいえる。コニーは誘惑のプロセスの中で、今まで見ようとしなかった、あるいは見えなかった善悪や罪や死と対峙することになった。そして、それまで彼女を守ってくれてはいたが、表層的な意味での善悪の区別や罪や死しか存在しなかった家庭を自分の決断で出て行くことにより、アダムとイブ以降の人間と同様に善悪、罪、死を引き受けて生きていくことになる。誘惑の際にアーノルドはコニーに何度も「いい娘だから（a good girl）」と問いかけ、最後に立ち上がったコニーに対して「君は家族の誰よりも偉いんだ、だって、あいつらの誰一人君のためにこんなことをしようとはしなかっただろうからさ」（47）というが、それは皮肉にもコニーは悪魔の誘いに半ば主体的に従うことで“good”な存在となり、真の“good”の意味を知ることになる、ということを示唆している。つまり、作者オーツは、主体性や自由意志、善悪の問題などと無縁そうな少女の物語に、改めて誘惑という物語装置をしかけることで、その内に潜んでいる人間の実存に関わる善、悪、罪の認識の意味といったものを、あぶりだしてみせたのである。

コニーはどこにでもいそうな少女である。しかし、「どこにでもいそうだ」ということは、その個別性の欠如ゆえに「どこにもいない」と同じことであろう。そのような少女に対しては誰も、家族も、「どこ行っていたの?」とも「どこへ行くの?」とも聞いたりはしない。そしてこのような少女が暴行されて殺害されたとしても、その経験は社会の中に埋没し、誰もその内面を推し量ろうとはしないであろう。あるいはたとえそこで誘惑を拒否していたとしても、恐らくその先に待っているのは結婚して、一九六〇年代の「名前のない女性」の一人となり、やはり社会に埋没することであったかもしれない。だが、オーツがこの短編で試みたことは、このようなアメリカ社会の中で埋没し、「沈黙させられ、ものを言えない女性達」(Showalter Introduction, 8) に声を与えることであったのである。

十八世紀末の女性作家であるフォスターは、実際の出来事をもとに『コケット』を執筆する際、書簡体小説という人物の内面を提示する枠組みと誘惑というモチーフを与えることで、ピューリタニズムに基づく家父長的規範から逸脱したために孤独に死んでいった女性に声を与え、それにより女性の欲望と自由意志の存在とそれを阻む社会のありようを暴露した。一九六〇年代のオーツは、男に誘われ暴力的な死を迎えた少女たちから、「浅はかで自惚れ屋」の、コニーを創造/想像したが、それを通して彼女たちの内面の声に耳を傾け、その経験をアレゴリカルなドラマとした。十八世紀末の誘惑小説も、二十世紀のコニーの物語も、いわば誘惑というモチーフを逆手にとって、声なき女性主体に声を与える物語/アレゴリーであったのである。

＊本稿は、第二五回日本アメリカ文学会北海道支部大会シンポジウム『キリスト教の中のアメリカ文学――神の不在と介在』(二〇一五年十二月十九日　北海学園大学) において、「Will Connie Be a Christian? :"Where Are You Going, Where Have You Been?" における罪と主体と誘惑という装置」のタイトルで口頭発表した原稿を、大幅に加筆修正したものである。

注

(1) この連続殺人事件は当時、さまざまな記事を生み出したが、特にオーツに影響を与えたとされるのが「トゥーソンの笛吹き」というタイトルで『ライフ』一九六六年三月号に掲載された記事である。この記事と「どこ行くの」との関連性、アーノルドとシュミットの類似性についてはトム・クワークが詳細に論じている。

（2）オーツがこの作品をホーソーン的な作品と説明しているように（"*Smooth Talk*" 68）、コニーの悪魔との出会いを、ホーソーン的な内面あるいは無意識の探求と解釈することも可能であろう。例えばジョーン・D・ウィンスロウは、「どこ行くの」と「若いグッドマン・ブラウン」を比較しながら、コニーのアーノルド／悪魔との出会いは、自己自身の一部との出会いであり（92）、アーノルドは彼女自身の抑圧された恐怖、罪といった否定的感情が投影された像であると指摘している（94）。またジョイス・M・ウェグズは、彼はコニーの「無意識のエロティックな欲望と夢を具現したもの」であると解釈している（104）。

（3）一七八九年に出版された『共感力』は、一七八八年にボストンでおきたファニー・アプソープという女性が義理の兄ペレス・モートンに妊娠させられ自殺した事件に基づいて書かれている。

（4）ショウォールターが指摘するとおり、本作品も、一九六〇年代から七〇年代の初期の批評においては「善と悪のアレゴリー」として解釈され、多くの批評家がコニーの母親の視点から、彼女の「くだらない価値観」や、彼女が男の子に夢中になっていることを非難し、コニーの世界は卑俗な若者文化でできていて、だから致命的な誘惑に陥ってしまうのだ、と批判していた（Introduction 9）。つまり、十八世紀末の誘惑小説と同様に、コニーの物語も一種の教訓と読まれていたのである。

引用文献

Bontatibus, Donna R. *The Seduction Novel of the Early Nation: A Call for Socio-Political Reform*. East Lansing: MSUP, 1999.

Brown, William Hill, and Hannah Webster Foster. *The Power of Sympathy and the Coquette*. New York: Penguin, 1996.

Davidson, Cathy N. *Revolution and the Word: The Rise of the Novel in America*. New York: OUP, 1986.

Oates, Joyce Carol. "Where Are You Going, Where Have You Been?" 1966. Showalter 25-48.

———. "'Where Are You Going, Where Have You Been?' and *Smooth Talk*: Short Story into Film." *(Woman) Writer:*

Occasions and Opportunities. New York: E. P. Dutton, 1988. 316-21. Rpt. in Showalter 67-72.
Gillis, Christina Marsden. "Where Are You Going, Where Have You Been?': Seduction, Space, and a Fictional Mode." *Studies in Short Fiction* 18 (1981):65-70. Rpt. in Showalter 133-40.
Quirk, Tom. "A Source for 'Where Are You Going, Where Have You Been?'" *Studies in Short Fiction* 18 (1981): 413-20. Rpt. in Showalter 81-89.
Rowson, Susanna. *Charlotte Temple and Lucy Temple*. New York: Penguin Books, 1991.
Showalter, Elaine, ed. *"Where Are You Going, Where Have You Been?"* New Brunswick: RUP, 1994.
———. "Introduction". Showalter 3-20.
Urbanski, Marie Mitchell Olesen. "Existential Allegory: Joyce Carol Oates's 'Where Are You Going, Where Have You Been?'" *Studies in Short Fiction* 15 (1978): 200-03. Rpt. in Showalter 75-79.
Wegs, Joyce M. "'Don't You Know Who I Am?': The Grotesque in Oates's 'Where Are You Going, Where Have You Been?'" *Journal of Narrative Technique* 5 (1975): 66-72. Rpt. in Showalter 99-107.
Winslow, Joan D. "The Stranger Within: Two Stories by Oates and Hawthorne." *Studies in Short Fiction* 17 (1980): 262-68. Rpt. in Showalter 91-98.
内堀奈保子「十八世紀末アメリカ文学——『シャーロット・テンプル』と『コケット』——」（終章）『不道徳な女性の出現——独仏英米の比較文化』今村武、橋本由紀子、小野寺玲子、内堀奈保子著　南窓社、二〇一一
進藤鈴子『アメリカ大衆小説の誕生——一八五〇年代の女性作家たち』彩流社、二〇〇一
巽 孝之『アメリカン・ソドム』研究社出版、二〇〇一

ロコとしてのアイデンティティ
――イメージから読む、ロイス・アン・ヤマナカの『ワイルド・ミートとブリー・バーガー』――

平野　真理子

一九九六年に発表された『ワイルド・ミートとブリー・バーガー』は、ハワイ生まれのロコである日系三世作家ロイス・アン・ヤマナカによって、ピジン英語で書かれた小説である。ロコとは、二十一世紀に入ってから頻繁に使用されるようになった言葉で、英語の「ローカル」（地元）を意味し、ハワイに生まれ育ち、ハワイに住むネイティブ・ハワイアンやアジア系住民を指す（矢口　二〇二一―二〇四）。アジア系アメリカ文学作家であるヤマナカは、一九六一年にハワイのモロカイ島で生まれ、ハワイ島のサトウキビ農園で育った。彼女自身は学校でピジン英語を話すことが認められない環境で育ったのであるが、作家および教員として、ピジン英語こそが様々な考えを表明する手段であると考え、ピジン英語を特徴とする作品を精力的に執筆するに至った。ピジンに対するこのようなヤマナカの思いは、本作の主人公の言葉、

でも、あたしには、先生が言うようなしゃべり方はできない。ハオレ（白人　著者注）のまねっこしゃべりをすれば別だけど、そうじゃなかったら、先生みたいな発音はできない。ちゃんとした言葉づかいはできる。うんと気をつければ、そんなに難しくない。でも発音はだめ、あたしの口から出る音はどうしようもな

い。無理やり唇のあいだから音を引きずりだそうとしても、必ず、うちでしゃべってるみたいな発音になっちゃうんだもん。（斎藤　二一、以下『ワイルド・ミートとブリー・バーガー』からの引用はページ数のみ示す）

にも表れているといえよう。

一　アジア系アメリカ文学とピジン

アジア系アメリカ文学という表現が用いられるようになったのは、一九六〇年代後半になってからであり、この時期は、一九六〇年代の黒人の公民権運動に続いて、それまでマイノリティであったアジア系アメリカ人による運動が盛んになり、彼らの人種的、文化的アイデンティティが主張され始めた時期とも重なる。アジア系アメリカ移民の歴史は十九世紀前半から始まるにもかかわらず、それまで彼らはマイノリティとしてアメリカの主流からは排除されてきた。七〇年代に入り、彼らが自分たちの言葉で語りだした時、注目すべきは、その新しい文学ジャンルの作品群が主に女性によって発表されたという点である。本作もその流れの中から生まれたものであり、ピジン英語で書かれていることがその特徴である。ピジン英語とは、英単語を用いることを共通点として、独自の文法を持つ世界中の多くの言語を指し、パシフィック・ピジン・イングリッシュ、ウエスト・アフリカン・ピジン・イングリッシュ、チャイニーズ・ピジン・イングリッシュなどがある。ピジンは「砕けた英語」（“broken” English）ではなく、独立した一つの言語形態である（Sakoda, vii）。ハワイにおけるピジンは、もともと十九世紀に中国、ポルトガル、日本、韓国、フィリピンなど、様々な国からやってきた人々がハワイの人々とともにサトウキビ畑で働く際に、互いにコミュニケーションを図るために発展したものである。そしてそれがプランテーションの外でも使用されるようになり、複雑化していった。しだいに異なる言語グループの人と話す際だけではなく、自身の家族と話す際にもピジンを用いる者が出てくるようになったのである。そして、そのような家庭の子どもは、幼い頃にピジンを習得し、家庭では親の話す言語を使用する一方で、他の子どもと話す際にはピジンを用いた。この世代が成人すると、ピジンが彼らの主たる言語となり、次世代へと引き継がれていった。このようにして、ピジンはハワイ生まれの人々にとって母語となったのである。ピジンは、ハワイ語、ポルトガル語、中国語から最も影響を受けたと言われている。

本稿では、ハワイを舞台に、このような背景を持つピジンを話す主人公、ラヴィ・ナリヨシのロコとしてのアイデンティティの目覚めを、彼女のハオレに対する憧れと、両親との関係に注目し、それらを彼女が抱く「イメージ」を通して論じることとする。

二　ハオレへの憧れ

本作は一九七〇年前後のハワイ島のヒロを舞台とした作品であり、主人公である一一歳の少女、ラヴィ・ナリヨシは、日系二世の両親を持つ日系三世である。彼女は、「あたしには友だちがいない。ひとりも。ジェリーしかいない」（一一）と語るように、唯一友人と呼べるのはクラスメイトの少年ジェリーだけである。「ハワイにいる、うちの一族のひとり、ハオレみたいな顔じゃないし、ハオレみたいなしゃべり方をしない」（一八）ことに引け目を感じ、クラスメイトからは「ジャップのくせして、ほんとにあほだな」、「だから、あんたたち、〝細目〟は、ろくでもない真珠湾攻撃なんかしたのよ」（一二）と侮辱され、彼女のような日系人は次のように位置づけられている。

あたしたちの学校では、ハワイの血がまじってる子が純粋な日本人とつきあうなんて、最後の最後、どうしてもほかにつきあう子がいないときだ。誰だって、つきあうんならハーフの子だって思ってる。誰もがハワイの混血の子とつきあいたがってる。(二六八)

ラヴィは同じ日系人のクラスメイトに向かって、「毛深いオキナワ女」(二三〇)、「くそったれの、ちびのオキナワ人」(二三二) などとなじり、それに対して「家族もみんなおかしいしね、先住民みたいに、みんなして居間の床に寝てるんでしょ、違う?」(二三二) と応酬を受ける。クラス内の人間関係は、当時のハワイにおける日系社会の縮図であると言えるだろう。ラヴィは日々、「あたしはあいつらが大っ嫌い。あいつらもあたしが大っ嫌い」(二三七) という想いを抱えながら学校生活を送っている。彼女は感性が強く、常に、ものごとをイメージや感覚を通して捉え、自己表現するのである。

あたし、ベビーパウダーや、古いコーデュロイの装飾用枕カバーや、生まれたばかりの子犬の口や、擦ったときのマッチや、ちぎったレモンの葉の匂いが好き。あたし、水の落ちる音が好き。夜、寝室の窓のすぐ外からきこえてきたら、いいのになあ。(三〇三)

本作品の舞台である一九七〇年のハワイにおいて、日系人の数は二一万人であり、ハワイ州全人口の約三分の一を占めていた(中鉢 三五)。また、学校ではピジンではなく、標準英語を話すよう促されており、本作品においてもラヴィは、親族の誰ひとりとして、顔つきもハオレのようではないばかりか、ハオレのようなしゃべり方をしないことをあげ、唯一の友人であるジェリーにさえ言えないほど、実はピジンを恥ずかしく思っている。そして同時に、どうしてもきちんとした標準英語を話すことができないことを歯がゆく感じているのである。

ネイティヴ・ハワイアン、ハオレ、日系アメリカ人、混血ハワイアン、その他のエスニシティが混在する中で、彼女はハオレに対して強い憧れを抱いており、彼女は、「立派な名前がほしいなあ……ハオレになりたい。ハオレの名字の日本人になりたい」（四三）、「とにかく、ハオレのほうがいいってこと」（四二）と彼らに対して盲目的な憧れを抱いている。

こういうのが完璧なハオレの家。洗面所には、紙コップのディスペンサーがあって、下のほうにブルーとピンクの花模様がついた、ディキシーの紙コップが入ってる。ディスペンサーがあれば、紙コップの底に自分の名前を書いて、とっておかなくてもいい。使い終わったコップは、ピンクの小さなくずかごに捨てる。クリスマスには、お母さんが、ヒイラギの模様のついたコップをディスペンサーに入れておいてくれる。

洗濯かごだって、プラスチックなんかじゃなくて、藤のかごだし、予備のトイレットペーパーには、毛糸のプードルがかぶせてある。バラの形の石鹸が石鹸とセットになってる磁器のお皿にのってるし、タオルだってバラ色。シャワーカーテンもバラ色だし、トイレのマットも便座カバーもバラの模様。もちろん、どっちも、すりきれてつるつるになったようなのじゃなくて、けばのある、ふかふかしたやつ。クリスマスには、毛糸のプードルが毛糸のサンタクロースに変わる。（三一）

ラヴィの「憧れ」は、ハワイのロコらしいアイテムにあふれ、イメージは次から次へと膨らんでゆく。

また、味覚の点からも憧れは語られる。缶詰めのホウレンソウ入りチキン・ルアウや、牛の胃袋のシチューなど普段の食事を、「恥ずかしい」と思っており、クリスマスには、ネスレのインスタントではなく、ハオレの家庭のように「お母さんがクリスマス用のマグカップをだして、ホイップクリームとシナモンの入った、本格的なココアを入れてくれ」(三二)ることを夢見ている。さらに、憧れは嗅覚的な視点からも続けられる。「ハオレって独特の匂いがする。甘ったるい香り。ジョンソンのベビーパウダーみたいなんじゃなくて、むせるような香水の香り。ヴィッキーはそんな匂いがした」(三五)。ラヴィはそのようなヴィッキー一家がうらやましくて仕方がない。さらに、そのようなクラスメイトの「完璧な家の完璧なトイレ」ではお父さんが、「『スポーツ・イラストレイティッド』の最新号を読みながら〝大〟をすませると、あたり一面に防臭剤のライゾールをスプレー」し、「どこで擦っても火がつくカウボーイ・マッチを擦って、匂いを消したり」(三一)はしない、と自身の家との相違を嘆く。このように、ラヴィのハオレに対する強い憧れは、嗅覚、味覚、視覚に訴えかける「イメージ」で語られるのである。

三　父母との関係

次にラヴィと母との関係を、彼女の父との関係との対比の中で考察してみたい。一九七〇年代に入りアジア系アメリカ文学が盛んになると、その特徴として挙げられるのは、母娘関係を深く掘り下げるテーマが多く扱われているという点である。一九七〇年代後半から一九八〇年代にかけてのフェミニスト研究においては、「父」と「子」に代わり、「母」と「娘」という女性同士の関係性が注目されるようになった(小林　一五〇)。本作でもラヴィと母親の二人の関係を物語る場面が随所に登場するのだが、ラヴィと母との関係はラヴィにどのような影響を及ぼしているのだろうか。

ラヴィと母との関係の特徴は、その密接な身体的接触にあると言える。ラヴィは金曜の夜、母親の入浴前に彼女の背中のニキビをつぶすことを習慣としている。

金曜日の夜、母さんがお風呂に入るまえに、背中のにきびをつぶしてあげるのが、なによりも好き。……少し指に力をいれてひねると、コルゲート歯磨きのチューブをふんづけたときみたいにぽんとにきびの口が開いて、白い脂がぴゅうっと出てくる。あたしは、そのみごとなとぐろを崩さないように気をつけながら、親指の爪で注意深く脂をとる。（四五）

また、母親の白髪を抜くという習慣も、密接な身体的接触としてあげられる。ラヴィは、ヒロのような小さな町で娘を育てると白髪が生える、と嘆く母親の白髪を根元から抜くと一本につき十セントをもらう。母親は抜けた白髪の根元の蠟みたいな玉を「じっと」見る。ラヴィは自分の髪も引っこ抜き、母親がするのと同じく、根元の蠟みたいな玉を「じっと」見るのである。日曜の午後ラヴィは、母親の白髪手入れや自身の髪をもてあそんで過ごすことが習慣となっている。一方でラヴィの母親は、ハオレになりたいというラヴィの希望を叶えてやる。「できあがったら、ファラ・フォーセットみたいにみえるわよ。髪型を変えたらアンジー・ディキンソン、カールさせたらシャーリー・テンプルね」（七一）といいながら、家庭用パーマ液を使い、強烈なにおいを発しながらラヴィにパーマをかける。また中学生の最後の年に行われるラストダンスの際に、アイブローペンシルでつけまつげや「イヴォン・エリマンみたいなほくろを上唇につけ」、「レブロンのヒスイ色のアイシャドー」（七一）を使って念入りにラヴィに化粧を施す。さらには、眉毛を抜いて整えアーチ形の眉を描いてやり、彼女のワンピースに合わせて、「キューテックスの〝ピーチー・キーン〟」のマニキュアとペディキュアを塗ってやるなど、娘のハオレに対する憧れを具現化しようとする。しかし、意匠を凝らした入念な仕上がりにもかかわらず、ラストダンスの後、ラヴィの眉は片方取れてなくなり、唇のほくろも行方不明になってしまう（のちに、それらは一緒にダンスを踊った相手の頬についていたことが発覚するのだが）。このエピソードは、いくら外面上取り繕っても、真のハオレになることは所詮不可能である、ということの象徴として受け取れるだろう。

母とのこのような外面的な関係は、ラヴィと父親との関係と対比することができる。ラヴィが、自身の両親、叔父叔母、いとこたちのこと、食事、住居のことを「恥ずかしい」と思っていることに対し、彼女の父は言う。

じっとよく自分を見つめるんだ。ありのままの自分を受け入れられなかったら、なにもできやしない。だから、おれは男の子がほしかったんだ。それがどうだ。おまえときたら、弱くて情けないやつだ、今までに出会った女たちとちっともかわりゃしない。（三二一）

父は、母のように娘の「ハオレ化」を手助けすることは決してしない。また父は、この世は男社会、しかもハオレの男の世界であり、ラヴィがそのような社会で通用するようになることの重要性を教えようとする。「ワイルド・ミートとブリー・バーガー」と称された章は、父が連れ帰った子牛を解体し、ハンバーガーに調理し、家族とともに食す、という内容である。普段から家族のためにカメやマトン、ウサギなどを解体し、台所でシチューやバーガーなどを調理する父から止められるものの、ラヴィの妹カルフーンは、子牛に「ブリー」と名付ける。そしてラヴィと二人で草を食ませたり一緒に遊んだりするうちに、情をもつようになってしまう。ある日、ブリーは父たちによって解体され、父は夕食にブリーの肉をパテにしたハンバーガーを作る。ひと口かじったラヴィは「変な味」と表現し、手が止まってしまう。父も、「ほら、どうした、ラヴィ、さっさと食べろ」とは言いつつも、その晩の夕食は、

誰も夕食を食べなかった。誰も後片付けをしなかった。かすかな匂いが台所に残っている。父さんが、あとでサイミンをゆでて、両目の目玉焼きとウィンナーソーセージを焼いてやろう、って言った。料理をサイミン用の大きな丼に入れて、ストロベリー・ニーハイもくれるって。それに今晩は、牛乳を飲まなくてもいいって。あたしたちは、遅くなってから、テレビの前で、黙ったままサイミンを食べた。父さんと、カルフーンと、あたし。（二〇七）

というものであった。また、時折、猟に娘を同行させる父は、マングースを仕留め、はく製にするまでの過程を包み隠さずラヴィに見せ、ラヴィが匂いのすごさにたじろぐ様子を直視する。しかしラヴィは父の思いに応えるかのようにめそそなどせず、湧き上がってくる唾を飲み込み、臭い死体が皮を剥がされるところを直視する。そして「父さん、深く息を吸いこんで、しっかり目をあけて、みてるからね」（一九六）と言うのである。ラヴィは身近な動物との触れ合いの中で、服や肌や髪についた動物の匂いを懐かしく思うことがあるのだが、そんなラヴィに父は、生き物との別れは避けて通れないこと、強くなる必要があることを告げる。ロコにとって、野生であれ、飼いならされた家畜であれ、それらを殺して食すことは当たり前のことであり（Usui, 30）、ラヴィの父も娘に身近な動物たちとの共生の在り方を自然体で見せ、ともにそれらを食す、という五感を通してロコとしての意識を持つことを身をもって教える。しかし、そのような場には、家族の一員であるはずの母はいつも不在である。

また、「生理」の章では、ラヴィが初潮を迎えた様子が描かれているが、母親は「あんたにはほんとにいらいらするわ」、「いいかげんにしなさいよ、ラヴィ」（一五五）と血を怖がるラヴィを突き放す。通常母は、初潮を迎えた娘の戸惑いを受け止め、その成長を喜ぶものであるが、「この血がこわくてこわくて、だから、母さんにも言えない」（一五五）というラヴィの言葉からは、ラヴィの母親との心理的距離感を読み取ることができる。ラヴィの母に対する心理的距離感は、母は気に入らない誰かに対して「容赦なく、長いこと、思いつくかぎりの方法」で痛めつけることが彼女のやり方であり、「母さんって、そういう人」（二八八）と受け止めているところからも伺える。一方、普段からアンスリウムの自家受粉の方法を教えたり、ヤギのナニーを動物園に連れて行き、交尾の様子を娘に見せるなどする父は、ラヴィの初潮を知ると、「ほう、おまえも女になったのか」と一言発するだけである。しかし、ラヴィは自身が初潮を迎えたせいで、もはや父の「弟子」でいられなくなったことを何よりも嘆く。ラヴィの頭のなかでは、

誰か、この血から助けて。
誰か。
ほう。
おまえも女になったのか。（一五八）

という言葉が繰り返され、それまで父と一緒に計画してきたことが実現できなくなったことを実感して悲しむのである。そして、父の弟子ではないことを自覚したラヴィは、父が銃の事故で失明するかもしれない事態に直面した際、自身のすべきことをはっきりと認識する。

そうだ、なにをしなきゃならないか、まえに父さんからきいてたじゃないか。父さんとあたしの大事なこと。（三三二）

かねてより父から聞いていた希望を叶えるため、父が視覚をなくす前に、ハウプ山の土を取りにカウアイまで飛行機に乗り、一人旅に出る決意をする。この時のラヴィはそれまでの空虚なハオレへの憧れや自己卑下が完全に消え、「父さんが天国をみるのを、誰にも邪魔させない」（三三八）、という強い決意のもと、必死でピジンを駆使して旅を遂行し、父のアイデンティティを象徴する「土」と共に帰宅するのである。

「父さん、覚えてる?父さんの父さんのとおなじだよ。父さん、言ったでしょ、この地上で天国をみたいって、覚えてる?また、故郷に行きたいって。この袋をあけたら、故郷にいるって、わかるよ」（三四一）

と語りかけ、父に土や小石を握らせ、その感触を味わわせるのである。

このように、母親とラヴィの関係は表層的であると言える。彼女の母親は自らメッセージを娘に向けて発することはなく、ラヴィ自身がその関係を通してハオレになることの意味や、自分とは何者か、ということを理解してゆくのである。一方父親は、ロコの精神性に根差した、直接的な人間関係を構築すべく娘に働きかける。はじめは父のそのような働きかけを受動的に受け止めていたラヴィが、主体的にその精神を受け止め、アイデンティティに目覚めてゆく様子が伺えるのである。

四　ハワイのローカリティ

七〇年代に入り、アジア系の女性作家たちによってアジア系アメリカ文学が興隆すると、先にも述べたとおり、それまで扱われることのなかった母娘間のテーマが進んで取り上げられるようになった。それはなぜであろうか。彼女たちが母系文化のルーツをもつこともあげられるが、彼女たちがアジア系として周縁化された存在であり、娘は母との葛藤を通して、支配的な文化に同化するのか、自らの民族文化を継承するのかの狭間で、どのようにアイデンティティを確立させるのか、という避けて通ることのできない問題を抱えているからである（小林　一五四）。本作においても、白人文化と比較すると距離の近い母娘関係をみることができるのだが、ラヴィの母は同性として娘と対峙する、アジア系アメリカ文学の系譜に見られるような母親としては描かれていない。母娘の関係は、父との関係との対比において意味をもつのである。

ヤマナカの作品のアイデンティティ表象は、従来の白人中心のアメリカ文学において周縁に追いやられ、マイノリティとして位置づけられる者たちについてである。そしてその表象は、マイノリティを周縁化された存在として留め置こうとする、従来の白人中心主義勢力に抵抗する中で生まれるのである。周縁化されたマイノリティではなく、ロコとしての彼らのアイデンティティをどのように表現するか、ヤマナカは常にさまざまな視点を模索している（Watanabe, 11）。ハワイ固有の文化やロコの生活を、嗅覚や触覚、味覚といった人間の根源的な性質に焦点を当てるヤマナカの手法からは、生き生きとしたロコの躍動感が伝わってくる。

アジア系アメリカ文学のパターンにおさまることなく、独自の視点で新しいアジア系アメリカ文学の可能性に挑む姿からは、ヤマナカが、アジア系作家として自身の担う役割に対する明確なビジョンを読み取ることができる。彼女の作品は、それまでの独占的で均質的なアメリカ化の力に異議を唱え、現代アメリカ文学を再定義し続けている。今日、ピジンとロコのアイデンティティには密接な関係があるにも関わらず、ピジンはハワイの内でも外でも一言語としての確固たる位置をいまだ確立できず、いわば「汚名」を着せられたままである（Drager, 71）。本作は、ローカルに根差した、生命力あふれるハワイの魅力を存分に読者に提示すると同時に、ピジンとロコのアイデンティティという今日的問題に真正面から取り組むパイオニア的作品であると言えるだろう。

引用・参考文献

Chock, Eric. *Issue #91 of Bamboo Ridge, Journal of Hawaii Literature and Arts*. Honolulu: Bamboo Ridge Press, 2007.

Drager, Katie. "Pidgin and Hawai'i English: An overview." *International Journal of Language, Translation and Intercultural Communication*, 1(1) 2012. 61-73.

Okamura, Jonathan Y. *Ethnicity and Inequality in Hawai'i*. Philadelphia: Temple UP,2008.

Rohrer, Judy. *Haoles in Hawai'i*. Honolulu:U of Hawai'i Press, 2010.

Sakoda, Kent and Jeff Siegel. *Pidgin Grammar: An Introduction to the Creole Language of Hawai'i*. Honolulu: Bess Press, 2003.

Takahashi, Jere. Nisei/Sansei: Shifting Japanese American Identities and Politics. Philadelphia: Temple UP, 1997.

Usui, Masami. "Sexual Colonialism in a Postcolonial Era in Lois-Ann Yamanaka's Novels : Wild Meat and the Bully Burger, Blu's Hanging, Name Me Nobody, Heads by Harry, and Father of the Four Passages." *Doshisha literature*, (47), 2004, 27-51.

Watanabe, Asami. *A Sociolinguistic Approach to Representations of Identities in Contemporary American Ethnic Women's Writings*.『札幌大学総合論叢』第四十二号　二〇一六　一―一二頁

Yamanaka, Lois-Ann. *Wild Meat and the Bully Burgers*. New York: Harvest, 1996.

Yanagihashi, Min. *JAPANESE AMERICANS IN HAWAI'I: ACCULTURATION AND ASSIMILATION*. http://www.southernazjapan.org/wp-content/uploads/2016/08/JAPANESE-AMERICANS- IN-HAWAII-2.pdf

飯田耕二郎『ハワイ日系人の歴史地理』ナカニシヤ出版　二〇〇三

倉橋洋子「日系アメリカ文学にみられるハワイ日系人の軋轢——本土との比較において」『金城学院大学論集　英米文学編』第四十号　一九九九　七一—八八頁

小林富久子『ジェンダーとエスニシティで読むアメリカ女性作家——周縁から境界へ』学藝書林　二〇〇六

中鉢奈津子「ハワイ日系人社会の特徴」『外務省調査月報』No.4 二〇〇七　二九—四九頁

矢口祐人『憧れのハワイ——日本人のハワイ観——』中央公論新社　二〇一一

ヤマナカ、ロイス・アン　斎藤倫子訳『ワイルド・ミートとブリーバーガー』東京創元社　一九九八

あとがき

市川　緑

「文学と評論」の会が創立されてから四十五年が過ぎた。機関誌の定期刊行とは別に、二〇〇三年以降は数年ごとに書籍を出版しており、これまでに『未来へのヴィジョン』、『ロマンティシズム』、『文学とサイエンス』、『文学と戦争』、『超自然』の五冊を編んでいる。時代やジャンルを問わず、ある一つの観点から英米文学作品を眺めてみるという企画である。共著者として参加した四冊を振り返ると、集まった論文によって、各回のテーマを軸とした文学史が意図せずして浮かび上がるところがおもしろく、学ぶところの多い経験であった。このたびは編者代表を務めさせていただいた。

今回の統一テーマは「比喩」とした。文学は比喩のるつぼである。直喩、隠喩、諷喩、換喩、提喩など、広義の比喩を作家がどう用い、どのような効果を及ぼしているかに注目した。時代、地域、民族、言語が変われば比喩も変わる。比喩というレトリックが成り立つには、受け手（読者）が連想の基盤を共有する必要がある。国も時代も異なる比喩が肺腑に沁みるようにわかる驚きもあれば、理解しきれずに違和感が残ったり、受け手の側で意味や効果のずれが生じたり、言語感覚の変容や新しいものの見方がもたらされることもある。翻訳による影響も大きい。外国文学のおもしろさの一端は間違いなくそこにあると思う。

『レトリック事典』（佐藤信夫他、大修館、二〇〇六年）によれば、諷喩には「二つのシステムの照応（あるいは平行する構造）」（四九八）がある。諷喩（アレゴリー）は、レトリックを指す用語であり、また美術における寓意的手法でもある。同時にこの語はジャンルとしての寓話も指し、『イソップ物語』のような教訓話、神のメッセージを歴史的記述に読み取る聖書はこの典型である。諷喩を、隠喩が一つの大きな構想として展開した語りと解釈すれば、あらゆる文学作品は、そこから何らかの寓意を抽出することのできる大きな諷喩であると考えられる。作品世界と現実世界の「二つのシステムの照応」関係があり、その二つをつなぐのは作者と読者である。

そもそも「人間の認識活動そのものが諷喩＝隠喩的発想に支えられている」（野内良三『レトリック辞典』国書刊行会　二〇〇三年、二八〇）。人文、科学、社会、公的、私的など領域の別を問わず、そうである。ことばは「私」を中心とした身体的で「素朴な実在論（naïve realism）」に基づくものである（瀬戸賢一『よくわかる比喩』研究社　二〇〇五年、二六）。われわれは、自分にとって「親しい一連の具体的な事実（既知のデータ）を手がかりに」、抽象的理念、人間性、世相、新たな知見、未解明の事象など「世界の真相＝深層（未知のデータ）」を読み取り、理解する（野内　二八〇）。少なくとも、比喩によって理解したつもりになれる。「真・善・美のような概念」へは「メタファーを介してしか接近不可能だと思える」（瀬戸　一三四）。認識活動だけでなく、伝達活動も比喩に支えられており、既知の（すでに共有されている）情報を手段として、新しい情報を伝えようとする。だから、本書でも、文学作品における比喩を説明しようとする文章そのものに知らず知らず比喩がまぎれ込む事実に、著者らは気付かされずにはいられなかった。比喩は、世界を開くための認識と伝達に不可欠な道具である。

ただ、世界を開く比喩の力には否定的な面がある。比喩が認識を縛る力も強い。比喩にとらわれると、ものの見方が制限されたり歪曲されたりする。差別に比喩が加担する場合もある。十八〜十九世紀の英国で、言語文化や視覚文化において、黒人や労働者階級の人々を猿や類人猿になぞらえるパターンが抑圧を助長した例もあれば、結核や癌、エイズなど病気をめぐる烙印としての隠喩が文学やメディアを通じて偏見や不安を拡大させた例(スーザン・ソンタグ『隠喩としての病い／エイズとその隠喩』富山太佳夫訳　みすず書房　二〇一二年)もある。比喩による暴力は今も蔓延しており、しかも根強い。

だが、比喩は、そのような暴力に異議を唱え、傷んだ者を救う力も持つ。それ自体が広大な一つの比喩である文学は、直截的なスローガンや短文のコミュニケーションとは異なり、時間をかけて読み手に浸透することでしか生じない抵抗のゆるぎない拠り所や、俯瞰的で多角的な視点や、温かな避難所をもたらす。それが文学の本領であることを、本書の各論が示している。

昨今の研究機関の多忙化にもかかわらず、本書に多くの論考が寄せられたことは幸いです。いつも本会の活動を支え、ご指導くださる方々に感謝いたします。毎年、合評会の司会者として、和やかで自由な議論の場を作り出してくださる村田辰夫先生からは、本書の要石ともいえるエリオット論と「まえがき」をご寄稿いただきました。ありがとうございました。最後になりましたが、本書の出版をご快諾くださった英宝社の佐々木元社長、数々の貴重な助言をくださった編集部の下村幸一氏に心より御礼申し上げます。

二〇一九年五月

《ワ》
ワーズワース、ウィリアム（William Wordsworth, 1770-1850）64, 136, 173
「水仙」（“The Daffodils”）173
「ティンタン・アビーより数マイル上流にて詠める詩」（“Lines Composed a Few Miles above Tintern Abbey”）64
ワタンナ、オノト（Onoto Watanna, 1875-1954）156

（Gerard Manley Hopkins, 1844-89）
135, 136, 138-145
「終わりの始まり」（“The Beginning of the End”） 135, 136, 140, 142, 144, 145
「形而上学の起こりうる未来」（“The Probable Future of Metaphysics”） 135
「詩語」（“Poetic Diction”） 135
「美の起源―プラトン的対話」（“The Origin of Beauty: A Platonic Dialogue”） 135

《マ》
マクニース、ルイ（Louis MacNeice, 1907-63） 198
「マタイによる福音書」（“Matthew”） 91, 199
ミケランジェロ、ブオナローティ（Buonarroti Michelangelo, 1475-1564） 119-132
ミドルトン、トーマス（Thomas Middleton, 1570?-1627） 36
ミラー、ウォーキン（Joaquin Miller, 1837-1913） 149, 153
ミルトン、ジョン（John Milton, 1608-74） 176
モア、トマス（Thomas More, 1478-1535） 19
『ユートピア』（*Utopia*） 19

《ヤ》
ヤマナカ、ロイス・アン (Lois-Ann Yamanaka, 1961-) 227, 238
『ワイルド・ミートとブリー・バーガー』(*Wild Meat and the Bully Burger*) 227, 228, 240
ユング、C・G（C・G・Jung, 1875-1961） 43

《ラ》
ラドクリフ、アン（Ann Radcliffe, 1764-1823） 54, 56
『ユードルフォの謎』（*The Mysteries of Udolpho*） 54, 56, 66
ラングランド、ウィリアム（William Langland, c.1332-86） 29
『農夫ピアズの幻想』（*The Vision of Piers Plowman*） 29
リチャーズ、I.A.（Ivor.Armstrong Richards, 1893-1979） 168, 172, 173
リチャードソン、サミュエル（Samuel Richardson, 1689-1761） 213
『パメラ』（*Pamela; or, Virtue Rewarded*） 213
ルソー、ジャン＝ジャック（Jean-Jacques Rousseau, 1712–78） 55
『エミール』（*Émile*） 55
ローソン、スザンナ・ハズウェル（Susanna Haswell Rowson, 1762-1824） 213, 214
『シャーロット・テンプル』（*Charlotte Temple: A Tale of Truth*） 213, 215
ロジャーズ、カール（Carl R. Rogers, 1902-87） 200
ロセッティ、クリスティナ（Christina Rossetti, 1830-94） 83-99
「王子の旅」（“The Prince's Progress” 1866） 83, 84, 87-99
ロセッティ、ダンテ・ゲイブリエル（Dante Gabriel Rossetti, 1828-82） 47
ロティ、ピエール（Pierre Loti, 1850-1923） 156
『お菊夫人』（*Madame Chrysanthème*） 156
ロング、ジョン・ルーサー（John Luther Long, 1861-1927） 148, 149, 156
「蝶々夫人」（“Madame Butterfly”） 148, 149, 151, 156

99
『ドストエフスキーの詩学』（1963）99
バニヤン、ジョン（John Bunyan, 1628-88）89
『天路歴程』（*The Pilgrim's Progress*, 1678）89
『薔薇物語』（*Le Roman de la Rose*）6-9, 14, 16
ヒトラー、アドルフ（Adolf Hitler, 1889-1945）187, 188
『わが闘争』（*Mein Kampf*）187
ヒューム、デイヴィッド（David Hume, 1711-76）75
フィッツハーバート、マスター（Master Fitzherbert）20
『農書』（*The Book of Husbandry*）20
フェスティンガー、レオン（Leon Festinger, 1919-1989）184
『認知的不協和の理論─社会心理学序説』（*A Theory of Cognitive Dissonance*）184
フォーダイス、ジェイムズ（James Fordyce, 1720-76）58, 66
フォスター、ハナ・ウェブスター（Hannah Webster Foster, 1758-1840）213, 224
『コケット』（*The Coquette; or, The History of Elizabeth Wharton; A Novel; Founded on Fact*）213, 214, 216, 224
プッチーニ、ジャコモ（Giacomo Puccini, 1858-1924）148
ブラッドリー、F.H.（F.H.Bradley, 1846-1924）170-172, 176, 177
『ブリハッド・アーラニヤカ・ウパニシャッド』（*Brihadaranyaka-Upanishad*）175
ブラウン、ウィリアム・ヒル（William Hill Brown, 1765-93）213
『共感力』（*The Power of Sympathy; or, The Triumph of Nature*）213, 214, 225
ブレイク、ウィリアム（William Blake, 1757-1827）173
「虎」（"The Tyger"）173
フレッチャー、ジョン（John Fletcher, 1579-1625）36
フロイト、ジグムンド（Sigmund Freud, 1856-1939）43
ペイター、ウォルター（Walter Pater, 1839-94）119, 120, 122-128, 130-132
『ルネサンス』（*Renaissance*）119, 120, 123, 131
ヘレスバッハ、コンラッド（Conrad Heresbach, 1496-1576）21
『農業に関する四章』（*Four Books of Husbandry*）21
ペロー、シャルル（Charles Perrault, 1628-1703）85, 86, 97, 99
「眠りの森の美女」（"Sleeping Beauty"）83-86, 89-92, 97, 98
『過ぎた昔の物語集、教訓付き』（ペロー童話）（*Histoires ou Contes du Temps Passé or Les Contes de ma Mère l'Oye, 1697*）85, 86, 99
ポー、エドガー・アラン（Edgar Allan Poe, 1809-49）160
ホーソーン、ナサニエル（Nathaniel Hawthorne, 1804-1864）225
「若いグッドマン・ブラウン」（"Young Goodman Brown"）225
ボードレール、P・C（P・C・Baudelaire, 1821-67）47
ポープ、アレクサンダー（Alexander Pope, 1688-1744）142
ボーモント、フランシス（Francis Beaumont, 1584-1616）36
ホプキンズ、ジェラード・マンリー

「ソトよ！自分自身を探検しなさい！」（“Soto! –Explore Thyself—”） 104
「ダイヤモンドが伝説になる時」（“When Diamonds are a Legend,”） 113
「天以外には彼女は無」（“Except to Heaven—she is nought.”） 103
「鳥たちは四時に鳴き始めた」（“The birds began at four o’clock”） 108
「普通の者にはなるまい、より以上になろうと私は言った」（“It would never be Common—more—I said—”） 112
「繭から一匹の蝶が出てくる」（“From Cocoon forth a Butterfly”） 112
「最も重要な住民は」（“The most important population”） 115
「私に来なさいって！私のまぶしい顔」（“Me—Come! My dazzled face”） 107
「私には洪水を表すその言葉が」（“The Voice that stands for Floods to me”） 109
「私の繭が締め付けて、色がせがむ」（“My Cocoon tightens—Colors teaze—”） 113
「私は一人ぼっちになることはない」（“Alone, I cannot be—”） 106
デカルト、ルネ（Rene Descartes, 1596-1650） 176
テニスン、アルフレッド（Alfred Tennyson, 1809-92） 83, 135, 136, 141, 142, 144, 159
「安逸の人々」（“The Lotos-Eaters”） 159
『イノック・アーデン』（*Enoch Arden*） 141, 142, 144

《ナ》

ナガルジューナ（龍樹、Nāgārjuna、150-250） 170
『中論』（*Madhyamaka-kārika*） 170, 172
ニーチェ、フリードリヒ（Friedrich Nietzsche, 1844-1900） 39
ノグチ、ヨネ（野口米次郎）（Yone Noguchi, 1875-1947） 148-160
『英米の十三年』 158
『御小間使朝顔嬢の書簡』（*The American Letters of a Japanese Parlor-Maid*） 149, 150, 152, 158
『東海より』（*From the Eastern Sea*） 149
『二重國籍者の詩』 160
『日本少女の米国日記』（*The American Diary of a Japanese Girl*） 147-160
「日本少女のロンドンの一週間」（“A Japanese Girl’s One Week in London”） 150, 157
『邦文日本少女の米國日記』 150, 160
『明界と幽界』（*Seen and Unseen*） 149
『ヨネ・ノグチ物語』（*The Story of Yone Noguchi*） 158

《ハ》

バーン＝ジョーンズ、エドワード（Edward Coley Burne-Jones, 1833-98） 83
ハウス、エドワード・H（Edward H. House, 1836-1901） 157
『ヨネ・サントウ』（*Yone Santo*） 157
バジーレ、ジャンバティスタ（Giambattista Basile, 1575-1632） 97-99
「太陽と月とタリア」（“Sun, Moon, and Talia”, 1634） 98
『ペンタメローネ』（*Pentamerone*, 1634-36） 97-99
バフチン、ミハイル（Mikhail Mikhailovich Bakhtin, 1895-1975） 97,

ダウスン、アーネスト（Ernest Dowson, 1867-1900） 47
タッサー、トマス（Thomas Tusser, 1524-80） 20, 23, 24
『農業要訣五百箇条』（*Five Hundred Points of Good Husbandry*） 20, 23
『農業要訣百箇条』（*A Hundreth Good Pointes of Husbandry*） 20
ダルマキールティ（法称、Dharmakīrti、700） 169, 170
ダン、ジョン（John Donne, 1573-1631） 176
チャーチル、ウィンストン（Winston Churchill, 1874-1965） 185, 186
『我が半生』（*A Roving Commission: My Early Life*） 185
チャップマン、ジョージ（George Chapman, 1559-1634） 176
チャップリン、チャールズ（Charles Chaplin, 1889-1977） 44
チャンドラー、レイモンド（Raymond Chandler, 1888-1959） 195
『長いお別れ』（*The Long Goodbye*） 195, 196
チョーサー、ジェフリー（Geoffrey Chaucer, 1340?-1400） 5-7, 15, 16
『カンタベリー物語』（*The Canterbury Tales*） 5, 6
「免償符説教家の前口上とお話」（"The Pardoner's Prologue and The Tale"） 5, 6, 10-13, 15
ディキンスン、エミリィ (Emily Dickinson, 1830-1886) 101-115
「足のない毛むくじゃらのやつ」（"A fuzzy fellow, without feet—"） 112
「足は紗の靴を履いて」（"His Feet are shod with Gauze—"） 112
「あなたを採用しましょうか、と詩人は言った」（"Shall I take thee, the Poet said"） 109
「あの小さな巣箱の中に」（"Within that little Hive"） 101
「一匹、ある事情の下で」（"Alone and in a Circumstance"） 102
「上にある繭よ！下にある繭よ！」（"Cocoon above! Cocoon below!"） 111
「彼女はそれに耐えた、やがて地味な血管が」（"She bore it till the simple veins"） 107
「雷のように最後まで高まり」（"To pile like Thunder to it's close"） 105
「外面は内面から」（"The Outer—from the Inner"） 108
「心は精神の首都」（"The Heart is the Capital of the Mind"） 104
「蜘蛛は銀のボールを抱えている」（"The Spider holds a Silver Ball"） 102
「蜘蛛は夜、縫物をした」（"A Spider sewed at Night"） 105
「コウラウグイスの声を聴くことは」（"To hear an Oriol sing"） 107
「三時半に一羽の小鳥が」（"At Half past Three, a single Bird"） 109
「詩人はランプに光を灯すと」（"The Poets light but Lamps—"） 104
「実験は最後まで私たちを守ってくれる」（"Experiment escorts us last—"） 110
「実験は私にとっては出会うすべてのもの」（"Experiment to me is every one I meet"） 110
「出版は競売」（"Publication—is the Auction"） 103
「すべての環境は枠である」（"All Circumstances are the Frame"） 107

『抒情歌謡集』(*Lyrical Ballads*) 135
ゴドウィン、ウィリアム(William Godwin, 1756-1836) 75

《サ》

シェイクスピア、ウィリアム(William Shakespeare, 1564-1616) 17, 18, 21, 24, 28-30, 33-41, 43-45, 47, 135, 142
『あらし』(*The Tempest*) 47
『お気に召すまま』(*As You Like It*) 47
『オセロ』(*Othello*) 36, 47
『コリオレーナス』(*Coriolanus*) 18, 26, 30
『尺には尺を』(*Measure for Measure*) 27, 28
『ジュリアス・シーザー』(*Julius Caesar*) 47
『トロイラスとクレシダ』(*Troilus and Cressida*) 26
『ハムレット』(*Hamlet*) 23, 33, 36, 44
『ヘンリー四世・第二部』(*Henry IV, Part 2*) 21
『ヘンリー五世』(*Henry V*) 24
『ヘンリー六世・第二部』(*Henry VI, Part 2*) 29
『マクベス』(*Macbeth*) 35-37, 40
『リア王』(*King Lear*) 47
『リチャード二世』(*Richard II*) 25
『リチャード三世』(*Richard III*) 47
『ロミオとジュリエット』(*Romeo and Juliet*) 18, 36, 37
シェリー、パーシー・ビッシュ(Percy Bysshe Shelley, 1792-1822) 71, 74, 76, 78-81
『アラスター:あるいは孤独の魂』(*Alastor: or the Spirit of Solitude*) 79
『鎖を解かれたプロメテウス』(*Prometheus Unbound*) 71, 73, 81
『詩の弁護』(*A Defence of Poetry*) 80
シモンズ、ジョン・アディントン(John Addington Symonds, 1840-93) 120, 122, 123, 128-131
『ミケランジェロ伝』(*The Life of Michelangelo Buonarroti*) 123, 128, 131
ショー、G・B(G・B・Shaw, 1856-1950) 36
ショーペンハウエル、アーサー(Arthur Schopenhauer, 1788-1860) 39
ジョンソン、サミュエル(Samuel Johnson, 1709-1784) 176
スコット、ウォルター(Walter Scott, 1771-1832) 65
スターン、ローレンス(Laurence Sterne, 1713-68) 62
『センチメンタル・ジャーニー』(*A Sentimental Journey*) 62
『スッタニパータ』(*Suttanipata*) 175
ストリンドベリ、ヨハン・アウグスト(Johan August Strindberg, 1849-1912) 39, 45
スパーク、ミュリエル(Muriel Spark, 1918-2006) 193-195, 197, 199, 200, 204, 207
『現実と夢』(*Reality and Dreams*) 193, 194, 196, 198-200, 203-208
スパージョン、キャロライン(Caroline Spurgeon, 1869-1942) 18, 37

《タ》

ダーウィン、チャールズ(Charles Darwin, 1809-82) 187, 188
『人間の進化と性淘汰』(*The Descent of Man, and Selection in Relation to Sex*) 187
タイラー、ワット(Wat Tyler, ?-1381) 29

オースティン、ジェイン（Jane Austen, 1775-1817）53, 54, 57, 59, 60, 66
『高慢と偏見』（*Pride and Prejudice*）54, 58, 60, 65, 66
『説得』（*Persuasion*）66
『ノーサンガー・アビー』（*Northanger Abbey*）54, 60, 65, 66
『マンスフィールド・パーク』（*Mansfield Park*）54, 60, 64, 65
オーツ、ジョイス・キャロル（Joyce Carol Oates, 1938-）211-213, 217, 218, 221-25
「どこ行くの、どこ行ってたの？」（"Where Are You Going, Where Have You Been?"）211-213, 225
オーデン、W. H.（W. H. Auden, 1907-73）198
オニール、ユージーン（Eugene O'neill, 1888-1953）33-36, 38-48
『アンナ・クリスティ』（*Anna Christie*）35, 42
『カーディフさして東へ』（*Bound East for Cardiff*）40
『霧』（*Fog*）38, 40, 42
『鯨油』（*Ile*）42
『氷屋来たる』（*The Iceman Cometh*）44
『朝食前』（*Before Breakfast*）42
『綱』（*The Rope*）40
『長い帰りの旅路』（*The Long Voyage Home*）40, 41
『楡の木の下の欲望』（*Desire under the Elms*）40
『ヒューイ』（*Hughie*）38
『無謀』（*Recklessness*）33
『喪服の似合うエレクトラ』（*Mourning Becomes Electra*）43, 45
『夜への長い旅路』（*Long Day's Journey into Night*）35, 39, 44, 45, 48

《カ》

ガルボ、グレタ（Greta Garbo, 1905-90）43
カント、イマヌエル（Immanuel Kant, 1724-1804）188
キーツ、ジョン（John Keats, 1795-1821）83
ギルピン、ウイリアム（William Gilpin, 1724-1804）59, 64, 66
『カンバーランドとウエストモアランドの観察』（*Observations on Cumberland and Westmoreland, 1786*）59
『ワイ川河畔の観察』（*Observations on the river Wye, 1782*）64
グージ、バーナビ（Barnabe Googe, 1540-1594）21
クーパー、ウィリアム（William Cowper 1731-1800）65
クリステヴァ、ジュリア（Julia Kristeva, 1941-）97
『女の時間』（*Le Temps des Femmes*, 1979）97
グリーン、グレアム（Graham Greene, 1904-91）198
グリム兄弟（Brothers Grimm-Jacob Grimm, 1785-1863, and Wilhelm Grimm, 1786-1859）85, 86, 97, 98, 99
「いばら姫」（"The Brier Rose"）85, 86, 97, 99
『子供たちと家庭の童話』（グリム童話）（*Kinder und Hausmärchen*, 1812-1815）85, 86, 97, 98, 99
グレゴリー、ジョン（John Gregory, 1724-73）56-58, 66
コールリッジ、サミュエル・テイラー（Samuel Taylor Coleridge, 1772-1834）136, 139, 140

索　引

《ア》

アーレント、ハンナ（Hannah Arendt, 1906-75） 188-190
アイヒマン、アドルフ（Adolf Eichmann, 1906-62） 188-190
アウグスティヌス、アウレリウス (Aurelius Augustinus, 354-430) 5, 16, 175
『告白』（*Confessiones*） 175
アリストテレス (Aristotle, BC384-22) 5
『形而上学』（*Metaphysics*）5
イプセン、ヘンリック（Henrik Ibsen, 1828-1906） 40, 45
インチボールド、エリザベス（Elizabeth Inchbald, 1753-1821） 63
『恋人たちの誓い』（*Lovers' Vow*） 63
ヴァスバンドゥ（世親、Vasubandhu、400-500） 170, 171
『唯識二十論』（*Vimśatikā Vijñaptimātratāsiddhiḥ*） 170
ウェストン、J.L.（Jessie Laidlay Weston, 1850-1928） 174
ウッズ、ジェームズ（James H. Woods, 1864-1935） 177
『パタンジャリーのヨーガ哲理』（*The Yoga-System of Patañjali*） 171, 177
ウルストンクラフト、メアリ（Mary Wollstonecraft, 1759-97） 54, 55, 58, 67
『女性の権利の擁護』（*A Vindication of the Rights of Woman*） 54, 58, 67
エマソン、ラルフ・ウォルド（Ralph Waldo Emerson, 1803-82） 108
エリオット、T. S.（T. S. Eliot, 1888-1965） 167-178, 193-195, 197, 199, 200, 203, 204, 207
『荒地』（*The Waste Land*） 167, 169, 172-174, 176 177
『F. H. ブラッドリーの哲学における認識と経験』（*Knowledge and Experience in the Philosophy of F. H. Bradley*） 170
『寺院の殺人』（*Murder in the Cathedral*） 194
「J. アルフレッド・プルーフロックの恋歌」（"The Love Song of J. Alfred Prufrock"） 194-197, 199, 201, 203-205, 207, 208
「ハムレット」（"Hamlet"） 168
「フィリップ・マッシンジャ論」（"Philip Massinger"） 172
オーウェル、ジョージ（George Orwell, 1903-1950） 179, 180, 182-186, 188-191
『1984 年』（*Nineteen Eighty-Four*） 179-183, 185, 186, 188, 190, 191
『空気を求めて』（*Coming Up for Air*） 184
「政治と英語」（"Politics and the English Language"） 189, 190
『動物農場』（*Animal Farm*） 180
「なぜ私は書くのか」（"Why I Write"） 183, 184
『ビルマの日々』（*Burmese Days*） 183
「ライオンと一角獣」（"The Lion and the Unicorn: Socialism and the English Genius"） 186
「リア王、トルストイ、道化」（"Lear, Tolstoy and the Fool"）182

執筆者紹介［掲載順、＊印は編集委員］
村田辰夫（むらた　たつお）梅花女子大学名誉教授
＊石野はるみ（いしの　はるみ）大阪国際大学名誉教授
＊上村幸弘（うえむら　ゆきひろ）梅花女子大学教授
＊須賀昭代（すが　あきよ）日本翻訳家協会員
池田裕子（いけだ　ゆうこ）熊本大学非常勤講師
白石治恵（しらいし　はるえ）酪農学園大学准教授
＊滝口智子（たきぐち　ともこ）和歌山大学非常勤講師
＊濵田佐保子（はまだ　さほこ）岡山短期大学教授
須田久美子（すだ　くみこ）富山大学講師
田邊久美子（たなべ　くみこ）大阪薬科大学講師
有元志保（ありもと　しほ）静岡県立大学短期大学部講師
田辺翔平（たなべ　しょうへい）佛教大学非常勤講師
松本真治（まつもと　しんじ）佛教大学教授
松井美穂（まつい　みほ）札幌市立大学准教授
平野真理子（ひらの　まりこ）大阪女学院短期大学専任講師
＊市川緑（いちかわ　みどり）翻訳者

編集委員［五十音順］
＊上野和廣（うえの　かずひろ）神戸女子短期大学教授
＊川崎佳代子（かわさき　かよこ）神戸山手短期大学名誉教授

比喩──英米文学の視点から──

2019年5月15日　印　刷　　2019年5月25日　発　行

編　者　©　文学と評論社
編著者代表　市　川　　緑

発行者　佐々木　　元

発行所　株式会社　英　　宝　　社

〒101-0032 東京都千代田区岩本町 2-7-7
TEL 03 (5833) 5870-1 FAX 03 (5833) 5872

ISBN 978-4-269-75071-5 C3098　［製版：伊谷企画／印刷・製本：モリモト印刷株式会社］